그냥 안아주고 싶은 너에게

그냥
안아주고 싶은
너에게

김현주 에세이

창작시대사

들어가는 말

나 자신에게만큼은 솔직해지도록 해요, 우리

어쩌면 우리, 그냥저냥 살다 보니 행복하지 않은 게 아니라 행복이 뭔지 몰라서, 행복하지 못한 건 아닐까요? 내 옆으로 행복이 지나가는 걸 몰라서 행복하지 않은 건 아닐까요? 행복하지 않은 것과 행복이 뭔지 몰라 행복하지 못한 건 다르잖아요. 나이는 30대 중반이 넘었고 다들 멀쩡히 살아가고 있는 것 같지만 주변에 사랑이 뭔지, 행복이 뭔지 잘 모르겠다고 말하는 사람이 많아요. 다들 집에서는 든든한 가장이고 부모님의 사랑스러운 자녀이며 회사에서는 업무 담당자로 자기 역할에 충실한 어른일 텐데 말입니다. 사실 사는 게 바빠서 이런 생각조차 못 하고 사는 경우가 더 많죠.

비혼이 트렌드이고 혼자 있는 시간이 존중받는 요즈음입니다. 미래를 위해 희생하지 말고 애쓰지 않고 지금을 즐기면서 사는 게 중요해졌죠. SNS로 남에게 보여지는 것도 아주 많이 중요하고요. 남을 위한 희생은 착하고 좋은 사람이 아니라 바로 호구가 되죠. 그러면서 남들 눈치 보지 말고 나의 인생을 꿋꿋이 잘 살라 하네요. 참, 어쩌라는 건지 어렵습니다.

지금의 내 행복이 가장 중요해서 결혼 말고도 재미있는 게 넘쳐나지만, 여전히 삼십 대가 넘어가면 한 번쯤 결혼을 고민해요. 둘이 손잡고 셋이 되면서 괴로워지는 게 결혼이라는데 혼자라서 외로울 때는 둘의 괴로움이 궁금하기도 하고요. 퇴근 후 불 꺼진 집에 들어가면서, 결혼하는 친구들을 축하해 주면서 결혼이 제2의 인생인가 고민해 보기도 하죠. 진짜 제2의 인생이라는 게 있긴 하는 건지 여전히 모르겠지만요. 결혼은 한다, 혹은 하지 않는다의 선택이라 중간이 없잖아요. 그래서 일반적으로 평범한 게 가장 힘들다고 하나 봐요. 인생에서 만난 사람 중 가장 사랑하는 사람과 결혼하고 평생을 약속하고 운명적 사랑을 꿈꾸기도 했지만, 서른쯤 되어보니 어느 정도 현실적으로 돈을 모으고 적당히 철이 들었을 때 옆에 있는 사람과 결혼을 생각하게 되더라고요. 이래서 결혼을 현실이라고 하나 봅니다. 첫사랑과 결혼은 상관있는 듯 상관없는 그런 이상한 상관관계인가 봐요.

TV 속 연예인은 혼자서도 외로움을 즐기면서 잘 먹고 잘살고 있어 보여도 그들은 말 그대로 연예인이고 나는 엄마, 아빠와 지인들에게만 사랑받으면서 사는 평범한 한 사람일 뿐이더라고요. 그들이 사는 세상은 따로 있는 것 같고요. 사랑의 완성은 결혼이라 여기며 결혼 적령기를 받아들이고 나이가 되었으니 적당히 결혼해서 사랑의 완성품을 전시하는 것처럼 살아가는 것 같다는 생각도 합니다. 큰 욕심 없이 평범하게 살려고 노력했는데 지금은 나도 모르게 "라떼는 말이야"라고 말하며 '꼰대' 소리 들을까 봐 전전긍긍하고 있는 것 보면 좀 억울하긴 하지만요. 살아가는 건 순서가 있다고 믿으면서 새치기하지 않으려 노력하며 살아온 것 같은데, 평범하게 사는 것이 인생의 적당함인지는 여전히 잘 모르겠네요. 누구든 나에게는 나의 삶이 가장 평범하고 보통일 텐데, 다른 사람의 평범함을 자꾸 베끼려니 살아가는 것이 평생 학교 다니는 것 같기도 하고요. 월급은 그대로인데 하루가 다르게 오르는 집값을 생각해 보면 고개를 90도로 꺾어서 매일매일 빌딩의 가장 높은 곳을 쳐다보는 것처럼 목이 아픕니다.

사실, 결혼을 해도 문제입니다. 결혼은 시작과 동시에 할일을 정말 많이많이 만들어 주거든요. 저에게 결혼은 '할 일 선물 세트'였어요. 삼십 년을 다르게 살아온 사람과 함께 무엇을, 어떻게, 어디서부터 맞추며 살아야 할까요? 계란의 반숙이 당연한 사람과 완숙이 당연한 사람이 과연 평생 계란을 함께 먹으며 오래오래 행복하게 살 수 있을까요? 남자는 화성에서 오고 여자는 금성에서 왔다고 하는데 참 다행입니다. 아마 같은 곳에서 출발해 같은 비행선을 타고 왔다면 오는 동안 싸워서 지구에 정상적으로 도착하지 못했을 거예요. 지구로 오는 비행선 안에서 울고불고, 싸우고, 헤어지고… 같은 공간에 있으니 뭐, 아무리 꼴 보기 싫어도 화해도 하긴 했겠죠? 뛰쳐나갈 순 없으니까. 어쨌든 엄청난 전쟁을 치르느라 지구에 도착해서는 서로의 행복을 빌어주며 안녕을 말했을지도 모르죠.

비혼을 다짐하고 혼자서도 잘 살아가는 사람도 있습니다. 잘나고 멋있어 보이는 그들의 마음 한편에는 허전함이 있고, 외로울 때마다 혹시 둘이 만나서 셋이 되는 것이 평범한 것인가, 가끔은 혼란스럽다고 해요. 가지 않은 길에 대해서는 이래도 후회, 저래도 후회라는 말이 맞나 봅니다.

살아가는 데 정답이 없다는 것은 누구나 다 아는 사실입니다. 정답이 없다면서 나만의 정답을 만들어 가라고 하니 그 방법이 참 어렵습니다.

서른이라는 나이는 인생의 정답과 결혼을 연관 지어 많이 생각하는 시기죠. 결혼이라는 힌트에 흔들려서 결혼과 관련된 생각을 많이 하는 사람도 있고 힌트 따윈 무시하고도 잘 사는 사람도 많습니다. 끊임없는 사랑과 연애가 행복의 정답인 사람도 있고, 돈이 세상에서 제일 중요한 사람도 있습니다. 어차피 답은 없기에 그 누구의 정답도 우리는 비난할 자격은 없습니다. 하지만 세상은 그렇지 않죠. 사람들은 자신의 기준과 다르면 곧잘 비난하더라고요.

이 세상 모든 사람이 비난하는 법을 잊었으면 좋겠습니다. 사실 인생에 정답은 없다는 것을 알아낸 우리가 다음 해야 할 일은 정답 없음을 인정하는 일입니다. 이게 생각보다 힘들어요. 정답이 없다는 것을 인정하고 나면 몸에 힘을 풀어도 되고, 애쓰지 않아도 된다는 것을 깨닫게 됩니다.

솔직히 우리가 노력만으로 완성할 수 있는 건 몇 없고, 내 노력이 통하는 것들은 보통 사소하고 소소한 것들이더라고요. 애써봐야 알 수 있어요. 내 노력이 통하는 것, 조르면 한 번 더 나를 봐주는 사람들, 잘 잤냐는 아침 연락, 안색이 좋지 않다는 걱정, 점심 같이 먹으러 가자는 말, 그 사람이 그럴 리 없다는 믿음. 그런 사소하고 소소한 것들이 일상에서 얼마나 소중한지요. 인생에 정답이 없다며 혼란스러워질 수도 있습니다. 혼란스러워도 괜찮습니다. 불안해도 괜찮습니다. 혼란스러우면 불안한 건 당연한 거예요. 어떻게 살아야 하는지 몰라 어설프게 시간을 보내기도 하고 말도 안 되는 실수를 해도 괜찮습니다. 다만 상처는 받지 않았으면 하네요. 같은 상처를 받지 않기 위해서라도 같은 실수는 반복하지 않았으면 좋겠어요.

세상에는 없다는 해답을 대신해 줄 나만의 기준을 만들어 가는 게 잘사는 것 아닐까요? 뭐, 꼭 잘살아야 하는 건 아니지만 적어도 덜 상처받으면서 살아야 하잖아요. 지금 당장 기준이 없어도 괜찮습니다. 기준은 바뀌어도 괜찮고 완벽하지 않아도 괜찮습니다.

여러 사람이 지킬 게 아니라 나 혼자서 지킬 건데 좀 바뀌면 어때요? 바뀌었다는 거 나만 잘 느끼고 잘 알면 되죠. 그렇게 기준을 만들어 간다는 것도 기준이 될 수도 있습니다. 아직 완벽한 기준이 없다는 것을 인정하고 나면 쓸데없었던 고집이 꺾이는 것 같아요. 고집과 아집이 빠진 생각의 빈틈으로 영화나 책에서 힌트를 얻어 채워 넣기도 하고 주변 사람들의 충고에 귀를 기울이기도 하더라고요. 주변에 귀를 기울이면 좀 더 편안하게 일상을 보낼 수 있고 그 편안함이 좋은 사람을 끌어당겨 주겠죠.

혼란한 시간을 보내고 있는 누군가가 정답 없음을 인정하는 데 도움이 되는 사람이고 싶습니다. 엄청난 행복에 목메지 않으면서 같은 상처를 받지 않고 살았으면 좋겠어요. 고민은 꼭 작고 소소한 것이었으면 좋겠고, 일상에서 소소하게 웃을 일은 모르지 않았으면 합니다. 하고 싶은 일과 해야 할 일의 밸런스를 맞추는 게 행복해지는 방법이니까요.

대충 사는 사람보다 열심히, 잘하는 사람이 먼저 지칩니다.

무조건 열심히, 잘하기만 하는 것이 답은 아닌가 봅니다. 최소한 부모님으로부터 독립하고 타인에게 피해를 주지 않으면서 살아가려면 생각보다 사회에서 이루어야 할 것들이 많기에 해야 할 일만 해도 금방 지칩니다. 지쳐 쉬다 보면 하고 싶었던 것이 뭐였더라, 잊어버리고. 내 꿈이 뭔지 의문이 들 때는 다들 그렇게 산다고, 그래도 해야 할 일이 있는 게 어디냐고 나를 다독여 봅니다. 보통 집이 그런 다독임이 있는 공간인데 우리에게는 가끔 나를 다독이지 않아도 되는 공간도 필요합니다. 설렘이 다독임을 대신할 수 있는 공간이 필요해요. 시간은 내 능력으로 되돌릴 수 없지만, 공간은 찾아갈 수 있으니 산으로, 바다로, 예쁜 카페로, 사진 속으로 공간이동을 해봅니다. 결국 다시 제대로 집으로 돌아가기 위해서죠. 집 안 구석 곳곳에 상처가 남아 있더라도 괜찮을 좋은 에너지를 충전해서 돌아올 수 있었으면 좋겠습니다.

일상을 산책처럼 살아가는 것,
애쓰지 않으면서 만족할 줄 아는 것,
상처를 금방 잊어버리는 것,
나 자신에게만큼은 솔직할 것,
후회를 곱씹지 않을 것.

이런 것들이 엄청난 능력임을 초1 때부터 알았더라면 좀 더 만족하면서 살 수 있을까요? 그 어려운 것을 이제라도 시도해 보기로 합니다. 나이가 들수록 삶에서 필요한 밸런스도 달라집니다. 그 밸런스, 어차피 평생 맞춰야 하는 거예요. 그러니 늦은 건 아니겠죠? 저랑 함께 인생의 밸런스 맞춰 볼까요?

김현주

c o n t e n t s

들어가는 말 _ 4

CHAPTER 1
일상을 산책처럼

아무거나 괜찮아, 뭐든 괜찮아, 네가 좋아 _ 16
이런 사람은 꼭 옆에 두고 잘해주세요 _ 22
예쁘게 사랑받는 마음 _ 27
조만간 보자는 말 _ 36
행복은 소유가 아니잖아요 _ 49
한마디로 말해서 _ 54
낯가림이 심해요 _ 61
낯가리세요? 사람 가리세요 _ 67
삼십 대 중반의 시작은요 _ 75
누군가의 이름을 모른다는 것 _ 82
촌스럽고 지루한 도피 _ 89
넌 왜 그렇게 생각이 없니 _ 97

CHAPTER 2
혼자라도 괜찮아

가끔 그런 날이 있어요 _ 106
사람은 고쳐 쓰지 않는다고? _ 112
어느 날의 특별한 오후 _ 124
with coffee _ 129
잘하는 걸 좋아하세요. 좋아하는 건 잘하게 돼요 _ 137

세 사람 _143
사랑하는 만큼 상처, 상처는 셀프 _150
혼자가 붙잡는 시간 속에서 _157
별이랑 가로등 불빛이랑 _164
불공평해 _170
연민 _176
진짜 이별을 말할 때 _182

CHAPTER 3

다행히도 적당한 하루들

하면 된다 _194
다행히도 적당히 _201
잊고 싶은 것과 잊어버리는 것 _205
쓸모를 기다리는 서랍 속에서 _211
걱정도 행복도 내가 정한다 _217
커피 한잔할래요? _222
사랑인 듯 행복인 듯 또 그게 아닌 듯 _225
슬펐던 건 비밀이에요 _232
계절이 바뀐다는 건 _240
영원히 너의 모든 것을 사랑한다는 말이 간절할 때가 있었다 _246
하고 싶은 대로 하고 사는 게 최고인 것 같아도 _252

맺음말 _259

그냥 안아주고 싶은 너에게 • • • • • • • • • • •

CHAPTER 1

일상을 산책처럼

아무거나 괜찮아,
뭐든 괜찮아, 네가 좋아

아무거나에 익숙하다. 난 결정을 잘 못하니 네가 좋은 게 나도 좋아. 아무거나 잘 먹어. 먹자는 거 먹는 게 좋아. 가자는 곳 그냥 따라가는 게 편하더라. 내 차로 가자. 난 운전도 잘하고 기다리는 데도 익숙하고 약속 시간에 늦는 것도 상관없어. 괜찮아, 혼자 기다리는 거 잘해. 내 특기더라고. 기다릴 때도 하나도 안 심심해. 널 기다리는 게 아니라 혼자 있는 시간을 즐기는 거야. 그러니 부담 갖지 않아도 돼. 책도 항상 가지고 다니고 멍때리는 시간이 그렇게 좋더라. 좀 늦으면 어때? 사정 있을 수 있지. 오늘따라 유난히 몸이 무거웠을 수도 있고. 그래도 너 어차피 결국에는 오잖아. 올 건데 뭐 어때.

그렇지만 난 늘 약속 시간을 잘 지킨다. 다른 사람이 늦는 건 괜찮은데 내가 늦는 건 안 된다. 기다리는 건 괜찮지만 누군가를 기다리게는 안 한다. 삼십 분 활용법을 배우지 못해서 보통 약속 시간 삼십 분 전에 도착하도록 나갈 준비를 한다. 그게 마음이 편하다. 차가 막힐지도, 주차를 못 할지도, 혹시 나갔다가 지갑을 깜빡해서 다시 집으로 돌아올지도 모르니 핸드백 속에 삼십 분을 함께 넣고 다닌다. 약속 시간에 사랑하는 사람을 기다리게 해보고 알게 된, 미안한 마음을 담아 준비해둔 너를 위한 삼십 분이다. 좋아하는 사람에게 실수하기 싫은 내가 챙겨둔 삼십 분은 나의 부족함을 채우기 위한 너를 위한 시간이다. 나를 위해서는 쓰지 않는 시간, 좋아하는 누군가를 위해서 준비해둔 시간, 아껴둔 시간. 핸드폰, 립스틱, 손거울은 깜빡해도 누군가를 위해 쓰여질 삼십 분은 깜빡하지 않는다. 그래서 좋아하는 사람과 약속이 있는 날이면 나의 하루는 23시간 30분으로 가득 채워진다. 너를 위한 30분은 오직 너를 만나러 가기 위해서 쓴다. 가끔 친구들은 늘 기다리는 나를 보며 화도 안 나냐고 묻는데 화도 안 난다. 어차피 오는데, 조금 늦긴 해도 기다리면 내 앞에 나타나는데, 왔으면 됐지. 더 뭘 바라니. 오지 않는 것보단 훨씬 나은데, 오기 싫은 것보다 훨씬 나은데, 뭘.

나에게 '아무거나'는 좋아한다는 고백 같은 말이다. 꼭 고백을 "널 좋아해, 널 사랑해, 보고 싶어, 너와 함께 있고 싶어" 같은 말로 할 필요는 없으니까. 정말 좋아하면 좋아한다는 말이 잘 안 나오니까. 그리고 부끄럽기도 하니까. 매 순간 좋아한다고 말하면 혹시 질릴지도 모르니까. 언제부터 진짜 좋아하게 되었는지 알지 못할 만큼 마음은 이미 커졌으니까. 좋아한다고 고백하면 어떻게 대답해야 할지 몰라 고민해야 할 테니까.

소중한 사람에게 좋아한다, 사랑한다, 함께 있고 싶다는 거창한 말보다 작은 의미를 주고 싶을 때도 있으니까. 일상 속에 숨어 있는 소소한 고백을 대신하는 시그널이다. 어차피 너와 함께하는 것만 중요하니 언제 만나서 뭘 하든 뭘 먹든 어딜 가든 아무런 상관없다. '너와 함께하는 것은 그냥 다 좋다'는 생각은 유난히 상처 잘 받는 내가 흩어질지도 모를 인간관계를 붙잡는 방법이다. 생각이 많아져서, 정말 생각을 많이 해서 어찌해야 할지 모를 때는 어차피 사랑받는 사람이 원하는 쪽으로 흘러가게 되어 있다. 아무거나, 뭐든 괜찮다는 말이 통하면 내가 더 많이 좋아한다는 확신이 들어서 행복해진다. 내가 좋아하는 것보다 네가 좋아하는 것을 하는 게 더 좋아. 내가 더 많이 좋아해서 내가 더 많이 행복한 것 같아. 좋아하는 사람에게 좋아한다는 말이 부끄러워서 돌리고 돌려서 하는 매 순간의 고백. 아무거나 괜찮아. 뭐든 괜찮아. 너라서 다 괜찮아. 너니까 다 좋아.

사실 난 못하는 것도 많고, 싫어하는 음식도 못 먹는 음식도 많다. 시끄러운 공간보다는 조용하고 움직임이 없는 공간을 선호한다. 사람이 많은 곳에서는 가끔 숨쉬기가 힘들고 어찌할 바를 모르겠다. 비슷한 물건을 비교하며 쇼핑하는 것을 즐기지 않는다. 언제부턴가 백화점을 도도하게 걷는 것보다 오래된 서점에서 쪼그려 앉아 책장을 넘기는 게 더 좋아지고 있다. 공과 사 구분이 철저하고 다름과 틀림을 구분한다. 남들보다 감정이 많은 건 분명하고 그래서 가끔 너무 좋아서, 너무 슬퍼서 힘들다. 원하지 않는 감정이 흘러나오기도 하지만 감정보다 이성이 앞설 때가 더 많고, 작은 결정은 못 해도 큰 결정을 하는 데 많은 시간이 필요하지 않다. 내가 좋아하지 않는 사람들은 그러더라. "넌 정말 좋고 싫음이 분명하고 자존심이 강하고 똑똑하다."라고. 좋아하는 사람에게 맞춰주는 것이, 싫어하는 사람과 함께하는 것보다 훨씬 덜 힘들다는 것을 잘 안다. 좋아하는 사람과 함께 내가 싫어하는 것을 하는 것이, 싫어하는 사람과 내가 좋아하는 것을 하는 것보다 더 좋다. 아니, 싫어하는 사람과는 좋아하는 것도 함께하기 싫다는 말이 더 솔직할까. 나의 인내심의 한계와 싫어하는 사람과의 관계를 치밀하게 계산한 후 터득한 삶의 지혜 같은 것이다. 그렇게 아무거나 좋다고 말해도 내가 좋아하는 음식, 내가 좋아하는 시간, 내가 좋아하는 영화, 나의 취향을 알아주는 누군가가 있다. 처음에는 티 나지 않는다. 시간이 많이 지나야 자연스럽게 알게 된다. 시간이 지나고 서로에게 다정한 사이가 되면, 여전히 아무거나 좋다고 말해도 되는 사람과 약속을 잡을 때 불편한 사람으로 나뉜다. 밥 먹자는 말에 아무거나 먹자고 해도 "너 그거 싫어하잖아, 너 그거 안 먹잖아, 이제 알아"라고 말하는 사람이 있고 무조건 자신이 좋아하는 것 먹으러 가자고, 너랑 먹으면 내가 먹고 싶은 거 많이 먹을 수 있어서 좋다는 사람이 있다. 생각해 보면 좋은 사람은 이미 정해져 있다. 알아내는 데까지 시간이 오래 걸리고 좀 덜 걸리는 차이뿐이다. 약속을 정할 때 뭘 먹을지보다 그 사람이 뭘 좋아할지가 고민되는 사람이 있고, 만나지 못할 핑계가 없는지, 혹시 그때 다른 약속이 생기진 않을지, 컨디션이 괜찮을지까지 꼼꼼히 따져보는 사람도 생긴다. 생각이 많아지는 사람일수록, 서로 지켜야 할 룰이 많아질수록, 만남에 있어 따져야 할 상황이 많아질수록, 싫어하는 것을 많이 얘기할수록 그 사람과는 결국 멀어지는 관계가 된다. 누군가는 지금 바로 전화해서 나오라고 할 때 나와주는 사람이 좋은 친구라 하고, 또 누군가는 약속을 정하고 나를 위해 시간을 비워두는 게 친구에 대한 예의라 말한다. 난 어느 쪽이든 상관없다. 어차피 좋은 친구는 이미 정해져 있으니 지금 바로 나오라 하든 시간을 정하고 약속을 잡든 사람은 그대로니까. 만나는 방법은 별로 중요한 게 아니니까.

나에게 글은 다르다. 글에 '아무거나'는 없다. 아무 글은 싫다. 어쨌든 노트북 앞에 앉아서 손가락을 움직이면 뭐라도 나온다. 그런데 글의 모양이 조금 이상하다. 영 마음에 들지 않는다. 마음의 말이 아니라 어디서 본 강의 내용 같기도 하고, 뉴스 같기도 하고, 만지면 딱딱할 것 같은 글이 써진다. 쓰지 않고 단어로 던져놓으면 더 좋을 것 같은 그저 그런 의미들. 억지로 앉아서 쓴 글은 억지로 읽어야 하는 글로 써진다. 나의 아무 글을 보면, 글을 보는 사람도 아무나를 만드는 것 같아서 자존심 상한다. 글이 아무렇게나 써지는 것도, 소중한 사람들이 아무런 글을 보는 것도 싫다. 좋아하는 사람 앞에서 약간 멍청해지는 나의 바닥에 깔린 자존심인가 보다.

하늘도 바다도 이렇게 파랗게 반짝이는데 하늘은 하늘처럼, 바다는 바다처럼 반짝인다. 예쁜 바다에 기대서 반짝이는 파랑색 글을 써야겠다.＊

이런 사람은
꼭 옆에 두고 잘해주세요

고마워할 줄 아는 사람은 꼭 옆에 두세요. 세상이 그렇더라고요. 살다 보니 미안하다는 말은 강요될 때가 많고, 고맙다는 말은 당연시될 때가 많아요. 강요는 불편하고 세상에 당연한 것은 없는데도 말이죠. 고맙다고 자주 말하는 사람은 꼭 기억해 주세요. 사소한 것에도 고마움을 느낄 줄 알고 당신의 사소한 점도 아껴줄 사람이에요. 고마움을 느끼는 것도 능력이더라고요. 평생 고마워할 줄 모르고 사는 사람도 많아요. 고마워하는 건 노력한다고 생기는 능력은 아닌가 봐요. 사소한 고마움도 느껴주는 사람은 따뜻한 사람입니다. 고마움을 표현하는 사람은 적어도 누군가를 사랑할 줄 아는 사람이고요, 마음을 말할 줄 아는 사람이에요. 당신에게 서운할 때도 고마운 마음을 담아서 서운함을 말할 거예요. 그럴 때는 잘 들어주세요. 그 사람이 서운함을 말하는 건 불만을 말하는 게 아니라 당신을 소중하게 생각하고 있다는 뜻이에요. 서운한 점을 말하면서까지 오래오래 보고 싶다는 뜻이니까요. 그런 좋은 사람을 잃는 것보다 잘못한 점을 반성하고 미안한 마음을 전하는 게 훨씬 나아요. 고마움에 미안함마저 담는 사람은 꼭 옆에 두고 잘해주세요. 사람이 그래요. 뭔가 돌려받으려고, 고맙다는 말을 들으려고 잘해준 것은 아니지만 그래도 마음을 몰라주면 서운할 때가 있거든요. 당신을 좋아해서 그런 거예요. 좋아하는 마음은 기대하게 만들잖아요. 그런데 받는 사랑이, 받는 고마움이 당연하다고 말하는 사람, 자신의 매력을 담보로 유독 당연함이 많은 사람은 사랑하지 마세요. 세상에 당연한 것은 없잖아요. 당연한 사랑만큼 이기적인 것도 없어요. 일방적인 사랑은 사랑을 주는 사람도 지치고 받는 사람도 결국은 지치더라고요. 세상은 미안한 마음보다 고마운 마음이 더 클 때, 더 예쁘게 살아갈 수 있어요.

기다릴 줄 아는 사람은 한 번 더 봐주세요. 당신을 기다리는 사람은 마냥 혼자서도 잘 노는 사람은 아닐 거예요. 혼자서 기다리는 시간에도 당신을 살피고 있는 거예요. 말없이 당신의 속도를 맞추고 있는 사람, 당신이 불편함을 느끼지 않도록 배려하면서 묵묵히 바라보고 있는 거예요. 말없이 기다리는 사람은 상처가 있는 사람일지도 몰라요. 지난 사랑을 급하게 해서 체해 본 기억이 있어서 가슴이 답답한 게 뭔지 아는 거죠. 사랑한다는 이유로 화내고 토라지고 질투하고 온갖 방법을 다 써봤는데 결국은 상처받고 뒷걸음치는 것에 더 익숙한 사람일지도 모르죠. 지난 어긋남에 아픈 상처가 남아 있어서 그냥 참는 게, 기다리는 게 누군가를 잃지 않을 것이라는 생각으로 참으면서 지키고 싶은 마음이에요. 최대한 같은 상처를 받지 않으려 노력해요. 그래서 상처받아 본 적 있는 사람은 할 수 있는 말이 점점 없어지더라고요. 제가 상처받는 건 정말 잘해서 잘 알아요. 혹시, 거절했을 때 왜 그런 거냐고 묻는 사람에게 마음을 주세요. 함께하자는 제의에 내가 싫다고 거절하면 쿨하게 알겠다는 대답 대신 "왜? 어떤 부분이 싫은 거니?"하고 되물어 봐주는 사람은 다시 한번 봐주세요. 질척이는 사람은 당신과 대화하고 싶은 사람이에요. 당신이 거절하는 이유를 알고 싶은 사람, 당신의 마음이 어떤지 묻는 사람, 싫어하는 것을 알고 싶은 사람, 적어도 당신이 궁금한 사람이에요. 궁금한 만큼 서로를 알아가면서 배려할 준비가 되어 있는 사람일지도 모르죠. 그런 사람이 하는 얘기는 한 번 더 들어봐도 좋아요. 자신이 도와줄 테니 함께 하자고 하면 못 이기는 척하고 들어줘 보는 것도 좋죠. 아마 왜냐고 물어주는 사람이라면 첫 번째 만남보다 두 번째 만남이 훨씬 더 따뜻할 거예요. 한 번 거절은 진짜 거절이라고 완전히 인정하고 나의 거절을 아쉬워하지 않는 사람은 아마 다른 사람에게 가서 나에게 했던 제안을 똑같이 하고 있을지도 모르죠. 내가 아니라도 상관없는 사람에게 마음을 줄 필요는 없지 않을까요. 나도 굳이 아무나 괜찮은 사람 말고 나 아니면 안 되는 사람을 만나면 되니까. 그런 좋은 사람을 찾아내는데도 시간은 너무 부족하니까요. 내 표정을 살피고 괜찮냐고 걱정하며 조금 쉬는 게 어떠냐고 묻는 사람은 꼭 붙들고 있으세요. 그런 사람은 괜찮냐고 묻기 전에 생각합니다. 내가 이 사람에게 과연 괜찮냐는 안부를 묻고 "쉬어라" 말할 자격이 있는 사람인지 생각했을 겁니다. 그럼에도 불구하고 걱정된다는 말이죠. 마음이 쓰인다는 거예요. 아마 괜찮냐고 묻는 사람의 쉬는 게 어떠냐는 말에는 조심스러움이 있을 겁니다. 당신의 조바심을 눈치채고 있지만, 그 혼란을 견디기보다 쉬어가길 바라는 거예요. 원래 쉬어야겠다는 결정은 내가 직접 하는 것보다 나를 사랑해주는 사람이 해줄 때가 덜 외롭거든요.

　사람은 옆에 두는 게 전부가 아니에요. 사람과의 진짜 관계는 사람을 옆에 두는 것부터 시작입니다. 인간관계 때문에 힘들다는 사람은 어떤 사람을 곁에 두어야 할지 몰라서일 거예요. 사람에 대한 확신이 없으니 자꾸 불안해지고 마음을 쏟아야 할지 말아야 할지 고민하다가 좋은 사람도 놓치더라고요. 아무에게나 마음을 쏟다가 상처받고 좋은 사람에게 나쁜 마음을 쏟아내기도 하고요. 우리 최소한 별로인 사람에게 받은 스트레스를 좋은 사람에게 풀어버리는 실수는 하지 말기로 해요. 이 사람이다 싶으면 무조건 잘해줘야 해요. 아무리 배려한다고 노력해도 어차피 내 방식대로 하는 배려라 상대가 가끔은 불편해할지도 몰라요. 그래서 진심도 보여줘야 해요. 사람의 진심을 알면 서툰 표현 방법은 이해받고 그러면서 더 가까워지거든요. 가까워진다는 건 서로 알아가는 시간을 채워가는 과정이기도 하니까요. 관심을 가지고 오래오래 시간을 함께 보내면서 맛있는 것도 먹이고 챙겨줘야 해요. 소중한 사람은 지켜야 하는 거잖아요. 소중한 사람도 약속이랑 같아요. 약속은 지키면서 살아야 하잖아요. 사랑하는 사람에게 고맙다는 말을 잘하는 사람으로 기억되도록 노력해보는 것은 어때요. 나를 지키고 약속을 지키고 소중한 사람도 지키며 이렇게 세 가지만은 꼭 지키면서 살기로 해요. 우리.＊

예쁘게 사랑받는 마음

새로운 시작을 축하한다는 건 어쩌면 사랑하는 사람이 곁에 있다는 말일지도 모른다. 새로운 시작 앞에서 축하 응원을 받으면 시작에 대한 두려움을 잊고 웃을 수 있다. 그런 게 작은 행복이더라고. 소소한 행복이더라고. 행복이란 거 별것 같지만, 별것 아니더라고. 축하해 주는 사람에게도 축하받는 사람에게도 소소한 미소가 다가오더라고. 항상 같은 자리에서 같은 마음으로 나를 사랑하는 누군가가 곁에 있다는 것만으로도 우리가 살아가야 할 이유이다. 새로운 시작에 용기를 보내주는 사람이 있으면 이미 행복한 사람이다. 안심할 수 있는 뒷걸음질, 지쳐도 된다는 안도감. 행복은 그렇게 사소함의 뒤에서 살금살금 다가온다. 인생 한 방이라지만 나의 한 방은 세세하고 촘촘하게 쪼개져 있어서 내가 느끼지 못하고 있을지도 모르겠다. 우리가 일상의 소소한 행복을 위해, 최선을 다해 모아야 하는 이유다. 내가 사랑받을 자격이 있는 사람일까? 상처받을 자격, 힘들어할 자격, 먼 길을 두드려 보면서 돌아갈 자격, 천천히 갈 자격, 굳이 지름길을 찾으며 서두르지 않아도 될 자격, 그리고 내려놓을 자격 있을까. 이렇게 많은 자격을 찾아내야 하는 시간이 가끔은 멍하니 버겁다. 누구나 사랑받을 자격이 있다고 했는데 누구나? 정말? 그럼 나도 사랑받을 자격이 있는 거야? 나도 사랑받을 수 있는 거야?

현실에서의 사랑은 지극히 현실적이다. 누구나 평등하고 사람은 존재만으로 소중하다는 그런 이론은 쉽게 먹히지 않는다. 오해받지 않고 살려면 나를 제대로 보여주려고 부단히 노력해야 하는데 요즘은 힘을 빼고 사는 게 트렌드라 애쓰지 않으려고 또 노력해야 한다. 노력한 만큼이라도 인정받으면 천만다행이라고 생각할 때도 있지만 노력한 만큼만 인정받으면 사는 데 부족한 것이 많다. 어차피 노력을 안 하면 노력도 안 하는 부스러기고, 애쓰고 노력해도 애쓰고 노력하는 부스러기일 뿐, 달라지는 게 별로 없다. 참, 노력만으로는 부질없는 세상을 살고 있나 보다. 물론 인정받는 것이 곧 사랑받는 것도 아니다. 이렇게 복잡한 사회에서 존재감을 제대로 보여주기 위해서는 주변 사람들의 성향을 알고 제대로 매력 발산의 방향을 잡아야 한다. 눈치코치, 센스에 타이밍도 필수다. 가끔은 살아가는 것이 온갖 자격투성이, 노력투성이 같다. 노력은 추억처럼 아무 힘이 없는 것 같아도 진심으로 노력해 본 적 있는 사람만 상처받을 자격이 있다고. 살아가면서 알게 된 적당한 나만의 속도는 가끔은 돌아가야 한다는 것을 말해주었고, 상처 앞에 당당할 수 있어야 힘들어할 자격도 있었다.

  살아낸 날이 쌓여갈수록 주변 사람들이 하나, 둘 무언가를 이루기 시작한다. 친구 중에 가장 성공한 사람이 생기고, 제일 좋은 차를 타는 사람, 돈을 가장 많이 버는 사람, 결혼 후 유독 예뻐진 친구도 있다. 그냥 비슷한 하루를 무던히 살아냈더니 그렇게 변해 있었다. 지난 추억 속에서 같은 교복을 입고 비슷하게 웃던 친구들은 삼십 대 중반이 넘어가면서 편하게 사는 사람과 불편하게 사는 사람으로 나뉘는 것 같다. 몸과 마음이 편한 사람과 몸과 마음이 불편한 사람은 표정과 말투, 웃을 때의 표정 주름부터 다르다. 돈이 만들어 준 피부의 팽팽함과 편한 마음이 만들어 준 예쁜 주름은 1분만 대화를 해보면 확인할 수 있다. 돈이 많아도 마음이 불편한 사람은 표정과 말투에서 불안함이 보이고 돈이 많진 않아도 마음이 편한 사람은 표정과 말투에서 돈이 줄 수 없는 부드러움이 있다. 물론 돈이라도 많은 사람의 불안함은 덜하고 얕은 걱정만 하며 살긴 하더라. 삼십 년 정도 살면 재미있는 시간을 보내는 것만으로도 충분했던 친구들과의 추억보다 더 중요한 것이 제법 많아져 있다. 우선, 재미란 단어의 뜻이 달라진다. '하하하' 하고 웃을 수 있는 웃긴 일만 재미가 아니다. 비싼 가방을 사는 것도, 좋은 집을 마련하는 것도, 새로운 가족을 만드는 것도, 성장하는 것도 삶의 재미다. 어렸을 때는 재미 있는 사람, 웃긴 사람이 이상형인 친구들도 많았는데, 커 보 니 단순히 웃긴 사람과 평생을 함께 살아가기에 세상은 너무 험난하다는 것을 깨닫게 되었다.

오랜만에 보는 친구의 이름은 잘 기억나지 않고 쉽게 잊어 도 제일 좋은 차를 타는 친구의 이미지는 금방 떠오르기도 한 다. 과거에 우리가 얼마나 친했는지는 어렴풋해져도 차의 값 은 명확해서 사람보다 차가 먼저 생각난다. 친구의 얼굴과 했 던 말 보다 친구의 차, 친구의 집, 건물에 더 관심이 가기도 한다. 원했든 그리고 원하지 않았든 소소하게 소중한 것보다 대단하고 특별한 것에 익숙해지고 현실적인 현실에 더 간절 해지나 보다. 대단하지 않았기에 아름다웠던 예전의 기억 속 친구와 남은 것은 힘없는 추억뿐인 듯하다.

나는 과연 누군가의 결혼, 누군가의 내 집 마련, 누군가의 합격에 투명한 마음으로 마음껏 축하해 줄 수 있는 사람일까? 질투심 없이 따뜻한 진심으로 오롯이 축하만 할 수 있을까? 진 정한 축하를 받을 수 없음은 진정한 친구가 없어서일까? 사랑을 시작할 때 가장 많이 듣는 말은 "뭐 하는 사람이니?" "연봉은 얼마니?" "결혼할 거니?" "결혼해야지?" 내 집 마련을 했을 때도 "요즘 누가 집을 사니?" "돈은 어디서 났대?" 하는 질투 돋친 말을 하는 사람이 더 많다. 사회가 정해놓은 나이일 때의 질문은 더욱 가시 돋쳐 있다. 평범한 삶의 과정이라고 말하는 순간들이 누군가에게는 그저 보통의 일상이고 누군가에게는 간절한 무엇이고 또 다른 누군가에게는 미치도록 싫은 순간이기도 하다. 그냥 축하한다는 한 마디면 되는 일인데. 질투 돋친 질문들을 쏟아내는 것보다 차라리 외워 말하듯 "축하해"라고 말해주면 되는데. 축하한다는 말을 먼저하고 다른 궁금한 것들을 물어봐도 될 텐데. 이미 질투 섞여버린 말이 축하 순서를 새치기해버려 듣는 사람의 기분을 한꺼번에 다운시켜 버린다. 누군가의 인생에서 가장 빛나는 순간, 전원 스위치를 내려버릴 자격이 없는데도 말이다. 그렇게 가시 돋친 질투는 간절한 무언가를 이룬 노력보다 강해서 인간관계를 정리해 주기도 하더라. 결혼하면 주변 사람들이 진심으로 축하해 주는 사람과 그렇지 않은 사람으로 심플하게 둘로 나뉜다. 결혼이 제2의 인생을 시작하면서 인간관계를 정리하기 참 좋은 타이밍이라니. 이래서 결혼이 한 사람의 인생에 엄청난 영향력을 미친다고 하는 건가. 사랑을 시작하는 모습이 얼마나 예쁜지를 말해주고, 사랑을 끝내는 친구의 슬픔에 한없이 공감하며 오늘도 우리는 살며, 기억하며, 추억하고, 그렇게 살아간다.

예전에는 깨끗하게 축하해 줄 마음이 가장 중요하다고 생각했다. 이젠 깨끗하게 축하를 받을 사람이 있음에 감사한다. 누군가를 깨끗하게 축하하기 위해서는 나의 자리를 닦아 빛내는 연습이 가장 중요하다. 우선 내가 자리 잡혀야 하고 따뜻한 마음과 그 마음을 볼 수 있는 사랑스러운 눈이 필요하다. 다른 사람의 질투 돋친 말을 상처받지 않을 언어로 번역하여 받아들이면서 작정하고 상처 주겠다는 말에 일일이 반응하고 상처받을 필요는 없다. 상처를 곱씹지 말자. 나를 사랑하지 않는 사람의 습관 같은 비난에 상처받을 이유 없다. 비난하기 좋아하는 인성 나쁜 누군가 때문에 굳이 챙겨서 셀프 상처받을 이유 없으니까. 나 자신이 행복하고 편안해야 다른 사람의 행복도 진심으로 축하해 줄 수 있다. 행복한 입에서 축하가 나오고 불행한 입에서 질투가 나온다. 보통 현실이 힘든 사람이 질투하고 다른 사람이 잘되는 모습에 질투가 난다. 질투 돋친 말을 하는 사정을 이해하는 연습을 하면서, 조금씩 성장하다 보면 나와 맞지 않는 사람과 멀어지는 법도 알아간다. 인간관계는 감당하기 힘든 사람을 정리해가는 과정이기도 하니까.

그렇게 인간관계는 나를 질투하는 사람, 그렇지 않은 사람으로 정리되면 어느 순간 질투 돋친 말을 듣는 일도 줄어들어 상처 없는 내가 다른 누군가를 온전히 진심으로 축하할 수 있다. 질투 돋친 말을 듣지 않는다는 것은 미움받지 않고 있다는 반증이기도 하다. 미움받을 용기도 필요하다는데 글쎄, 나의 좋은 점을 봐주는 사람이 주변에 많다면 미움받을 일이 적고, 미움도 조금이라면 견디기 쉬울 것이다. 미움받을 용기 낼 궁리만 하지 말고 좀 더 따뜻하게 누군가를 배려해 갈 방법을 찾아 주변에 좋은 사람을 많이 두는 것이 나는 더 좋다고 생각한다. 결국 상처 없는 내가 되어야 하는 것. 그래서 정말 조금만 미움받는다면 그 정도는 쿨하게 잊어낼 수 있을 테니까. 누군가를 축하할 마음은 내가 준비할 수 있는데, 예쁘게 마음을 받는 사람을 찾는 게 또 어렵다. "축하해― 고마워" 세트 같은 말로 진심으로 축하하고 진심으로 고맙다고 말하는 대화였으면 좋겠다. 진심으로 축하할 일, 축하를 받을 사람, 그리고 축하한다는 말, 진심으로 고마움이 전해지는 마음이 그립다. 진심이란 단어로 꼭 집어 말하지 않아도 '진심으로 축하해, 진심으로 고마워'를 느낄 수 있는 대화를 하고 싶다.

좋은 일에 축하해 주지 않음이 서로에 대한 마음의 거리라고 생각했던 시절이 있었다. 좋은 일이 있음에도 불구하고 축하 없는 침묵은 '너의 좋은 일을 축하해 줄 만큼 우린 가깝지 않아'라는 뜻 같았다. 마치 그 사람에게 축하받고 싶은 마음을 거절당하는 것 같아 침묵에 상처받기도 했다. 저 사람이 잘되길 바라고 좋은 일에 항상 함께 기뻤던 것 같은데 짝사랑을 거절당하는 것처럼 아팠다. 마음이 가까우면 축하도 더 살갑게 한다고 생각했다. 친한 사람에게 축의금을 더 내고 친한 친구에게 쓰는 돈은 별로 아깝지 않은 것처럼 너와 나의 친한 정도가 축하의 정도와 비례한다고 생각했다. 축하한다는 한마디가 뭐 그렇게 어렵다고, 축하한다고 말하지 못하는 마음을 몰라서 이해하려 노력하지 못했다. 예쁘게 마음을 주는 것이 그렇게 어려운 건 아닌데. 고마워요, 감사해요, 좋아요란 말만으로도 가능한 일인데 뭐가 그리 어려울까 했다.

내가 행복하지 않을 때, 다른 사람의 행복이 축하해 줄 일이기만 할까. 아니, 제대로 서 있을 힘조차 없는데 다른 사람의 행복을 축하해 줄 여력이 있을까. 축하해 줄 마음이 없는 것이 아니라 축하해 줄 힘이 없을 만큼 지칠 때가 있다. 말 한마디가 그렇게 어렵냐고 하지만 누군가의 쉬움과 어려움을 내 마음대로 단정할 수는 없으니까. 먼저 사랑이 끝나 헤어지자고 말할 때, 빈말이라도 사랑한다고는 죽어도 하지 못하는 것처럼. 기어코 미안하다는 말로 사랑한다는 말을 대신하는 것처럼 죽어도 나오지 않는 말도 있다. 누군가 하고 싶지 않은 말을 내가 듣고 싶다는 이유로 강요할 수는 없고, 살다 보면 지금이 버겁고 마음의 여유가 없어서 누군가를 축하하는 것이 세상에서 가장 힘들 때도 있다. 주변 사람들이 잘되는 것이 자신의 초라함을 확인하는 과정이라면 웃으면서 축하할 여력이 없을지도. 어쩌면 나지막한 질투 돋친 말로 내 마음도 들여다봐 달라고 부탁하며 자신도 보살펴 달라고, 내 표정도 살펴 달라는 간절함이 담겨 있는지도 모른다. 그러니 이젠 좋은 일을 축하해 주지 않는다고 관계를 정리할 것이 아니라 기다려야겠다. 기다려줘야겠다. 좀 서운하긴 하지만 어쩌냐. 어차피 세상은 너무 많은 일들이 뒤엉켜 일어나고 서로에게 다른 일이 일어나고 있는 것일 뿐. 모든 것을 이해하는 건, 소심한 사람이 대담한 척하듯, 그릇이 작은 사람이 착한 척하듯, 신데렐라 언니가 맞지 않는 유리구두에 발을 밀어 넣으며 다른 사람의 눈치 보기 같다. 누가 들어도 의심 따위 없는 쿨한 축하를 위해서라도 정신 똑바로 차려야겠다. 가장 먼저 내가 괜찮아야 하기에, 누군가를 쿨하게 축하해 주기 위해서라도 더 괜찮은 사람으로, 따뜻한 옆집 언니가 되어주고 싶다.

사랑하고 싶을 때가 있다. 사랑을 주고 싶을 때도 있다. 사랑받고 싶을 때는 더 자주이다. 사랑을 쏟아버리고 싶은 순간, 조금씩 다시 주워 담을 때의 마음. 그리고 예쁘게 사랑받을 자격에 대해서 생각해 본다. 사랑스러운 주변 사람들에게 사랑을 주면서 좋은 일은 온전히 진심으로 축하해 주고 싶다. 언제든지 온몸으로 축하해 줄 수 있는 사람으로 살고 싶다.*

조만간 보자는 말

요즘 부쩍 핸드폰으로 통화를 하는 일이 줄었다. 핸드폰은 단순한 전화가 아니라 내가 모르는 사이에 나의 일상을 편리하게 해주는 조력자가 되어 있다. 핸드폰만 있으면 기본적인 생활이 가능하니, 세상을 손끝으로 사는 기분이다. 그렇다고 애정 가득한 잔소리를 하는 엄마를, 고민을 마음껏 털어낼 수 있는 친구를 대신해주진 못한다. 누군가 만나서 마음껏 수다 떨기보다는 답답하고 완전히 혼자 있고 싶을 때는 핸드폰에 자꾸 손이 가게 돼서 성가시다. 아직 핸드폰은 딱 그만큼이다. 뭐, 앞으로는 잘 모르겠지만. 아침에 핸드폰 알람 소리에 일어나면 핸드폰 시계를 보고, 밤에는 핸드폰 영상을 보다가 핸드폰을 충전시키면서 핸드폰과 함께 잠든다. 하루의 시작과 끝을 함께해서 핸드폰에 수면시간을 카운팅하는 기능은 아주 정확하다. 코팅된 액정에 미끄러지면서 좌절도, 실망도 화면이 꺼지면 없애버릴 수 있는 꿈도 꾼다. 화면을 꺼버리면 그만인 꿈을 향해 애쓸 필요도 없고 노력할 이유도 없으니 얼마나 편리한가. 감정을 쏟아내며 신뢰와 우정을 만들어 갈 친구보다 가면을 쓰고 만나는 인간관계에서 갈등을 일으키지 않을 방법을 터득해 가는 것만 같다. 너무 다가가지도, 멀어지지도 말고 정도를 지키며 너의 일을 잘 해내라고, 나에게 이롭지 않은 인간관계에 시간과 돈을 쓰지 말라고, 인간관계 계산기에서 손해 볼 짓을 하지 말란다. 어떤 모임에 나가게 되면 그 모임이 꼭 필요한 것인지 곱씹어 보고 계산기를 두드렸을 때 손해다 싶으면 더이상 나갈 필요 없다.

어렸을 때 부모님은 그냥 친구들과 사이좋게 지내라고 했는데, 친구들과는 의견이 다를 때도 있고 싸울 때도 있고 미울 때도 있었다. 눈물 날만큼 억울해도, 큰 다툼이 있어도 두고 보자고 곱씹으며 복수를 다짐하진 않았다. 순간의 화는 있어도 화난 감정은 금방 끝났다. 싸웠다가 다시 어떻게 놀게 되었는지 정확히 기억나지 않고 순간의 감정이 누그러들면 얼마든지 다시 원래의 친구 상태로 돌아갈 수 있었다. 특별한 목적이 없어도 그냥 놀았다. 놀자고 하면 만나는 사이가 친구라 생각했으니 친구가 뭔지, 우정이 뭔지 고민할 필요 없었다. 만나서 함께 노는 시간과 친한 정도가 비슷하게 비례했다. 누군가와 친하다고 말하는 것에 고민할 필요가 없었다. 자주 만나고 오래 같이 놀면 그냥 친한 것이었으니까. 지금처럼 그 사람과 나는 친한 사이인지, 마음을 열어도 되는지, 속마음 얘기를 다 해도 되는지 그런 고민은 하지 않았다. 누군가 너 그 친구랑 친하냐고 물으면 고민 없이 친하다고 말했다. 친구인 듯 친구 아닌 친구 같은 고민으로 얼마나 많은 시간을 쓸데없이 소비하고 있나. 친구니까 친하지, 안 친한 친구가 어디 있어. 짜증이 나는 친구도 친구였고 나랑 안 맞는 사람도 친구였다. 나이가 같으면 친구가 되었던 놀라운 시절이 있었다. 그때는 시간을 함께 보내주는 사람에 대한 고마움을 알았나 보다. 인간관계가 아니었다. 우정이었고 친구였다. 그런데 이제는 시간을 함께해주는 고마움 따위는 잊어버렸나 보다.

가끔 사람들과의 관계 속에서 알 수 없는 허무함이 느껴질 때, 허무함의 이유를 알 것 같긴 하지만 아니라고 믿고 싶은 마음으로 찬찬히 핸드폰 통화목록을 내려본다. 광고 전화, 스팸 전화, 업무적인 전화, 멀리 있는 부모님이 전부이다. 친구들과의 통화보다 광고와 스팸 목록이 더 많은 것을 보면 '아, 혹시 외롭게 살고 있나'하는 생각에 묻어두었던 외로움들이 스며온다. 살짝 외로웠다가도 금방 괜찮아지고 무기력해지는 것 같아도 해야 할 일을 해내면서 바쁘게 살아냈던 시간들을 되돌아보면 누군가와 함께했던 기억이 별로 없음에 놀라

곤 한다. 어쩌면 너무 바빠서 잊고 사는 게 아니라 지금에서 가까운 추억은 진짜 없을지도 모른다고. 진짜 없을까 봐 겁이 나서 추억을 그리워하며 산다고. 약속을 잡거나 전해야 할 말은 카톡 대화를 하고 그마저 단체카톡방이 있어서 일대일 대화를 하는 경우는 잘 없다. 오롯이 한 사람과 마음 대 마음으로 대화한 적이 언제였더라. 표현에 있어 마음보다 손가락은 느리고 받아준다는 확신이 없는 순간의 감정을 다 쏟아내는 일은 점점 줄어간다. 분명 다투지 않았는데도 마음은 적당히 닫혀 있고 언성을 높여 싸우지 않았지만, 주변에 진짜 내 편은 없을 것만 같다. 정말 친구 보험이라도 들어야 하나. 단체톡으로 여러 사람과 한 번에 대화하는 것이 전화로 통화를 하는 것보다 훨씬 효율적이긴 하다. 했던 말이 그대로 기록으로 남아서 전하고 싶은 말과 시간까지 사진처럼 저장되어 있다. 바로 확인하지 못해도 언제든지 앞에 했던 대화를 다시 확인할 수 있다. 오해가 생기면 대화를 되돌려보고 시시비비를 따진다. 했던 말이 다시 검색되어 눈앞에 캡쳐되어 있으면 아무리 뻔뻔한 사람이라도 우길 수 없다. 기록은 잘잘못을 따지는 정확한 심판이다. 사회생활을 하면서 '하고 싶은 말 다 하면 안 된다'는 것을 철저히 배웠고 내 의견은 있는 듯 없는 듯 상대의 말에 동의한다는 대답을 하는 습관이 생겼다. 잘 웃고 잘 운다는 건 약점이 되고 좋고 싫음이 얼굴에 티가 나는 건

일을 하는 데 불리함이 되더라고. 하고 싶은 말을 하지 말아야 할 때가 많다는 것을 쓸데없이 잘 알아서일까. 굳이 통화 버튼을 누르고 혹시 받지 않을 때는 기다리는 데 시간을 쓰지 않는다. 서너 번의 신호음이 지나고 나면 그냥 끊는 버튼을 누른다. 전화를 끊는 데 걸리는 시간은 단 1초. 더 이상도 필요 없다.

해야 할 말만 간단하게 카톡을 보내놓고 다른 일을 하며 전화했다는 사실도 잊는다. 그 속에 감정은 없다. 마음은 없다. 나는 보이지 않는다. 언제, 어디서 만나서 무엇을 하자는 약속하나 정하는데 무슨 감정이 생기냐고. 하지만 생각보다 많은 감정들이 스친다. 저녁 식사 약속을 할 때 우리는 맛있는 음식에 대한 기대, '내가 좋아하는 음식을 친구도 좋아할까, 둘 다 좋아하는 음식은 뭐가 있을까'하는 시시콜콜한 고민, 친구가 시간이 될까 궁금함, 혹시 시간이 맞지 않는다면 잠시의 실망과 카톡을 바로 보지 않을 때 1이 언제 없어지나 기다림과 신경 씀도 있다. 약속은 언제, 어디서 무엇을 하는지도 중요하지만, 누구와 함께하는지 가장 중요하니까. 다른 사람 말고 꼭 그 친구였으면 하는 마음을 담고 음식은 대신할 수 있지만, 여전히 친구는 대신할 수 없으니까. 가끔 친구들이 내 목소리를 잊진 않았을까, 내 말투를 잊진 않았을까, 염려되는 요즈음이다.

일상에 지치고 아쉬울 때마다 나를 잘 아는 친구가 생각난다고 바로 전화를 걸진 않는다. 멍때릴 수 있는 시간을 양보하고 싶지 않은 이기심일지도 모르지만. 소중하지 않아서는 아닌데, 지키고 싶은 우정이긴 한데, 나 자신을 지키는 것도 버거워 다른 소중한 건 지킬 힘이 남아있지 않나 보다. 친구와 일상적인 안부를 묻고 "뭐해?"라며 수다를 시작하던 전화는, 업무적이고 형식적일 때만 전화번호를 검색해서 통화버튼을 누른다. 전화번호를 외우고 있는 일도 없다. 잊지 못하는 전화번호를 외우고 있는 사람이 가끔 부럽다. 번호를 잊지 못할 만큼 진심으로 사랑했던 사람이 있었다는 뜻이기도 해서. 전화는 카톡 대화보다 성실하고 솔직한 이야기를 전달할 수 있는 형식적인 수단이다. 통화를 시도하는 것 자체가 대화를 이끌어야 하고 목소리를 다듬어야 하고 노력을 해야 하는 '일'이 되어버린 것일까. 카톡으로 던져놓고 싶은 말, 전화 통화로 오랫동안은 하고 싶지 않은 말은 그냥 대충 가슴속에 품고 살아간다. 카톡 대화에서는 표정으로 드러났던 섬세한 감정들을 이모티콘으로 얼마든지 가릴 수 있다. 단체방은 무수한 얘기가 쏟아져 나 하나쯤 얘기하지 않아도 대화가 가능하다. 실제로 만났을 땐 수다 떨다가 아무 말 없이 커피잔만 매만지는 나를 보면 친구들은 찬찬히 표정을 살필 텐데, 단체카톡방에서 그런 일은 없다. 그냥 바쁘려니, 할 말이 없으려니,

암묵적인 긍정이려니 한다. 참 유령이 되기 좋은 곳, 유령이 되어도 되는 곳이다. 아마 본인들이 하고 싶은 얘기를 하고 대화를 즐기느라 말 없는 사람의 표정과 생각은 궁금해하지 않을 것이다. 보이지 않는 내 표정을 궁금해하기보다 귀여운 이모티콘의 움직임에 더 빠져있을지도 모르지. 누구의 잘못 도 아니지만 정확히는 잘 모르겠지만, 아니 이런 마음이 들어 도 되는지 잘 모르겠지만, 뭔가 모르게 서글픈 건 어쩔 수 없 다. 살면서 진짜 힘이 들 때 세상에서 없어지고 싶다는 생각 을 하는데 단체방에서는 아주 쉽게 가능하다. 불편한 대화를 할 때는 없는 사람 취급받고 싶어지는데, 그럴 땐 카톡 대화 에 참여하고 있는 사람들에게 적당히 무시 받음이 나쁘지만 은 않다. 대부분의 사람들이 잠든 시간에 조용히 빠져나오면 그만이다. 무관심과 이해심의 경계가 없어서 얼마든지 무관 심도 이해심이라고 오해한다. 마음대로 오해하고 오해를 풀 고자 노력하지 않고 그냥 멀어짐을 선택한다. 또 클릭 한 번 에 그 단체카톡방을 나오는 내가 쉽게 상상된다. 혹시 감정이 상하게 되면 1초 만에도 나올 수 있다. 굳이 상대와 얼마나, 어떻게 다른지 우리가 더 좋은 관계가 되기 위해서 어떤 노력 을 해야 더 가까워질 수 있을지 생각할 필요 없다. 맞지 않는 사람과 오래 대화할 필요 없고 바로 끊어낼 수 있다. 쉽게 나 올 수 있는 만큼 쉽게 잊는다. 오해를 풀고 굳이 사과하면서

까지 감정을 맞추면서 불편한 대화를 할 필요 없다. 그래서 사과하는 방법도, 사과를 받고 마음을 풀어가는 방법도 잊어 가는 것 같다. 사과하는 방법을 잊으면서 누군가의 마음을 상하게 하고 사과해야 할 상황의 미안한 마음도 잊어버릴까 살짝 겁난다. 아는 사람들과 친한 친구, 무엇이 다른가 곰곰이 생각해 보고 싶은데 굳이 의미 없지 않을까. 좋은 인간관계와 함께한 시간은 비례하지 않는다는 것을 알아가며 친구가 아닌, 우정이 없어서 땡큐인 인간관계를 만들어 가고 있다.

그럼에도 불구하고 어쩌다 걸려오는 오래된 친구들의 전화는 늘 반갑다. "오랜만이다. 그동안 잘 지냈니? 애들은 많이 컸지? 살이 쪄서 걱정이야." 삼십 대 중반의 여자들이 하는 얘기는 고만고만 비슷하다. 같은 말을 다른 친구에게 해도 대충 맞아떨어진다. 누군가의 아내로, 누군가의 엄마로 살다 보니 이름을 불러주면 어색하다고, 그래서 이름을 불러주는 것만으로도 예전으로 돌아간 것 같다고. 연애, 결혼, 업무적으로 해야 할 일. 집에서 해야 할 일들과 삶의 변화에 예전에는 자주 만나던 친구들을 '오랜만이야'라는 인사로 시작한 대화를 '조만간 보자'라는 말로 끝내는 전화 통화를 한다. 조만간이라는 시간은, 정해놓은 약속이 있는 건 아니지만 확실한 약속을 위한 시간을 낼 만큼은 여유가 없는 바쁜 시간이다. 어쨌든 조만간 보자는 말은 약속이 아니다. '너와 나의 일상을 충실히 하고 여유가 좀 생기고 그때도 서로가 생각나서 타이밍이 맞으면 보든지 말든지 하자. 전화나 한번 해보자. 카톡이나 한번 하자. 여유 있을 때 서로가 생각나지 않으면 어쩔 수 없지 뭐'라는 말이다. 만나자는 걸까. 아닐까. 각자의 일상이 일 순위로 가장 중요하고 우리가 만날 약속은 그다음 순위임을 인정하는 '조만간 보자'라는 말. 물론 보고 싶은 마음은 진심이다. 어쨌든 우리는 카톡 프로필로 서로의 안부를 확인한 것이 아니라, 기어코 전화번호를 검색하고 통화버튼을 눌렀으니까. 통화 연결음을 기다렸으니까. 보고 싶은 마음과 우리가 함께했던 시간은 믿으니까.

그래서 오래오래 보자는 말이 좋아진다. 오래된 사이일수록 더 오래오래 보고 싶어진다. 오랜 친구를 다시 사귈 수는 없다. 하루는 늘 비슷하고 그렇게 반복되고 그래서 다행이라고 생각하면서 살아갈 때도 많다. 이렇게 전화를 끊고 나면 쏜살같이 다른 생각에 빠져들기에 조만간 보자는 말이 마지막 인사 같다. 삼십 분 후에 해야 할 일, 자기 전까지 해야 할 일, 해도 그만 안 해도 그만인 사소한 생각들에 빠져버린다. 분명 보고 싶다는 마음이 거짓은 아니었다. 진심이 없음도 아니지만 잠시 예전의 추억에 빠져서 느낀 순간적인 진심이었다. 이젠 순간을 믿고 기대할 만큼 순진하진 않은데 아니 순진하지 못하다고 말해야 하나. 조만간 보자는 '조만간'이 일주일이 될지, 한 달이 될지, 한 계절이 되어버릴지는 아무도 모른다. 친한 사람들과 얼마나 자주 만나냐는 질문을 받은 적이 있는데, 일주일? 한 달? 두 달? 그래도 친구라고 말할 수 있는 몇몇은 자주 본다고 생각했던 시간이 두어 달에 한 번이었다. 자주 만나는 사람이라고 무조건 친한 건 아니다. 그래서 오래오래 보고 싶다. 사랑스러움을 담아서 오래오래 사랑스러운 눈으로 보고 싶다. 오래오래 사랑스럽고 싶다. 시간은 내가 좋아하는 것들을 티 나지 않게 가져가서 친구란 것도 없어졌다. 흐린 날 조금, 날이 좋은 날 조금, 비 오는 날 조금, 그렇게 천천히. 친한 친구도 그랬다. 친구라는 사람을 조금 남겨두었지만 친하다는 우정, 친밀함은 어느 날 보니 전부 빼앗기고 없네. 둔한 나는 시간에게 뺏긴 게 뭔지도 모르고 잘 사는 줄 착각했고. 그때는 분명히 친했는데 지금 생각해 보면 그때 정말 친했는지도 잘 모르겠다. 이제야 겨우 빼앗긴 게 무언지 조금씩 실감하나 보다. 가끔은 눈물 나게 친구가 보고 싶긴 한데, 아무 말도 하고 싶지 않다. 지난 추억을 매만지듯 시간에게 빼앗긴 것을 찬찬히 되짚어 본다. 후회일까, 미련일까, 후회든 미련이든 뭐든 어차피 중요하지 않으니 그냥 머릿속에서 적당히 굴러다니라고 내버려 두고 어디서부터 어떻게 대화해야 하나 고민에 잠긴다. 사실은 웃으면서 좋은 말만 할 자신이 없어서 친구의 상황을 핑계 삼아 배려하는 척하는지도 모르지. 그렇게 결국 친구에게 전화하지 못하는 하루가 지나가게 되고.

예전에는 전화하지 않는 것은 마음이 죽은 거라 여겼다. 연애에서도 남자가 연락하지 않는 것은 실제로 죽었거나 사랑하는 마음이 죽었거나 둘 중 하나라고. 그렇게 생각하면 희망 고문에 마음을 낭비하지 않으면서 세상을 단순하게 살 수 있었다. 아는 만큼만 세상을 보면서 큰소리칠 수 있었다. "연락 오지 않은 사람은 널 사랑하지 않는 거야"라고 쉽고 짧게 말하면서 차가운 옳은 말들로 위하는 척 누군가에게 상처 주었다. 적어도 확실하지 않은 마음에 자존심을 거는 일은 없을 수 있으니까 시간적, 감정적으로 손해 보지 않는다고 생각했다. 친구도 그렇다. 친구가 세상의 전부이고 우정이 감정의 중심이었을 때는 자신 있게 말할 수 있었다. "솔직히 생각해 봐. 핸드폰 맨날 손에 들고 사는데 연락하는 게 어렵겠냐? 아무리 바빠도 화장실 안 가? 밥은 안 먹어? 카톡 한번 없는 것은 그냥 마음이 없다는 뜻이야. 마음 있으면 분명 연락해. 먼저 연락해서 쉬운 사람으로 보이지 마. 마음 들키지 마. 무조건 가만히 있어. 그게 쓸데없는 에너지를 덜 쏟는 방법이고 자존심을 지키는 일이야."

일방적으로 사람의 마음을 궁금해하는 것만큼 초라한 것도 없다. 마음을 느낄 수 없어서 말로 표현해보라 하는 것, 말해도 믿지도 못할 거면서 거짓말이라도 해달라는 마음으로 누군가의 마음을 보고 싶어 하는 것만큼 외로운 것도 없다. 마음이 있는 사람인지, 단순히 말을 잘하는 사람인지 헷갈리는 것만큼 공허한 것도 없다. 사람의 마음이 궁금하다는 것은 이미 나는 마음이 생겼는데, 그 사람의 마음은 보이지 않는다는 것이니까. 내 마음보다 더 작을 가능성이 훨씬 크다는 것이니까.

오랜만에 걸려오는 친구의 전화가 그렇게 반갑다. "잘 지냈어? 그냥 걸어봤어. 나 생뚱맞지?"라는 인사에 저절로 웃음이 나왔다. 진짜 생뚱맞은 상황이기도 했고 전화기 너머로 웃고 있는 친구의 표정이 그대로 상상되면서 그냥 기분이 좋아졌다. 이런 게 소소한 행복인가. 눈꼬리를 늘어뜨리고 입꼬리를 한껏 올려 마치 내가 전화를 건 것처럼 질문을 쏟아냈다. "넌 어때? 잘 지냈어? 요즘 뭐해? 점심은 먹었니? 어, 그럼 잘 지내지. 매일 똑같지 뭐. 하는 것 없이 바쁘네."

요즘 하는 것 없이 바쁘다고 생각하며 살았는데 운동도, 책도, 글 쓰는 것도, 강의 준비도 나름 열심히 한다. 눈에 보이는 성과가 있는 것이 곧 '하는 것'이라 생각했나 보다. 찬찬히 생각해 보면 쉬는 것도, 여유를 부리는 것도, 준비를 하는 것도, 잠자는 것도 다 '하는 것'인데 말이다. 항상 무언가 열심히 노력하고 있지만 이렇다 할 결과로 말할 수 없을 때 약간의 머쓱함을 잘 지나가려고 그렇게 말한다. "요즘 하는 것 없이 바쁘네" 기대했던 일이지만 원하는 결과를 얻지 못했을 때도 그렇게 말한다. 무언가를 향해 달려가고 있지만 정말 무엇을 하고 있는지 모를 때도 그렇다. 하는 것 없이 바쁘다. 생각보다 우리가 살아가는데 하는 것 없이 바쁠 일이 너무 많다. 잘못된 선택을 하고 미련을 두는 것까지 다 하는 것 없이 바쁠 일이다. 해야 할 일들 속에서 내가 좋아하는 것을 찾아가는 것. 눈에 보이지 않으니 더 제대로 보기 위해서 노력을 해야겠다. *

행복은 소유가 아니잖아요

행복을 담을 수 있는 가방을 사고 싶다. 보통 한 달을 4주, 일주일을 7일로 구분하니까 언제 가방 속에 행복을 담아야 할지 헷갈리지 않도록, 그리고 가방이 너무 무겁지 않도록 일곱 개의 행복이 들어갔으면 좋겠다. 한 달에 네 개의 신상 가방을 소유한다. 사람은 누구나 본능적으로 소유욕이 있으니까 가방을 소유하는 것도 본능 중에 하나다. 가방 하나에 행복이 일곱 개나 들어가야 하는데, 일곱 개의 행복의 무게 정도는 감당하면서 살기로 하자. 눈에 보이지 않으니 행복의 색깔은 알 수 없다. 행복하다는 것을 느낄 수는 있지만 언제, 어떻게 행복해질지는 모른다. 그래서 신경을 많이 쓰고 자주 들여다봐야 한다. 관심을 많이 가질수록 더 행복해질 수 있지만 욕심내서는 안 된다. 오늘 하루 중 언젠가는 행복해질 것이라는 기대는 해도 된다. 가방 속에는 분명히 오늘만큼의 행복이 들어있으니까. 하루 중 분명 행복했던 시간이 있었다. 혹시 느끼지 못했다면 내 잘못이다. 내가 섬세하게 행복에 집중하지 못해서 모르고 지나간 거다. 그럴 때는 좀 속상하긴 하지만 굳이 울 필요는 없다. 어차피 내일의 행복이 가방 속에 기다리고 있다. 내일의 행복을 더 잘 느끼기 위해 내일을 기다리면 된다. 행복을 기다리는 것은 그렇게 어려운 일은 아니다. 처음에는 조금 어렵게 느껴질 수도 있는데 하루하루 연습하다 보면 할 만하다. 어린아이들도 얼마든지 할 수 있을 만큼의 난이도라 금방 익숙해진다.

가방 속의 행복을 꺼내기 위해서는 가장 먼저 좋아하는 요일을 정해야 한다. 내일이 토요일이기 때문에 금요일이 가장 좋다면 금요일을 선택하면 된다. 여기서 주의사항은 이성적으로 너무 복잡하게 고민하지는 말 것. 일요일이 무조건 제일 좋아도 좋고 시작하는 느낌의 월요일이 좋아도 된다. 이유는 단순해도 좋고 구구절절해도 좋지만, 이유를 생각하는 데 힘들거나 지치면 안 된다. 내가 감당할 수 있는 범위에서 어떤 이유라도 괜찮다. 그날 하루만 가방 속에 일곱 개씩 행복을 챙겨 담는다. 여기서 또 설명하자면 행복의 크기는 상관없다. 많이 행복한 날도 있고 조금 행복한 날도 있다. 매일매일 똑같은 행복을 느끼면서 사는 것도 재미없을 것 같다. 하지만 불행이 들어올 만큼의 작은 행복을 소유하는 날은 유독 조심해야 한다. 행복의 크기가 너무 작을까 봐 유난히 걱정되는 날은 가만히 가방 속에 손을 넣어보면 크기가 느껴지기도 한다. 보이진 않는다고 했다. 작은 행복을 느끼다가 큰 행복에 감사하고 큰 행복이 문득 버거울 때는 소소한 행복을 느끼는 일상 속의 재미, 그리고 힐링. 가방 속에 몇 개의 행복이 남아 있는지는 나만 알 수 있다. 가끔 내 가방 속에 몇 개의 행복이 남아 있는지 자랑하고 싶을 때도 있을 것이다. 그럴 때는 꾹 참아야 한다. 나도 모르게 키득키득 새어 나오는 웃음 정도는 괜찮다. 키득거리다가 다른 사람에게 들키면 그냥 소소한 거라고 말하면 된다. 들킨 사람과 마주 보고 같이 키득거리면 더 좋다. 살면서 좋아하는 요일이 생긴다는 건 꽤 근사한 일이다. 일주일에 한 번쯤 설레는 일이 생긴다는 게 얼마나 멋진 일인지는 시간이 지날수록 더 확실하게 느낄 수 있다. 그 요일마다 행복에 대해서 생각해 볼 수 있다는 것이니까 행복에 대해 생각하기 시작하면 가방 속 행복으로 일주일은 행복하게 보낼 수 있게 해줄 것이다. 행복을 담을 수 있는 가방은 뻔한 돈으로는 살 수 없다. 인터넷 구매 불가, 택배 배송 불가, 명품으로 제작 불가, 해외직구 불가. 나와 가장 가까운 장소에서 나와 가장 가까운 사람들과 내가 직접 일상 속의 작은 미소를 찾는 데부터 시작한다.

다른 사람의 가방이 탐나서 훔치는 것은 안 된다. 어차피 내 가방은 나에게만 쓰일 수 있다. 행복에 이름표가 있는 것은 아니지만 어차피 다른 사람의 행복이 나에게 오면 아무런 힘도 없다. 이미 그건 행복이 아니다. 다른 사람의 가방을 훔치면 내 가방도 다른 누군가가 훔쳐 간다. 한 사람의 손에는 하나의 가방만 들 수 있다. 무겁진 않지만 한 사람이 두 개의 가방을 들고서는 걸어갈 수 없다. 두 개의 가방을 든다는 것은 다른 사람의 손을 잡을 수 없다는 뜻이기도 하니까. 하지만 다른 사람의 가방을 함께 드는 것은 괜찮다. 들어주는 것도 괜찮다. 반드시 옆 사람의 허락이 필요하다. 그러다가 사랑한다고 고백하면 두 사람의 가방을 합쳐서 더 큰 행복을 만들 수 있다. 구체적인 제작과정에 대한 매뉴얼은 없다. 아무도 모른다. 왜냐면 행복 가방을 합치는 일은 두 사람이 알아서 할 일이기에 두 사람이 알아서 잘해야 한다. 사용설명서에도 싸우지 말고 알아서 잘하라고만 적혀 있다. 대화가 많이 필요하고 기다리는 능력이 필요하다는 소문이 있을 뿐이다. 그렇게 합쳐진 행복은 어마어마하게 커져서 행복 부자가 될 수 있다. 행복으로 다른 것을 살 수는 없지만, 행복은 소유하는 것이 아니기에 그냥 느끼는 것으로 만족한다. 어마어마하게 커진 행복은 어마어마한 돈으로 살 수 없고, 가방 또한 아무리 돈이 많아도 주어진 만큼 그 이상은 살 수 없다. 우리는 작은 것부터 시작하면 된다.

좋아하는 요일을 정하는 것은 지금 당장 해볼 수 있잖아?
오늘의 나, 지금의 나에게 물어볼 수 있잖아? 좋아하는 요일
을 만들고 행복 가방을 사러 너의 꿈속으로 들어갈 거야.

너의 마음에 노크합니다.

"똑똑"

들어가도 될까요? *

한마디로 말해서

그래서 하고 싶은 말은 뭐니? 결론은? 시간 없어, 빨리 말해. 바쁘니까 한마디로 정리해봐. 그래서 뭐, 어쩌라고? 결과론적 몰라?

심플하게 사는 것이 유행이다. 인간관계도 심플하게, 집 안 인테리어도 심플하게, 결정도 심플하게. 복잡하게 생각하지 말란다. 내가 생각하기에는 하나도 안 복잡한데 원인과 결과 딱 맞아떨어지는데 "복잡하게 생각하지 마"라고 말하던 사람은 이해하기 싫다는 눈빛이었다. 그 말은 '복잡하게'란 단어보다 '생각하지 마'라는 단어가 더 중요했나 보다. 짧은 시간에 이성적으로 판단하고 결정을 내리는 사람을 보면 그렇게 멋있어 보일 수 없다. 이성적인 판단은 빠르고 마음이 없는 결정은 쉽고 많은 사람이 단순하게 사는 게 잘사는 것이라고 하니 또 그런 것 같기도 하다. 최소한으로 소유하고 단순하게 살아가는 게 잘사는 거란다. 물론 그러면서 돈은 많아야 하고 평생을 책임져줄 자산이 넉넉하게 있어야 한다. 도대체 얼마나 가지고 있어야 100세 시대 평생 부족하지 않고 넉넉할까. 하고 싶은 걸 하면서 쉬고 싶을 때 쉬면서 살 수 있을 만큼을 가지려면 얼마나 가져야 할까. 그래서 난 욕심을 줄인다고 사람들에게 말하곤 하는데 그럴 때마다 대부분 "그게 돼? 그게 쉬워? 그게 가능해?" 하고 되묻는다. 그게 쉽냐고 묻는다면 뭐, 하고 싶은 것 다 하고 사는 건 뭐 쉬운가. 갖고 싶은 것 다 가지면서 사는 건 가능한가. 그것보다는 쉬운 일인 것 같긴 한데, 한 번에 이해해주는 사람은 잘 없었다. 어차피 대단한 부자가 되진 못할 것 같으니까 내 주제 파악 잘해서 그에 맞는 정도만큼만 사는 것이 좋다.

나는 중간 정도의 보통을 좋아하고 보통보다 진짜 조금만 더 잘하는 게 꿈이라, 꿈을 이루는 날이 많았다. 열심히 사는 사람에게 사는 건 마라톤이지만, 뛰다가 걷다가 쉬다가 누워도 상관없는 평범한 사람에게는 '집콕'하며 침대에서 책만 끄적이다가 밖에서 러닝하는 날은 특별한 날이 된다. 보통이면 좋고 보통보다 진짜 조금만 잘해도 아주 좋은 나에게 일상이 산책 같다. 산책은 매일매일 해도 지치지 않으며, 매일매일 다른 공기를 맡을 수 있어서 좋다.

조금이라도 불필요하면 버리고 진짜 필요한 것만 곁에 두란다. 집 안도 심플하게, 여행도 심플하게, 생각도 심플하게 비우면서 살아가란다. 심플하게 살아야 하니까 말도 심플하게 해야 하나. 말을 많이 하는 것보다 차라리 침묵하라고, 모를 때 가만히 있으면 중간이라도 가니까 튀지 않으려면 그냥 가만히 있으라고. 나는 좋아하는 사람을 만나면 자꾸 말이 걸고 싶고 궁금한 게 있으면 생각이 많아져서 견딜 수 없다. 좋아하는 것 앞에서 한없이 단순해지면서도 의미 없는 말들을 종알거리는 게 좋아한다는 표현이라 말을 줄이는 게 힘들다. 마음에 있는 말이 그대로 나올 때가 많아서 좋아하는 마음은 금방 들키고 입조심은 포기한다. 그런 나를 잘 알기에 애초에 마음을 착하게 먹어야겠다고 다짐하는데, 사실 그래서 더 하고 싶은 말이 많아진다.

좋아하는 것 앞에서 단순해져도 더 많이 좋아하게 될수록 하고 싶은 말은 더 많아지는 것 같은데, 난 뭔가 잘못하고 있는 것인가. 어쨌든 나이가 들어갈수록 간단하게 말하는 것이 더 중요해졌다. 심플하게 말한다고 해서 듣는 사람이 심플하게 받아들일 것 같진 않은데 말이다. 말을 심플하게 하면 듣는 사람은 편할 거 같긴 하다. 간단하게 얘기해주면 시간도 아낄 수 있고 자신이 하고 싶은 말을 더 많이 할 수 있다. 아마 심플한 내 말에 자신의 생각과 가치관을 더해서 나를 평가

하겠지. 심플하게 말해줄수록 평가하기 쉽다. 어차피 원하는 대답이 있고 원하는 말만 골라서 들을 것이니, 원하는 대답만 골라서 해주면 된다. 다정함이 없는 대화는 구구절절 이유를 얘기하고 상황을 설명하는 것이 상대방을 이해시키기 위함이 아니라 듣는 사람의 시간을 빼앗는 큰 피해를 주는 것 같아서 부담감이 느껴진다.

여전히 세상에 눈치 없고 실수에 너그러운 게 좋아서 느리게 살아가는 나는 이 말이 아프다. 너에게는 한마디 할 만큼만 시간을 내어 줄 것이니, 얼른 짧게 얘기하고 앞에서 사라지라는 말 같다. 한마디로 말하라는 것은 그만큼 널 소중하게 생각하지 않는다는 슬픈 고백 같기도 하다. 간단하게 한마디로 말하라고? 힘들다고 한마디로 말하면 알아듣지도 못할 거면서. 별것도 아닌 것 가지고 그런다고 할 거면서. 힘들 때는 감정이 많아서 한마디로 말할 수 없다. 할 말이 너무 많은데 정리할 수 없어서 그냥 힘들다고 말한다. 그냥이라는 말과 힘들다는 한마디에 얼마나 많은 힘듦이 들어있는지 상상하지 못한다. 감정이란 건 말로도 글로도 표현되지 않고 금방 지나가 버리기도, 잊혀지기도, 스쳐 지나기도 해서 전부 기억할 수도 없다. 기억조차 없는 감정의 순간도 마음 구석구석 무언가 흔적을 남기고 쌓여 기분이 되고 나도 모르는 표정으로 마주한 사람에게 보여진다. 그래서 우리는 지나가 버린 감정보다 남아 있는 기분을 더 중요하게 생각하면서 사는지도 모르겠다. 물론 내가 어떤 표정을 지었는지 나도 모를 때도 있지만. 내 기분을 나도 모를 때도 있지만. 나조차도 그냥 지나친 감정의 흔적은 알게 모르게 쌓이다가 힘들다, 우울하다, 지쳤다, 쉬고 싶다는 말로 표현된다. 그리고는 왜 이렇게 우울한지, 왜 이렇게 지쳤는지, 왜 쉬고 싶은지 모르겠다고 말할 때가 많다. 짧게 스쳐버려 정말 나도 모르는 감정과 기분들이지만 이렇게 한마디로 말해버리면 주변의 누군가를 답답하게 하기 딱 좋다. 대놓고 흔적을 남기면 울기라도 하지, 알게 모르게 남았을지도 모를 감정을 추스르는 것은 아무리 반복해도 익숙해지지 않는다.

지금까지 나를 스쳐 지나간 감정의 모양은 모두 다른 모습일까. 다른 표정일까. 다른 색깔일까. 상처에 익숙해지기 전에 상처는 또 반복되고 더 큰 상처로 아플 뿐, 남아 있는 감정이 누그러지는 데까지 시간은 필요하지만, 어차피 정리할 수 없어서 한마디로 말하는 것은 의미 없지. 나도 모르게 쌓아두었던 감정들은 밥을 먹다가 국이 너무 짜서, 잊지 말아야 할 것들을 제대로 기억하지 못해서, 좋아하는 사람 앞에서 실수해버려서, 책을 보다가 너무 나와 비슷한 상황에 공감해 버려서 터져 버릴 때도 있다. 세련되고 똑똑한 이성은 늘 앞서 있고, 시간에 의지하며 굼뜨는 감정은 이성에게 밀려나는 것 같다. 감정을 이성에게 양보하는 것이 성숙한 어른이 되는 법 같은 규율. 지키지 않아도 되긴 하지만 지키면서 사는 게 더 성숙하다는 인식에 익숙하다. 이성적인 사람이 한마디로 말하는 것과 감정이 쌓인 사람이 감정을 더듬으며 상처를 토해 내는 것은 분명 서로 다른 언어다.

간단하게 한마디로 요약하여 설득하는 것은, 느리고 더디고 가장자리가 좋고 끝자리도 얼마든지 괜찮은 나에게는 참 불리한 말이다. 하나하나가 다 똑같이 소중한 감정들인데 한마디로 정리하려니 한마디 속에 품지 못한 나머지 감정들에게 미안한 마음이 또 쏟아져 버린다. 늘 한마디로 말하는 것이 어려운 나는 사랑하는 사람에게는 조잘조잘 수다를 떨곤 하는데 말의 내용보다 그냥 사랑스럽고 싶은 수다를 어떻게 한마디로 정리할 수 있을까. 논리적으로 의미를 품은 한마디보다, 조잘조잘을 예쁘게 봐주었으면 좋겠다. 멋없는 사람으로도 좋으니 조금 더 오래 보아주었으면 좋겠고, 오래 봐야 알 수 있는 사랑스러움을 찾아내 주었으면 좋겠다. 조잘조잘 떠드는 시간 동안 눈동자의 생김새를 보며 눈을 맞추고 입 모양을 봐주었으면 좋겠다. 따뜻하게 바라본다면 스쳐 지나가고 있는 감정들이 더 잘 보일 때도 있다. '두 마디로 말해 주세요'라는 말은 왜 없지? '세 마디로 말해 볼래? 네 마디로 얘기해 줄 수 있겠니? 자세히 얘기해 봐' 한 마디 한 마디가 늘어날 때마다 그만큼씩 다정해지는 듯하다. 그 다정함에 신이 나면 조잘거리는 입은 더 예뻐질 것이고 조잘거림을 바라보는 눈은 더 사랑스러운 눈빛으로 바뀔 것이다. 한마디로 말할 땐 이유를 말하지 못할 때가 많다. 이유를 알아야 좀 더 들여다볼 수 있는데, 요즘은 이유가 궁금할 만큼 들여다보고 싶은 관계가 잘 없는 것 같아 사람들이 외롭다고 말하는 것 같기도 하고.

한마디로 너무 힘들었다고.

그랬어? 왜? 무슨 일이 있었던 거니? 따뜻한 커피 한 잔 줄까? 지금 얘기해 줄 수 있겠니? 아니면 조금 기다려 줄까?

정말 내 말이 혼란해서 한마디로 말해주길 원한다면 꼭 왜냐고 물어주었으면 좋겠다. 그래야 적어도 네가 싫으니 얼른 한마디를 하고 내 앞에서 사라지라고 오해는 하지 않을 것 같다. 이런 한마디에 간절함이 생긴다는 것은 한마디로 말해서 널 사랑하기 시작했다는 거야.*

낯가림이 심해요

가을이 지나가는 건 늘 아쉽다. 봄에는 봄바람이 따뜻해서 설레는지 알았는데 신기하게도 더운 여름의 끝에 만난 가을에는 다른 낭만적인 설렘이 있다. 어차피 설렘은 지금 설레는 게 가장 설레는 거라고 가을의 선선한 설렘이 마냥 설레기만 하다. 봄이 따뜻한 것들을 예쁘게 해준다면 가을은 선선한 것들을 아름답게 해준다. 선선한 바람을 맞으면서 좋아하는 사람과 손을 잡고 걷고 싶다. 봄에 꽃길만 걷게 해준다는 그분들 다 어디 갔나요? 바람과 설렘에 무슨 상관관계가 있는지는 정확히 알 수 없으나 선선한 바람도 좋고 설렘도 좋아서 시간이 날 때마다 하늘, 바다, 산, 자연이 있는 곳으로 가고 싶어진다. 저렇게 파란 하늘을 두고 형광등 아래 누워 핸드폰만 보고 있는 게 뭔가 죄를 짓는 것 같고 하늘이 이렇게 우주까지 높아져서 맑고, 파랑으로 빛날 예정인데 늦잠 자는 건 반칙하는 것만 같다. 맛있는 음식을 앞에 두고 냄새만 맡으라는 것처럼, 하고 싶은 것이 너무너무 많은 사람에게 잠만 자라 하는 것 같은 양심의 가책이 느껴지는 기분이다.

운동도 할 겸 내 선택은 가을 산이었다. 여름은 진짜 산을 좋아하거나 운동이 간절한 사람만 정상에서 만날 수 있다. 무더운 여름 산은 '그냥 운동이나 좀 해볼까' 하는 마음으로 올라가다가는 올라가는 내내 쓰러져 죽을 것 같아서 '다시 내려갈까' 하는 생각만 하게 되는데, 세상에는 진짜 좋아해야 할 수 있는 일들이 이미 정해져 있다. 그리고 진짜 좋아했는지, 그냥 좋아했는지, 좋아하는 척을 했는지는 직접 해보면 알 수 있다. 가을 산은 가을의 선선함 덕분에 그냥 좋아해도 좋아하는 척하면서 갈 수 있는 곳이다. 처음에는 갈대를 보러 다음에는 단풍을 보러 다니다 보니 힘든 운동에 익숙해지고 힘든 시간을 함께 보낸 사람이 좋아져서 자연스럽게 등산이 취미가 되었다. 등산은 가을이 딱이다. 예쁜 자연에서 힘들어서 죽을 것 같지만 그래도 절대 죽지는 않는다고 웃으면서 말할 수 있는 정도로 운동이 된다. 겨울 설산이 그렇게 아름답다고는 하는데 추위에 유독 약한 나에게 겨울은 가을의 끝에서 옷만 껴입는 계절일 뿐이다.

오늘은 친구의 등산동호회에 게스트로 무장산을 다녀왔다. 처음 보는 회원이 운전하는 차로 나와 친구, 셋이서 함께 집으로 돌아왔다. 뒷자리에서 친구와 나는 '솔' 톤으로 시시콜콜한 수다를 떨었다. 우리는 술을 마시지 않고서도 알콜 텐션이 가능하다. 기분이 좋으면 '라'까지도 올라가면서 건반의 음계를 왔다 갔다 하듯 텐션이 오르락내리락한다. 술을 마시지 않아도 이렇게 기분이 좋은데 굳이 비싼 돈을 주고 소중한 간을 괴롭히는 술을 마시는 이유를 아직 잘 모르겠다. 하늘이 파랑파랑하고 청아해서 입고간 핑크색 후드티와 잘 어울렸다. 하늘과 나무와 파랑과 초록, 핑크가 너무 잘 어울려서 설렘에 설레고 설레었다. 운전하는 회원분께 혹시 시끄럽다면 말해 달라, 금방 주눅 드는 애들이라 말은 잘 듣는다는 나의 농담에 재밌다는 듯 웃어주었다. 운전에 피곤해하시는 것 같으면 운전 잘하신다, 차 좋다는 칭찬을 쏟아내며 운전하는 분이 지루하지 않을 만큼, 운전에 방해되지 않게 대화를 시도했는데 성공했는지는 잘 모르겠다. 원래 조용하고 낯가림이 심한 성향이라고 했다. 뒤통수를 보고 있어 낯가릴 필요 없다는 내 말에 모두가 함께 웃었다.

말이 없는 사람은 늘 어렵다. 어떤 생각을 하고 있는지 잘 말해 주지 않으니, 마음에 대한 수수께끼를 풀면서 보물 없는 생각 찾기를 하는 것 같다. 자신의 기분과 생각을 직접 말해 주어야 서로 오해 없이 알 수 있고 공통점을 찾을 수 있다. 본인이 직접 자신을 소개하는 말을 들어보고 행동을 봐야 제대로 알 수 있다. 사람을 알아가고 친해진다는 건, 내 가치관대로 한 사람을 해석할 것이 아니라 그 사람이 어떻게 보이고 싶어 하는지도 배려하고 존중해 주어야 하기에 상대의 마음을 아는 것도 중요하다. 조심스러운 배려가 필요하다. 사람마다 서로 다른 성격과 성향이 있어 첫 만남에서 모든 것을 알 수는 없고 아무리 인간관계에 뛰어난 사람도 첫 만남에 사람의 성향을 완벽히 알 수 없다. 짧은 시간에 내 마음대로 한 사람을 판단해버리는 것은 실례가 될 수도 있고. 뭐, 두어 시간 같은 차를 타고 왔을 뿐인데 꼭 서로 친해져야 하냐고 묻는다면 할 말은 없지만. 낯가림이 심하다는 말은 '너와 대화하고 싶지 않으니 다가오지 마'라는 통보의 뜻이 될 수도 있다. 선을 긋겠다, 우리의 관계가 친밀해지기 위해 노력하지 않겠다는 통보로도 쓸 수 있는 말이다. 사실 낯가림이 심하다는 말은 언뜻 들으면 원래 잘 친해지지 못하고 말을 잘하지 못하는 성격이라 자신을 설명해주는 말 같지만, 상대에 대한 배려는 없다. 낯가림이 심해서 그렇다는 말은 결국 노력하지 않겠다는 핑계의 다른 표현이다. 의도하지 않은 의도, 거절 아닌 거절로 낯을 가리는 사람은 굳이 말로 설명하는 것보다 침묵으로 어색함을 참아낸다. 어색함을 참아내는 것이 지금이 완벽하게 편안하다는 것은 아니지만 말이다.

　뭐든 다 괜찮다고 말하는 사람도 어렵다. 결정을 떠넘기며 괜찮다고 말하는 사람에게는 더 많은 관심을 가져야 해서 결정에 대한 책임감이 두 배로 느껴진다. 지금 말하는 '괜찮다'가 정말 괜찮다는 말인지, 지금 이 순간이 잘 지나갔으면 하는 괜찮다인지, 이 정도면 참을만하다는 괜찮다인지, 알아주길 바라는 괜찮다인지 잘 헤아려야 한다. 괜찮다에는 정말 많은 의미가 있다. 나쁘지 않다, 그렇다고 좋지도 않다, 다른 것보다 나은 것 같다, 잘한 것 같다, 참을 만하다, 참을 수 있다, 지금 이 순간이 빨리 지나갔으면 좋겠다, 네가 좋다니까 그걸로 충분하다, 너를 위해 참을 테니 이 순간을 빨리 지나가고 싶다, 그렇게 괜찮다는 말에 인내를 숨겨 놓았다. 어쩌면 들키고 싶어서 고개를 빼꼼 내밀고 살짝만 숨어있는 것 같으니 조심히 잘 다루어야 한다. 괜찮다는 사람의 마음이 다치지 않게, 계속 괜찮을 수 있게.

　사실 나도 낯을 가린다. 직접 말하는 것만 믿고 처음 만난 사람은 당연히 불편하고 어색하다. 낯을 가린다고 선을 그어 놓은 사람 앞에서는 더더욱 어찌해야 할지 머릿속이 복잡해지지만 처음 본 사람과도 편하게 대화를 하기 위해서 노력을 할 뿐이다. 아니, 그래서 노력이라는 것을 한다. 언제부턴가 노력은 습관이 되어가고 있다. 세상에는 아무리 노력해도 안 되는 일도 많은데 누군가의 낯가림 정도는 노력하면 해결할 수 있는 일이라 참 다행이다. 잠시 눈을 감고 처음 본 사람이라는 생각을 잊고 자연스러운 분위기를 위해 할 말을 하는 것. 내가 낯가림을 극복하는 방법이다. 대단한 스킬은 아니지만, 생각보다 효과는 크다. 여전히 잘 모르는 사람에게는 낯을 가린다는 말이 나와 친해지고 싶지 않다는 뜻인지, 다가오지 말라는 경고인지, 아니면 정말 말 그대로 어색해서 머쓱한 시간을 보내고 있다는 뜻인지는 잘 모르겠다. 그럴 때는 그냥 내가 하고 싶은 대로 한다. 낯가림이 심하다고 말한 사람은 어쨌든 노력하지 않겠다는 뜻이니, 적어도 지금의 친근한 분위기를 위해서 노력하고 있으니까 이 정도는 내 맘대로 해도 되지 않을까.

백만 인구가 사는 울산 참 좁더라고요. 이 이야기가 돌고 돌아 오늘 운전해주었던 그분에게 전해지길 소망합니다. "고생 많으셨습니당. 덕분에 잘 다녀왔네요. 사실 저도 나까리미시매요."*

낯가리세요? 사람 가리세요

"제가 낯을 가려서 처음 만나면 말도 잘 못하고 잘 친해지지 않아요." 낯을 가린다는 사람이 주로 하는 말이다. 예전에는 낯가린다는 말이 좋았다. 아니, 낯을 가려야 한다고 생각했다. 쉽게 다가온 사람은 쉽게 떠나가는 가벼운 사람이니 낯가리는 사람과는 친해지기까지는 많은 시간이 걸리지만 한 번 친해지고 나면 진짜 내 사람이 될 수 있다고 생각했다. 어차피 남을 사람은 남고 떠날 사람은 떠난다고 하니, 굳이 애쓰고 노력해서 멀어지지도 붙잡지도 않는 게 좋다고 생각했다. 나에게 쉽게 다가오는 사람은 다른 사람에게도 쉽게 다가갈 테니, 특별하지 않을 거라 오만했다. 사람을 알아가는데는 무조건 시간이 필요하다고 단언했다.

시간이란 단순한 필요조건이 아니라 충분조건이라 전제를

깔았다. 그러면서도 첫인상이 좋은 사람과 첫눈에 사랑에 빠지는 로맨틱한 사랑을 꿈꿨다. 매번 진지하게 진심이었던 순간들도, 현실은 한 발자국만 뒤에서 보면 아이러니투성이다. 몇 번의 사랑과 이별을 반복하고 나서야 첫눈에 누군가에게 빠지는 것이 얼마나 위험한 일인지 알게 되었다. 사랑이라면 더더욱. 이제 다 왔다 싶으면 또 멀어져 있고 보드라운 것 같았는데 까칠하고 만났는데 헤어진 것 같은 느낌이 사랑이라는 것 정도까지만 이제 겨우 안다.

사람과 사람이 알고, 사랑임을 확인하는 데까지는 생각보다 훨씬 긴 시간과 많은 사건, 다양한 표정과 표현이 필요했다. 시간이 알려주는 조심스러움을 깨닫게 되면서 점점 나를 지키기 위한 낯가림이 시작되었다. 뭔가 도도해졌다는 착각에 빠진 듯 아무나 앞에서 웃어주지 않을 것 같은 시크함이 매력인 것 같았다. 아무에게나 막 잘해주는 쉬운 사람이 아니라는 뜻을 담아 첫 만남에 수줍은 고백처럼 낯을 가린다고 말하기도 했다. 내가 너에게 다정하다고 느껴진다면 고마워하라는 뜻이 담긴 잘난 척인지도 모른다. 좁은 시선으로 세상을 바라보는 틈에서 삐져나오는 오만함이었다.

첫눈에 반하는 사람을 믿지도 않고, 첫눈에 반해서 사랑에 빠질 수도 없으며 그래서도 안 된다고 이성적으로 생각을 하지만, 정말 첫 느낌이 너무 좋은 사람이 있다. 그럴 때는 낯을 가리고 말고는 생각도 나지 않는다. 상대의 질문에 원하는 대답을 찾기에도 바쁘다. 그 사람의 성향은 어떤지, 어떤 모습을 좋아할지, 그 사람의 눈에 비치는 내가 어떤지, 맞춰 주기도 너무 바빠서 나의 성향이 어떤지는 생각할 틈도 없다. '나다운 게 어떤 거였더라' 생각하면서 내 방식대로의 사랑을 말할 여력이 있다면 충분히 반하지 않았다는 뜻이다. 완벽하게 반한 사람 앞에서 손은 바들바들 떨리고, 심장도 바들바들 떨리고, 그럴 때 몸은 좀처럼 말을 듣지 않는다. 순간을 기억이나 해내면 다행이다.

두 사람이 처음 만났을 때, 편안함을 위해서는 서로 반만큼의 배려를 하면 된다. 아무런 감정과 관계의 갑을이 정해지지 않을 경우에는 보통 배려의 반반씩을 부담한다. 감정에 있어더 많이 사랑하는 사람과 덜 사랑하는 사람이 되면 해야 할총량은 그대로지만, 책임지는 배려의 양은 달라진다. 물론 덜사랑하는 사람이 덜 배려한다. 사랑하는 만큼 더 배려하고 배려의 끝에서는 더 많이 사랑하는 사람이 눈치 보는 관계가 될수도 있고. 사회적인 관계도 만날수록 묘하게 나누어지는 갑과 을의 관계는 그렇다. 을이 갑을 더 많이 배려해야 한다는이상한 법이 있고 사람들은 이상한 이 법을 잘도 지킨다. 마음을 많이 쏟은 사람이 더 많이 힘드니까 더 많은 배려를 받아야 하는데, 감정의 갑을 법은 참 희한하고 더 많이 배려하는 사람은 억울하지만 억울한지 모른다. 갑이 더 많이 배려하는 경우도 가끔 있긴 한데 말 그대로 갑 방식대로의 배려다. 을이 원하지 않는 배려인 경우가 많다. 을이 원하는 배려의 디테일은 갑이 알아들을 수조차 없다. 한 사람이 낯가린다는 이유로 노력을 하지 않겠다고 통보하면, 다른 한 사람이 남은 배려의 총량을 책임져야 한다.

운 좋으면 "센스 있으시네요. 배려 있으신 분이시네요"라는 말을 들을 수 있다. 딱히 뭔가를 바라고 어색함을 책임지는 것은 아니지만, 분위기가 풀렸을 때 칭찬 같은 뿌듯함은 일상의 소소한 행복이 되어준다. 좋은 점이 딱 이 정도로 소소한 것 같아 조금 아쉽기는 해도 편안한 분위기를 위해 남은 배려의 총량을 책임지며 조심스럽게 취향을 묻고 다정하게 인간관계를 만들어 가는 것도 괜찮은 방법이다. 하지만 이런 방법으로 애쓰며 노력하다 보면 힘에 부치는 순간이 온다. 컨디션이 좋지 못한 날에는 더욱 그렇다. 사람이 그렇다. 일방적으로 배려하면 지치고 나도 배려받고 싶다. 주변에 말하지 않아도 나를 잘 알아주는 센스있는 누군가가 있었으면 좋겠다. 억지로 혼자 애써서 끼워 맞춰진 인간관계는 금방 끝나버리기 마련이고.

낯을 가린다는 이유로 놓치는 인연이 많은 것 같다. 낯을 가린다는 말은 또 다른 의미로 너를 잘 모르니 앞으로 어떻게 될지 모르는 인간관계에 노력하지 않겠다는 뜻이고, 그 자체만으로도 누군가에게는 상처일 수도 있으니까, 딱 오해하기 좋은 말이다. 나에 관한 얘기를 하며 오해하길 바라는 사람은 없을 텐데, 나 원래 이런 사람이라면서 '원래'란 단어로 자신을 설명하는 사람은 말이 잘 통하지 않는다. 세상을 살아가는 데 새로운 사람, 새로운 인연은 더이상 필요 없다는 사람이라면 상관없겠다.

외로운 건 부정하고 슬픈 건 참으면서 살아가도 된다. 하지만 그렇지 않은 우리 모두는 낯가리지 말고 사람을 가려야 한다. 낯가린다는 통보로 좋은 사람과 길을 사이에 두고 서로 마주 보며 다가가지 않고 있을지도 모른다. 같은 마음으로 마주 보고 길을 가로질러 중간에서 만나면 되는데 길의 끝과 끝에 서 있으면서 멀뚱멀뚱 눈을 깜빡이면서 저 사람이 먼저 뛰어오나 안 오나 눈치만 보고 있다. 그러면서도 한 사람이 내 쪽으로 건너오길 기대하면서. 어쩌면 그 기대가 누군가에게는 강요가 될지도 모르는데 나쁜 의도는 전혀 없다고 당당히 말하면서 상대방에게 배려의 무게를 강요하고 있다. 그렇게 좋은 사람을 놓치면서 살고 있을지도 모르겠다.

꿈이 크면 시간은 화려하게 흐를지 알았는데 모두에게 꾸준히, 똑같이 흐르는 시간을 보내다 보면 잘산다는 거 사실 별거 없다. TV 속, SNS에서 별거 있어 보이는 사람도 카메라

밖에서 어떻게 사는지는 그 사람의 머릿속에 들어가 보지 않는 한 정확히 알 수 없고 내가 모르는 어딘가에서 어떻게, 얼마나 자주 울고 있는지 모른다. 또 그 사람이 굳이 알리고 싶지 않다면 나는 몰라야 한다. 혹시 한 사람을 완벽하게 알고 있다고 자신 있게 말할 수 있다면 그 사람의 스토커 일지도.

주변에 좋은 사람이 많으면 반은 이미 성공한 거다. 지친 어느 날, 좋은 사람과 약속을 잡으면서 기분이 좋을 수 있다면 잘 살아가고 있는 것 아닐까. 힘든 일이 있어도 좋은 사람과의 약속으로 웃을 수 있다면 쉬어갈 자격이 있는 사람이다. 약속하고 좋아하는 사람들을 만나고 수다 떨고 돌아갈 곳이 있는 것만으로도 충분히 잘살고 있는 거다. 좋아하는 사람이 있다는 것, 약속을 지킬 능력이 있다는 것, 돌아갈 곳이 있다는 것은 소소하지만 절대 사소하지 않다.

그러니 우리는 그냥 좋은 사람을 잘 가려서 약속하고 만나면서 살면 된다. 낯가림보다 사람 가림이 훨씬 더 중요하기에 낯 가리지 말고 사람 가리면서 살면 된다. 길 반대편에 서 있는 사람이 좋은 사람이라는 확신이 있으면 먼저 뛰어가서 나 이렇게 좋은 사람이라고, 괜찮은 사람이라고 먼저 웃으면서 말해줘야 한다.

물론 시간을 갖고 행동으로도 증명해내야 하고. 그래야 그 사람도 나를 봐주며 서로를 알아갈 수 있다. 그 사람이 나에게 좋은 사람이라면 분명 내 쪽으로 함께 뛰어나오며 헉헉거리고 있는 나에게 괜찮냐고, 함께 쉬자고 말해 줄 것이다. 좋은 사람이라는 확신이 있으면서도 쭈뼛쭈뼛 주변만 맴돌다가 솔직히 나 낯가리는 사람이라는 쓸데없는 말을 하지 말자. 우리.

먼저 건너오길 기다리기만 하기에는 좋은 사람이 너무 아쉽다. 좋은 사람이 있다면 가만히 기다리는 시간보다 그 사람을 향해 뛰어가는 시간이 더 행복할 것이다. 주변에 좋은 사람을 많이 두는 것은 좋은 사람을 알아보는 눈을 가지고 상대가 좋은 사람인지 아닌지를 판단하는 것에서 시작한다. 사람 가림은 생각보다 어렵지 않다. 일단 잘해줘 보고 마음을 쏟아도 나에게 상처 주는 사람을 인생에서 탈락시키면 된다. 정신 똑바로 차리고 잘해줬을 때 사람의 마음이 훨씬 쉽게 보인다. 더 큰 상처를 받기 전에 작은 상처로 끊어내는 연습도 필요하다.

나를 아프게 하는 사람 탈락.
나에게 상처 주는 사람도 탈락.
울게 하는 사람 탈락.
힘들게 하는 사람 탈락.
마음을 확인하게 만드는 사람 탈락.

탈락, 탈락, 탈락.

나를 아프게 하지 않는 것만으로도 반은 먹고 들어간다. 탈락시킨 사람은 다 가리고 남은 사람에게 잘하면서 살면 된다. 어차피 꼭 해야 하는 일이면 잘하면서 살아요, 우리. 사람은 제대로 가리자고요.*

삼십 대 중반의 시작은요

자꾸 시작하는데 허락을 구하게 됩니다. 새로운 무언가를 시작하기에 늦은 것 같아서, 너무 늦은 건 아니길 바라는 마음을 담아 슬쩍슬쩍 주변 눈치를 봅니다. 혹시 실패할까 봐 실패하기 전에 냉정하게 평가해주길 바라는지도 모르죠. 아니면 실패하고 나서의 변명거리를 준비하는 걸까요. 이젠 실패해서 허탈하게 시간을 쓰고 싶진 않아요. 과정도 물론 중요하죠. 알아요. 하지만 그만큼 결과가 더 중요하다는 것을 뼈저리게 깨달았고 그러니까 도전하고 실패하는 시간보다는 그냥 멍하니 아무것도 안 하는 게 차라리 낫잖아요. 처음은 다 두려운 거라고 시작이란 언제나 괜찮은 것이라는 말을 듣고 싶지만 그런 응원을 곧이곧대로 들으면 안 된다는 것을 잘 알고 있죠. 삼십 대 중반이라는 나이는 순진함이 멍청함으로 변하는 나이더라고요. 시작이 두려워서 누군가가 "이미 너무 늦은 일이야. 나이가 몇인데 이제 무슨 시작이니? 지금 하던 거나 잘해"라고 말해주길 바라는지도 모릅니다. 그러면 그 사람의 말에 포기할 용기를 얻어 시작하지 않아도 될 테니까.

언제부턴가 시작하는 데도 용기가, 포기하는데도 용기가, 잊는데도 용기가 필요하네요. 시작의 머뭇거림과 아쉬움을 다른 사람들의 현실적인 충고로 고이 접어 봅니다. 뭔지 아는 두려움에 갇혀서 주저앉아서 다시 제대로 주변의 눈치를 봅니다. 이렇게 포기가 익숙하지만, 시작을 고민할 때는 잠시, 잠시도 간절했어요. 돌이켜 보니 확실한 성공도, 실패도 없어요. 늘 우리는 성공과 실패의 중간 어디쯤에서 조금 노력하고 조금 쉬고, 조금 뒷걸음질 치다가 조금 앞으로 나아가는 그런 하루하루를 살잖아요. 최고라고 생각했던 것과 최악이라고 생각했던 것의 중간 어디 즈음에서 웃기도 하고 울기도 하고 그냥저냥 사는 거죠. 최고의 어떤 일도 일어나지 않지만, 최악의 일이 없는 것도 정말 다행이잖아요.

시작해도 될까? 다시 시작해도 될까? 정말 괜찮을까? 나이 핑계를 대며 다시 허락을 구해봅니다. 지금의 현실도 충분히 소중한 것이니 지금을 잘 지키기 위함이라고 마음을 다독입니다. 혹시 이런 망설임이 다짐의 또 다른 이름일까요? 포기하는 과정일까요? 연약하게나마 시작하려는 또 다른 방법일까요? 혹시 안 된다고 허락받지 못해도 억울할 것 같진 않아요. 잠시 속상하겠지만 적당히 좌절하다가 포기하겠죠. 내일 해도 되는 걱정 미리 하지 않고, 내일 해도 되는 후회는 미리 하지 않고 살고 싶은데, 처음부터 아무것도 시작하지 않은 것처럼 당장 지금 적당히 좌절할 줄 아는 방법을 알아가는 것도 중요하더라고요. 그러면 나중에 조금 정말 조금 덜 힘들어요. 잘 산다는 건 할 수 없는 것은 포기해야 함을 알아가는 과정이기도 하잖아요. 잘 산다는 게 나의 한계를 인정하고 삶이 포기하는 과정이라 말하기엔 조금 많이 서운하지만, 그래도 포기할 건 포기하고 홀가분해져야 다른 시작을 할 수 있겠죠. 십 대 때 배우고 성장해서 이십 대는 도전한다면서 삼십 대는 갑자기 많은 것을 이뤄야 하는 나이가 아닌가 해서 가끔은 버겁네요. 이십 대까지만 해도 사회에서 막내라 도전을 허용해 주는 척하더니, 삼십 대 중반인 지금은 '갑자기'에 얻어맞으면서 사는 기분이에요. 그래도 사회적으로 이루어 놓은 것이 있어야 인정받을 수 있고 인정을 받아야 잘 사는 거래요. 삼십 대 중반 이후에 어떻게 살아가는지가 지금까지 살아온 삶을 증명하는 것이라고. 현실적으로 간절하고 아쉬운 게 있다면 잘못 살았다고 말할 텐데, 그 말에 흔들릴 것 같아서 조금은 서글프고 그래요. 가진 게 많아야 한다는 말이 분명 틀린 말은 아닌데 뭔가 억울하네요. 왜 억울한지 설명하려면 또 숨이 턱 막히기도 하고요. 보통 정도는 살아가고 있는 것 같긴 한데 잘 모르겠어요. 그나마 매일이 불행하진 않아서 다행이라고 겨우 스스로 위로하죠. 뭐, 어쩌겠어요.

삼십 년 정도 살면요, 오롯이 새로운 시작만 하는 시작은 없어요. 무언가 도전을 하려고 해도 이제는 머릿속을 깨끗이 비우고 새로운 것에만 집중하기에 쉽지 않더라고요. 현실에 남아 있는 이미 아는 것들에 대한 미련은 그대로라 그런가 봐요. 사람이 참, 미련 같은 것들은 미련하게도 참 잘 기억하고 후회는 왜 또 잊지 않는지. 어제 외출하고 지갑은 어디 뒀는지, 어제 읽었던 책의 단어들은 명확하게 기억나지도 않으면서 미련의 흔적은 또 그렇게 잘 기억해내요. 쌓여 있는 미련 앞에서 다시 시작하는 것은 새로운 것을 향해 엉금엉금 도전하게 되고요. 혹시 넘어질까, 다칠까, 주변을 돌아보면서 그리고 천천히. 천천히 속도를 맞추고 나란히 걸어갈 수 있는 것은 그나마 다행이지 않을까요.

새롭게 시작한다는 말은 다시 처음의 출발선에 선다는 말인데 처음이란 단어에 살짝 설레었지만 설렘에 서툴러 실패하면 또 안 되잖아요. 그럴 수 없는 나이잖아요. 돌아가기에는 늦은 나이잖아요. 서른이 넘은 시작에는 보이지 않는 '다시'라는 뜻이 숨겨져 있죠. 무엇이든 시작이 있지만, 삼십 년 넘게 여기저기 치여서 살다 보니 어지간하면 다시 시작하는 것들이더라고요. 우리의 매일 아침은 처음이지만 어제도 그제도 오늘을 만들어 가던 아침은 있었으니까.

다시 시작하려면 어떤 시작으로 시작해야 할까요. 뒤늦은 시작이란 돌아갈 곳을 남겨 놓고, 돌아갈 곳을 뒤돌아보며 아주아주 천천히 도전해보는 것 같아요. 뒤늦은 시작이란, 멋진 요리의 맛보기처럼 어떤 맛일까 궁금하면서 한입 오물오물, 어떤 맛인지 살짝 느껴보고 마음 편히 배부를 수 없는 그런, 입 안에 아쉬움을 머금고 제대로 된 코스 요리를 기다려야 하는 것만 같네요. '후회하면 어쩌지' 하는 긴장감과 설렘이 반반씩 있는 질문에 "그동안 했던 실패에서 방법을 찾으면 돼"라는 토닥임 같은 대답을 해주세요. 멀쩡한 삼십 대 중반도요, 토닥임이 필요해요. 토닥토닥해주면 아이처럼 마음이 편해져요.

세상을 좀 아는 것 같은데 사랑은 여전히 모르겠어요. 사랑은 사랑이라는 이름으로 상처 주는 것, 이유 없고 설명할 수 없고 어쩔 수 없는 거더라고요. 어떨 때는 설레고 하루가 새롭고 긴장하던 이유가 찬찬히 생각해 보니 사랑 때문인 야릇한 기분이 들 때도 있고요. 잊고 있었던, 있는지 몰랐던 심장이 뛴다는 것을 새삼 느낄 때도 있어요. 물론 사랑의 설렘을 찾으면서 사는 것보다 사랑하는 것들을 지키면서 사는 게 더 소중해지지만요. 점점 긴장하는 것과 설레는 것의 차이점이 흐릿해져 갑니다. 긴장하는 상황에도 설레는 상황에도 심장이 두근거리고 마음을 졸이게 되더라고요. 심장이 두근거리는 건 똑같은데 희한하게도 마음이 달라요. 안절부절 편하지만은 않은 그런 상황에서 어쩔 줄 몰라 긴장하기도 설레기도 해요. 긴장과 설렘 사이를 왔다 갔다 하면서 누군가와 가까워졌는지도 또 멀어졌는지도 모르겠네요.

사랑은 항상 설렘을 말했어요. 사랑은 그렇게 설렘으로 조용히 그리고 갑자기 다가왔고 사랑의 시작 앞에서는 늘 어떤 선택을 해야 할지 몰라 서툴게 집중했죠. 서툰 사랑은 설렘이 말하는 가장 큰소리에 귀 기울여서 질투와 오해, 변명, 욕심, 구속이 큰소리를 내서, 뒤에서 힘겹게 속삭이던 이해, 배려, 나눔, 그리고 마음의 얘기는 잘 듣지 못했어요. 가끔 사랑하는데 왜 그랬냐, 제대로 사랑하고 있냐, 진짜 사랑했던 거 맞냐고 묻는 사람이 많았는데 글쎄요, 안 들렸어요. 그래서 못 들었어요. 첫사랑은 잘 안 들려서 이루어질 수 없나 보네요. 첫 마음은 그렇게 놓쳤겠죠. 사랑의 처음을 받아들인다는 것은 상처를 많이 주는 일이기도 하니까. 그 상처가 나에게 또 누군가에게 첫사랑이었겠죠.

학교 다닐 때는 어른이 되고 직장을 가지면 끝, 해피엔딩이고 미래가 보장된 멋있는 커리어우먼이 될 줄 알았는데. 참, 끝인 줄 알았던 것이 겨우 시작이라니. 허무합니다. 끝에 어떤 허무함이 있을지 몰라 시작하기에 겁이 나나 봐요. 그래서 주변에 좋은 사람이 있어 주나 봐요.＊

누군가의 이름을 모른다는 것

책을 쓰기 시작했다. 첫 시작은 책이라고 하기에는 너무 부족했으니, 마음을 다해 글을 쓰기 시작했다고 표현해야겠다. '힐링에세이'라 거창하게 구분 지어 말하지만, 그냥 솔직한 이야기다. 집에서는 머리가 무거워서 뻔한 얘기만 떠오른다. 방 안은 현실의 흔적과 상처가 묻어있는 곳이다. 글을 쓰려고 노트북을 펴도 밀려있는 설거지가 떠오르고 바닥에 머리카락들이 보인다. 청소한다고 집 안을 한 바퀴 돌고 오면 몸은 힘들고 쓰고 싶은 이야기를 까먹는다. 침대에는 '혹시 책을 마무리하지 못하면 어떡하나'하는 걱정 묻은 밤이 있다. 테이블에는 어제 보다가 만 이해하지 못한 과학 서적이 있고 화장대에는 화장으로 숨기고 싶은 외모 콤플렉스가 묻어있다. 알게 모르게 묻어있는 나의 흔적과 걱정들 때문에 집에서는 갑갑함을 느낄 때가 많다. 상처의 흔적과 걱정을 한 아름 안아 들고 집에서 책을 쓰면, 자를 대고 눈금에 맞춰 조직도를 그리는 것 같다. 중요하다 싶은 문장을 제일 먼저 써놓고 거기에 반짝일 만한 문장을 억지로 쥐어 짜내면서 금방 지친다. 좋아하는 것은 열두 시간도 즐길 수 있지만, 억지로 쥐어짜는 데는 일 분일초도 힘들다.

우연히 갔던 카페는 커피가 맛있다. 프렌차이즈 스터디카페라 공부하는 사람도 많았다. 방 안에 남은 현실적인 나의 흔적에 예민해질 때마다 그 카페에 가서 글을 썼다. 친절한 아르바이트생은 자주 방문하는 나를 알아봐 주었고 가끔 카페를 방문했는데 그 '알바생'이 없으면 서운해지기도 했다. 익숙하지만 현실적 일상의 흔적이 없는 곳, 편한 책상과 맛있는 커피는 있지만, 침대는 없는 곳은 멋진 작업실이 되어주었다. 그곳에서 하루에 열 시간 넘게 글을 쓴 적도 있다. 오랫동안 작업을 해야 하는 날이면 적어도 세 시간 단위로 커피를 한 잔씩 더 주문한다. 진상손님이 되지 않기 위한 나름의 다짐이다.

그러나 글이 잘 풀릴 때는 소용이 없다. 화장실 가는 것조차 잊는데 커피를 다시 주문할 신경세포가 남아 있지 않다. 오랜 시간 글만 쓰는 진상손님에게도 아지트의 알바생들은 친절했다. 자주 온다며 쿠폰을 챙기라고 했고 쿠폰과 멤버십을 잘 모른다고 하니 몇 번이나 친절히 안내해 주었다. 난 유독 쿠폰을 못 챙긴다. 안 챙긴다는 표현이 맞을까. 처음에는 확실히 다시 올 것도 아닌데 또 오겠다고 모르는 사람과 약속하는 것 같아 싫어서 안 챙겼었는데 짙은 습관이 되었고 결국 못하게 되어버렸다. 멤버십과 쿠폰이 없는 진상고객에게 사이즈 업그레이드를 챙겨주고 가끔 케이크를 서비스로 주기도 했다. 예상치 못한 선물에 '솔' 톤의 "감사합니다"를 말하고는 신나게 자리로 와서 더 열심히 글을 썼다. 그런 날은 더 글이 잘 써졌고 주변 사람들의 친절함과 다정함 속에서 첫 책이 나왔다. 인생의 가장 요란하게 벅찼던 순간에 가장 먼저 떠오른 곳이 아지트였다. 그리고 알바생이었다.

책의 첫 표지에 사인과 고마웠던 마음을 담아서 선물하고 싶었다. 아, 그런데 어떻게 찾아야 할까. 그 카페에서 일한다는 것밖에 모른다. 정확히 꼽아 보지 않아 무슨 요일, 몇 시에 근무하는지도 모른다. 요즘은 마스크를 쓰고 생활하기 때문에 얼굴도 제대로 모른다. 그렇게 좋은 서비스를 받고, 주문하면서 가끔 안부를 주고받기도 했지만, 전혀 아는 것이 없었다. 어렴풋하게 기억나는 것은 주문할 때 들었던 목소리가 전부였다. 가슴 쪽에 명찰이 있었던 것 같은데 한 번도 자세히 본 적 없다. 개인정보라고 생각했을까. 명찰 쪽을 빤히 바라보는 게 실례라고 생각했을까. 조금 더 생각해 보니 우린 아는 사이일까, 모르는 사이일까. 가끔 알바생에게 좋은 서비스를 받을 때마다 친구들에게 자랑하기도 하며 기분이 좋았다. 커피 사이즈 업그레이드에 들떠서 그날은 조금은 특별한 사람이 되어 대접받는 사람으로 하루를 보내기도 했다. 분명 좋은 문장을 쓰는데 도와준 감사한 분인데 이렇게 아무것도 모르다니, 알 수 없는 허무함이 밀려왔다.

하지만 감사한 마음은 꼭 전하고 싶어서 책에 정성 들여 사인하고 무조건 카페로 갔다. 그리고 주문대에서 머뭇머뭇했다. "저기요. 제가 사람을 찾는데요" 적당히 묘사했다. "약간 통통하고 피부가 까만…" 이렇게 말하고 있는 자신이 부끄러워 자꾸만 말끝을 흐렸다. 사람의 생김새로 누군가를 찾는 게 무례한 일이 될 수도 있다는 생각에 자꾸 부끄러워졌다. 약간 통통하다는 표현에 그분은 기분 나빠하진 않을까. 피부가 까만 것이 콤플렉스는 아닐까. 좋은 마음을 전하기 위함이긴 하지만 그 핑계로 누군가의 외모에 관한 평가를 하고 있지 않나. 말을 할수록 자꾸 미안한 마음이 함께 생겼다. 까만 피부에 통통했던 그분은 혹시 나의 설명에 불쾌하지 않았을까. 여전히 염려스럽다. 이렇게 불편한 생각이 자꾸만 드는 것은 내가 그분을 찾는 것 자체가 잘못된 일이기 때문일까.

요즘은 새로운 사람을 만나면 이름이나 전화번호를 묻지 않는다. "혹시 카톡 아이디 어떻게 되세요? 혹시 인스타 아이디 어떻게 되세요? 연락해도 될까요?" 나를 좋아하는 마음이 당연히 고마운 일이 아니기에, 받는 사람에게는 불쾌함이 될 수 있기에 공손하게 물어야 한다. 내가 한 연락의 침묵, 대답 없음을 쿨하게 인정해야 한다.

우리는 이름은 아이디에 숨기고, 기분은 ㅋㅋㅋ에 숨기고 표정은 이모티콘 뒤에 숨긴다. 앞으로는 다른 차원의 세계관에서 아바타에 숨길 수도 있다고 한다. 시대의 흐름에 맞는 '적당한 거리'라고 생각했다. 혹시 길에서 우연히 외모가 너무 맘에 들어 첫눈에 반했다며 뒤를 따라가는 것은 범죄가 되는 세상이다. 상대가 원하지 않는 일방적인 연락도 물론 안 된다. 일방적인 마음은 수치화해서 범죄의 증거로 사용된다. 전쟁을 치르는 동안 의료기술이 엄청나게 발달한다는데, 요즘은 상대가 원치 않는 마음은 핸드폰으로 기록되고 녹음되고 동영상으로 찍힌다. 마음도 과학적으로 분석되어 범죄의 증거로 사용되는 기술은 하루가 다르게 발달하고 있다. 비뚤어진 마음만 확실하게 증명되는 것 같아 많이 씁쓸하긴 하지만. 서로의 거리를 정확하게 재고 선 긋기를 잘해야 잘 살 수 있다. 나만의 영역을 스스로 정하고 선을 넘지 않는 범위 속에서 관계를 유지하고자 노력해야 한다. 누구나 정해놓은 거리는 달라서 사람마다 다른 거리를 정확히 재는 게 인간관계를 잘 유지하는 방법이다. 더 잘해주고 싶은 마음은 언제든지 부담으로 변할 수 있고 법적으로 어긋날 수도 있다. 사람마다 다른 자를 새로 만들어야 하니 머리가 터질 것 같아도 범죄자가 되는 것보다 내 머리가 터지는 게 옳은 세상이다. 상대의 거리를 존중해 주는 것이 기본적인 예의가 되어 친구보다는 지인이 덜 부담스럽고 그냥 아는 사람이라는 말에 사람에 대한 궁금증은 없다. 사람을 기억할 때도 기껏해야 예쁜 사람, 잘생겼던 그 남자, 키 큰 분, 작은 분 같은 외모 정도를 기억하고 말한다. 그 사람과 함께한 추억, 사소한 습관, 성격과 됨됨으로 말해 본 지가 언제인지 모르겠다. 혹시 누군가를 그렇게 말하고 다니는 걸 그 사람은 원하지 않을 수도 있으니, 사생활 침해가 되지는 않을지 잘 모르겠다. 겉으로 보이는 외모로 한 사람을 대충대충 쉽게 말하고 바로 잊는다. 이러니 예쁘고 잘생긴 사람이 유리한 세상이 만들어질 수밖에.

사람과 사람 사이에서 생겨난 감정을 우정보다 인간관계로 더 많은 고민을 한다. 세상에 그어 놓은 선의 범위를 알아가는 것이 한 사람을 알아가는 가장 중요한 것이 되었다. 나 역시 많은 사람을 알고 싶지도 않고 흔들리는 관계 속에서 감정 낭비를 하면서 살고 싶지 않다. 전화번호를 묻는 것은 전화하겠다는 의미 같아서 부담스러워하는 사람이 많다. 이제 그만 헤어졌으면 좋겠다는 눈치를 주면 칼같이 알아채야 하고 그게 사회생활이고 센스라나. 상대의 "연락한다"라는 말에 "그래"라는 짧은 대답이 너의 연락에 무조건 응하겠다는 동의도 아니다. 시대가 변하면서 나이는 중요하지 않게 되었다. 나보다 나이가 어리다고 무조건 말을 놓아버리는 것은 인간관계 예의에 어긋나는 것이니 조심해야 한다. 여전히 내가 모르는 곳에서 내가 조심해야 할 것들이 많아지고 있는 세상이다. 그 알바생에게 이름을 물을까 하다가 여전히 고민하고 있다. 혹시 이름을 묻는 것이 개인정보를 요구하는 일이지 않을까, 실례이지 않을까 해서 말이다. 특별히 친해지고자 하는 건 아니지만 그래도 이렇게 고마운 마음이 쌓여 있는 '마음'을 나눈 사이라면 이름 정도는 알고 지내고 싶다. 누군가에게 그녀의 친절을 자랑할 때 그 알바생 말고, 그분이라고 딱 꼬집어서 자랑하고 싶으니까. 그분의 고마움은 오래오래 간직하고 싶으니까.

난 여전히 인간관계에서 선을 잘 그으며 살기보다는, 다가가고 대화하고 우정을 나누며 살고 싶다.*

촌스럽고 지루한 도피

지루한 독립영화가 좋다. 머릿속은 어제의 감정 찌꺼기도 제대로 치우지 못했는데, 오늘도 해야 할 일들을 구겨 넣어야 해서 낮은 한숨을 몇 번이나 쉬면서 하루를 보낸다. 비슷한 하루에 익숙해질 법도 한데 한숨이 몇 번인지는 잘 모르겠다. 한숨이 있다는 것이 확실할 뿐.

문득 몸을 축 늘어뜨리는 지루한 하품이 그립다. 적당히 따뜻한 날, 점심을 적당히 먹은 오후의 낮잠 같은 그런 시간들. 해야 할 일 중에서 빠뜨린 건 없나 긴장하는 생각이 아니라, 해야 할 일도, 해야 할 생각도 없어서 머릿속이 텅텅 비어야 겨우 기분이 좋아질 준비를 하는 것처럼 '이제 무슨 생각을 해볼까?' 그렇게 공허하고 싶다. 방 안에 묻어있는 상처와 지친 기억들로 버거울 때, 조용한 간절함으로 영화를 보는 건 나에게 일상에서의 도피다. 깜깜한 영화관으로 도망가게 되면 모든 생각에서 혼자일 수 있지 않을까. 멍하던 눈을 깜빡이면 지금의 현실로 돌아오는 제자리걸음일 뿐이지만. 오늘 날씨는 어때? 밥은 먹었니? 오늘 몇 시에 올 거야? 가까이 있는 사람과는 날씨 얘기, 밥 얘기, 그리고 소소한 안부를 묻는 얘기를 가장 많이 한다. 평소 가족들과 특별히 할 말이 없어서 대충 생각 없이 하는 말이라 생각했는데 소소한 것까지 마음이 쓰여서 한 말들이었다. 마음은 가까이 있어서 익숙해지고, 비슷해지고, 무슨 말을 할지 어떤 행동을 할지 지금쯤 어디에 있을지 예상되어서, 그렇게 지겨워지고 익숙해져 버려 소중함을 잊을 때가 많다. 진짜 소중한 사람들은.

상대적으로 저예산으로 제작되는 독립영화는 화면이 세련되지 못해 어딘가 어설프고 촌스럽다. 어설프다는 말과 촌스럽다는 말에 왜 부정적인 뜻이 담겨있는지 여전히 이해하지 못하겠지만, 그래서 어설프다는 말은 처음이라 어색한 설렘을 느낄 준비를 하는 중이라는 말로 사용하고 있지만, 그래서 여전히 '촌스럽다'를 '순수하게 사랑스럽다'는 뜻으로 사용하고 있지만, 어설픈 사람에게는 괜찮다고 응원하려 하고, 나를 촌스러운 사람이라 소개해도 상대에게 촌스럽다는 칭찬을 하지는 못한다. 마음을 온전히 나누고 서로에 대한 믿음이 생기고 나서야 너의 어설픔이 참 귀여웠다고, 너의 촌스러움이 좋다는 말을 마음 편히 할 수 있다. 지나간 것은 지나간 대로, 어설픈 건 어설픈 대로, 촌스러운 건 그냥 촌스럽게 남아 있었으면 좋겠다. 사람들은 좀 이상하다. 요즘은 너무 각박하고 바쁘게 산다며 '라떼'가 말하는 옛날이 더 살기 좋았다고 한다. 라떼는 이렇게 각박하고 무정하지 않았다면서 그때는 살면서 함께 나누고 모아가는 재미가 있었다고 한다. 그러면서 지금의 좋은 점은 보려 하지 않는다. 지금 행복해야 그 어떤 것도 실패가 아닌데. 지금 행복하고 안녕한 상태여야 예전의 어설픔과 촌스러움도 따뜻한 시선으로 제대로 볼 수 있을 텐데, 지금 겨우 남아 있는 촌스러움은 따뜻하게 보지 않고 라떼만 보려 한다. 지금은 지금의 시대에 맞는 아이들이 성장하며 그들의 무언가를 새로 만들어 가고 있지만, 도무지 관심이 없다. 사람은 아는 만큼 보인다고 라떼 만큼만 알고 라떼 만큼만 보는 것 같다. 지금에 만족하지 못하면 라떼의 어설픔과 촌스러움은 그냥 고생일 뿐이지 뭐. 성공한 사람의 성공스토리에 집중하는 이유는 그때 고생을 많이 했기 때문이 아니라 지금 성공했기 때문이다. 과거에는 혀를 쯧쯧 차면서 그들을 동정하고 불쌍하게 바라보던 사람도 많았을 것이다. 지금 성공해야 과거의 고생도 성공이듯 지금 행복해야 과거의 힘듦도 좋은 추억이고 지금에 만족해야 비로소 과거의 나를 이해할 수 있다. 라떼만 그리워하는 사람은 라떼의 진짜 촌스러운 행복은 제대로 찾지 못하면서 과거만 그리워하며 현실을 탓한다. 과거를 아름답게 기억하는 건 지금의 불만을 과거와 비교하는 게 아니라, 지금의 행복을 과거의 좋은 점과 함께 얘기하는 것인데 말이다.

　배경이 몇십 년 전인 이야기인가? 고개를 갸우뚱. 이야기를 끌어가는 배우도 처음 보는 사람이라 몇 명의 배우가 한 화면에 나오면 누가 주인공인지 쉽게 알 수 없는, 촌스러운 냄새가 있는 영화가 좋다. 화려하지 않은 것에 한 번 더 눈이 간다. 마음이 간다는 표현이 맞을 거다. 특별한 이유는 없다. 화려함이 없는 것은 천천히 다가오니까 자세히 볼 수 있는 시간이 많아서 눈을 크게 뜰 시간도, 줄거리를 잘 모르겠다는 생각의 공백도, 집중하기 위해서 화면 가까이 가는 찰나도 화려하지 않게 기다려 주는 것 같다. 흑백 같은데 흑백이지 않은 장면을 한 번 더 들여다보면서 화려한 것을 쫓다가 지친 나를 위로해 주듯이 촌스럽고 느린 것 앞에서 머릿속을 텅텅 비우고 싶다.

　보통 상업 영화 속에서 주인공을 찾는 것은 그리 어렵지 않다. 가장 잘생기거나 예쁜 사람, 포스터에 가장 크게 찍혀 있는 사람, 등장인물 이름만 살펴보아도 금방 알 수 있다. 기역, 니은 순서로 나열되던 이름은 어른이 되면 중요한 사람이 가장 앞에 나열된다. 주인공의 이름은 언제나 일등으로 적혀 있다. 하루에 수십 번도 더 열어보는 핸드폰으로 이미 광고 당하고 주인공은 멋있어야 하고 빛나야 한다고 정해져 있다. 그래, 멋있고 빛나니까 주인공이지. 어떤 이야기를 할지 정확히는 몰라도 주인공을 중심으로 사건이 일어나고, 주인공은 기대에 부응하듯 엄청 멋있거나, 웃기거나, 감정을 쏟거나 한다는 게 영화비에 대한 대가다. 어쩌면 영화 자체가 처음부터 주인공을 위한 영화일지도 모르지. 어느 날 갑자기 영화의 조연이 주인공이 되는 일은 현실에서도 영화 속에서도 없다. 정말 어쩌다가 조연만 하던 배우가 주연으로 열연한 영화가 흥행에 성공한 적도 없다. 광고에 성공한 적도 없다. 연기를 잘하고 스토리가 탄탄했다면 웰메이드 영화로 오래 기억되긴 하지만 대단한 흥행의 주인공이 되진 못한다. 주인공의 조건을 갖추어야 주인공이 되는 법이라, 영화 속에서 주인공이 바뀌는 일도 없다. 조연은 조연이고, 주인공은 처음부터 끝까지 주인공이다. 주인공이 등장해야 '이제 이야기가 본격적으로 시작되겠네'라고 생각하지 않아도 되는 그런 영화가 나는 좋다. 시간과 공간은 사뿐히 초월하고 동물, 식물과는 대화해도 주연과 조연은 초월할 수 없다. 영화나 현실이나 이건 마찬가지다. 오직 주인공을 위한 서사에 주인공 주변 사람들의 대화는 아무것도 아닌 것이 되고, 혹은 주인공의 멋진 반전을 위한 복선일 뿐이다. 조연은 그냥 조연 그 이상도 그 이하도 아니다.

처음부터 끝까지 조연일 뿐, 영화에서 주연과 조연이 바뀔 수 없다는 건 우리의 일상과 많이 닮았다. 나는 누군가의 인생에서 조연일 뿐, 다른 사람 인생에서 아무것도 아닐 터이니 굳이 주연에게 간섭하지 않아야겠다. 또다시 생각해 보면 내 인생에서는 내가 주인공이니 다른 사람의 말이나 기준에 흔들릴 이유도 없다. 나만의 기준을 가지고 내 마음대로 살면 된다. 남들이 하는 말에 굳이 신경 쓰지 말고, 나를 사랑하지 않는 누군가가 본인의 인성이 나빠서 던진 말에 상처받지 않고. 어차피 내가 주인공인 내 인생이니 남의 눈치 보지 말고, 이왕이면 잘살아 보는 걸로. 애초에 기대가 없어서 적당히 집중하고 적당히 지루해하고 영화관을 나오면서 '아, 대충 이런 얘기였구나. 배고프다. 밥은 뭘 먹지?'라는 생각으로 바로 다른 생각을 할 수 있게 내용은 꼭 심심하고 감동은 없었으면 좋겠다. 영화의 주제보다 옆 사람이 먹은 팝콘 냄새가 더 기억에 남아도 피식 웃음이 나는 지루한 독립영화를 아주 열심히 보는 척한다. 사람들은 영화에까지 뭘 그렇게 기대가 큰지 모르겠다. 두 시간 동안 정말 최선을 다한 배우들에게 그러면 안 되는 거 아니냐고. '너무 뻔하다, 연기는 왜 그러냐, 시간 아깝다, 감독은 도대체 무슨 생각이냐'며 비판한다. 그래도 많은 사람의 손을 거쳐 각자의 자리에서 최선을 다해 만들어진 작품일 텐데 말이다. 화면이 화려하지 않다고, 멋있는 남자주인공이 나오지 않았다고, 깊은 감동을 주지 못했다고 나쁜 영화는 아니다. 솔직히 최선을 다하지 않았으면 또 어떠냐. 어차피 세상은 최선을 다하는 사람이 최고로 성공하는 것이 아니라는 것쯤은 이제 학생들도 다 아는 사실인데 뭐.

영화는 여행으로부터의 도피다. 나는 여행을 할 때도 유명 관광지나 맛집을 찾지 않고, 그 나라 특유의 정서를 느낄 수 있는 골목을 걷는 걸 좋아하는데, 영화도 어설프고 촌스럽고 싶나 보다. 일상이 따분한데 또 버거워 도피 여행을 가고 싶지만, 시간적이나 비용적 상황이 허락되지 않을 때의 차선책이다. 뭐라도 하자는 심정으로 그냥 도망 다녀왔으니 충분하다. 영화관으로의 도피는 실패하지 않는다. 세상에 실패하지 않는 일이 있다는 것이 얼마나 감사한 일인가. 스케일이 크거나 스토리가 탄탄하거나 유명한 배우가 나오는 영화는 집중하게 되어서 힘들다. 영화에 집중하면 지금 도피 중이라는 것을 잊을 수도 있기에. 힘을 빼려고 집보다 삶의 흔적이 없고 깜깜한 곳으로 도망갔더니 또 그 화려한 것들을 따르라는 것만 같다. 나에게 영화는 초라하지 않으면서 촌스럽게 보내고 싶은 시간이다. 솔직히 현실의 가난함은 겁나기에 두 시간 동안 아무것도, 아무 생각도 하지 않을, 소중하게 내려놓을 수 있는 시간일 뿐이다.

특별히 해야 할 일이 없는 지루한 시간이 그립다. 턱에 손을 괴고 딱딱한 핸드폰으로 시간을 확인하지 않고 싶다. 하늘의 해가 어디쯤 있나, 밥을 언제 먹었더라, 언제쯤 배가 고플까 하는 생각으로 시간을 짐작하는 시간이 그립다. 하루하루가 너무 빠르게 흘러가고 사람들이 하는 말이 너무 많아서 정신을 차릴 수 없을 때, 독립영화의 한 장면처럼 가끔은 그렇게 지루하고 촌스럽게 살고 싶다.＊

넌 왜 그렇게 생각이 없니

"생각이 없…다…뇨?" "지금 질문입니까?" "이거 혹시 퀴즈인가요?" 사회생활을 시작하면서 많이 들었다. 회사라는 조직에 들어가서 일을 해주고 돈을 받게 되면서 허용해야 했던 나를 무시하는 말. 물음표는 질문할 때 문장의 마지막에 쓰라고 배웠는데 생각이 없냐는 말끝에 있는 저 물음표의 역할이 참 아이러니하다. 왜 그렇게 생각이 없냐는 질문에는 딱히 답이 떠오르지 않았다. 할 말이 없는데 "할 말이 없습니다"로 대답하지 않고 "죄송합니다"라고 대답을 했다. 분명 죄송할 상황이 아니었지만 내가 죄송하면 그럭저럭 끝나는 상황.

회사란 새로운 도전을 즐기는 사람과, 반짝이는 아이디어가 있어서 다른 방법을 잘 찾아내는 사람, 일을 새로 배워야 하는 신입에게 별로인 곳이었다. 그나마 감정에 무디고 정해진 만큼씩 속도 조절 잘하는 사람이 살아남기 좋은 포지션이긴 하지만, 그들의 마음이 편했는지는 알 수 없다. 죄송함을 말하는 게 사회생활을 하는 노하우였고 내 월급의 많은 부분을 차지하는 것이라 했다. 입으로 말한 죄송함이 대답이었는지 사과였는지, 업무의 일부분이었는지는 솔직히 여전히 모르겠다.

'왜?'를 물었으니 '왜냐하면'으로 시작하는 대답을 해야 한다. '네' 혹은 '아니오'라고 대답할 수 없다. 사회생활에서 불편한 상황을 종료시키는 마법의 말 "넵"이 통하지 않는 질문이다. 무조건 해라, 안 되면 되게 하라는 그런 지시가 통하는 곳에서는 생각대로 말할 수도 대화할 수 없다. 모르면 더더욱 안 된다.

왜 생각이 없냐고요. 왜냐면요… 저기 혹시 지금 저에게 생각이 없는 이유를 질문한 건가요? 잠을 잘 때도 사고가 멈춘다고 생각하지만 우리는 이루지 못했던 것이 아쉬움에 머릿속을 맴돌면서 꿈을 꾸는데, 꿈도 일종의 생각인데 하루 24시간 동안 생각 없이 사는 게 가능한가? 이렇게 복잡한 시대에 머릿속도 복잡해서 불면증으로 잠 못 드는 수많은 사람이 얼마나 바라는 것일까. 아무 생각 없이 편안히 잠드는 밤. 지나온 걱정 없이 오늘 아침에만 집중할 수 있는 아침. 이렇게 상식적인 선에서 대답을 찾기 힘든 이유는, 왜 그렇게 생각이 없느냐는 말이 비난의 말이기 때문이다. 이렇게 대답을 찾고 있다는 것 자체가 너무 순진한 생각 아니냐고. 어른이 되어서 순진하면 그게 인간이냐고. 넌 왜 그렇게 생각이 없느냐는 말은 무시가 담긴 탓하는 말이다. 내가 한 말이나 행동이 마음에 들지 않았을 때 하는 대답이 필요 없는 말이다.

애초에 대답, 듣는 사람의 생각은 무시된 질문으로 듣는 사람이 대답이 생각나지 않는 이유는 질문한 사람이 대답을 듣고 싶지 않아서일지도 모른다. '왜 그렇게 생각이 없니'라는 말로 너는 존중하지 않아도 되는 사람이라고 못 박을 수 있다. 나의 위치가 너보다 높으니 서열에 따라 내 방식대로 널 비난하겠다, 다 감수하라는 뭐 이 정도의 뜻?

사회생활을 하면서 생각이 없다는 말이 비난임을 알아차리는 데는 그리 오래 걸리지 않았다. 알고 싶지 않아도 알아야 한다. 왜 그렇게 생각이 없냐고 묻는 사람의 표정과 목소리 톤만 들어봐도 저절로 알아지기도 한다. 생각이 없느냐는 말 같은 질문 같은, 비난을 잘 구분하는 것이 똑똑하게 살아가는 걸까. 사회생활을 잘하는 걸까. 살아가는 건 잘해야 하는 게 정말 많은 것 같다.

똑똑하게 잘 살아가려면 똑똑해지는 것만큼 상처받지 않을 능력이 필요하다. 상처가 없는 사람은 상처가 많은 사람을 비난할 자격 없고, 그 누구도 다른 누군가에게 상처를 줄 자격은 없다. 학교와 학원에서 배운 것들을 혼자 잘하면 똑똑한 사람이고 똑똑한 것을 다른 사람들과 잘 해내면 현명한 사람이다. 현명하게 사회생활을 하다가 일어나는 고난과 역경을 잘 이겨내면 슬기로운 사람이라 한다. 무슨 사회생활을 하는데 해탈의 경지까지 요구하는 건가 싶다. 건강하게 상처받고 그 상처가 잘 아물어야 그나마 보통으로는 살 수 있다. 사람들은 꿈을 향해 노력하고 자신의 자리를 지키며 인정받는 것을 성공이라 생각하면서 경제적인 성공이 모든 것을 가진 사람처럼 굴면서 어떤 말에도 상처받지 않을 수 있는 사람처럼 상처받지 않을 자신 있다고 생각한다. 하지만 상처 앞에서 항상 씩씩할 수 있는 사람은 없기에 우리는 상처를 덜 받으면서 살아갈 능력도 같이 키워가야 한다.

자기중심을 잡아라, 나만의 기준이 있어야 한다, 자존감을 가져라, 자존심은 지켜라, 나를 사랑하지 않는 사람들이 생각 없이 한 말에 굳이 상처받지 말라는 가르침만으로 만들 수 있는 능력은 아닌 듯하다. 어떻게 자신감을 가지는지, 어떻게 자존심을 지킬지, 어떻게 해야 상처받지 않고 나만의 중심을 잡고 살아갈 수 있는지, 그 '어떻게'가 중요하다. 상처가 많은 사람은 이미 상처받지 않을 능력이 없다. 마음이 깨끗할 때는 당연히 가지고 있었던 그 능력을 상처받으면서 잃어버렸다.

상처 주는 사람에게 넘겨주고 왔나 보다. 상처받았을 때 바로 치료해야 하는지 한참을 덮어 두어야 하는지, 조금씩 들추어 내면서 치료해야 하는지 자신의 성향을 알아가는 것이 가장 중요하다. 여전히 자신의 상처를 씻어내는 방법도 잘 모르면서, 지난 상처는 안아가며 오늘의 상처만 겨우 다독이며 사는 사람도 많다. 사실 상처받지 않을 능력이란, 상처받은 적이 없어서 쌓여 있는 상처가 남아 있지 않다는 뜻이다. 어린아이의 해맑은 웃음은 상처받은 시간이 짧기 때문이지 않을까.

난 현실적인 사람이라 더 젊고 책임이 적은 이십 대나 십 대로 돌아가고 싶진 않은데, 혹시 타임머신이 생긴다면 상처받은 적이 없던 그때로 돌아가고 싶다. 한 번도 상처받지 않은 그때로 돌아가서 상처받지 않고 사는 방법을 연구하는데 돈과 시간을 많이 투자하고 상처는 무조건 피하면서 살 것이다. 사랑하는 사람을 찾는 게 아니라 상처 줄 사람을 끊어내면서 주변을 살필 거다. 상처 줄 사람은 그냥 피하는 게 가장 슬기로울지도 모른다.

혹시 마음이 약하거나 상처를 곱씹는 습관이 있다면 무조건 피해야 한다. 처음의 상처는 쿨하게 괜찮을 수 있지만, 상처가 반복될수록 쿨하기도 괜찮기도 힘들어진다. 혹시 상처가 없는 그때로 돌아갈 수만 있다면 어떤 선택에 있어 세상의 기준이 아닌, 돈을 더 벌 수 있는 것도 아닌, 꿈을 이루기 위한 것도 아닌 상처 받지 않을 선택을 할 것이다. 상처가 많은 사람에게 상처는 돌볼수록 아픈 것을 확인해야 하는 시간이라 상처를 치유하는 일은 깔끔하게 혼자 할 수 있는 일은 아니다. 상처가 많은 사람은 작은 상처에도 쉽게 아프기에 더 많은 시간과 노력, 그리고 반창고 같은 따뜻한 마음도 필요하다. 하지만 현실은 과거의 나로 돌아갈 수는 없으니, 지금이라도 과거의 나를 이해하고 용서하고 너그럽게, 슬기롭게 보듬어줘야겠다.

지금 생각하면 말도 안 될 만큼 부족한 선택이고 후회가 남는 미련이지만 그땐 그게 최선이었다고. 상처를 곱씹는 것과 상처받던 순간의 나를 이해하는 건 정말 다른 말이다. 지금 아는 걸 그때도 알았으면 참 좋을 텐데. 지금 아는 것들은 지금이니까 겨우 아는 거지, 그땐 몰랐다. 과거의 나를 비난하지 않았으면 좋겠다. 과거의 내가 그나마 애쓰고 노력하면서 살아줘서 지금의 내가 이 정도는 살고 있는 거다.

나이가 들면서 상처받지 않을 능력은 점점 줄어들고 있다. 세상에 생각이 없는 사람이 어디 있나. 생각이 없는 순간은 상상조차 할 수 없을 만큼 이렇게 한없이 많은 고민을 안고 살아가고 있는데 생각이 없다니. 생각을 없애는 방법이나 알려주고 그런 말이나 하지. 생각이 없는 게 아니라 내 생각 중에서 마음에 드는 생각이 없는 거겠지. 생각 없다고 비난하는 사람이 자신이 잘못되었음을 되돌아볼 가능성은 별로 없을 것 같다. 왜 그렇게 생각이 없냐는 말을 '넌 왜 나와 다르게 생각을 하니?'라는 말로 알아서 해석해 들어야 할 만큼 생각을 많이 하고, 세상에 친절해야 할까? 생각이 다르면, 또다시 내 생각에 너의 생각을 맞추라 할 텐데, 사회생활에서 양보란 정말 해도 해도 끝이 없나 보다. 그래, 월급 주니까 양보해 준다. 됐냐? *

그냥 안아주고 싶은 너에게 • • • • • • • • • • •

CHAPTER 2

혼자라도 괜찮아

가끔 그런 날이 있어요

유난히 하늘이 흐린 날, 이런 하늘을 참 좋아하는데 왜인지 모르게 흐린 하늘을 올려다보며 눈을 찌푸리게 되는 날, 금방이라도 비가 쏟아질 것 같아서 지금의 회색빛 하늘과 회색빛 거리가 스산하고 안쓰럽게 보이는 날, 차가운 비는 내리지 않았으면 하는 마음을 담아 슬픔의 끝을 붙잡아 보고 싶은 날, 커피 한잔 마시면서 슬픈 눈으로 창밖을 바라보고 싶은 날, 분명 따뜻한 커피잔을 두 손으로 감싸고 있는데 찻잔의 어디부터 식어가고 있는지 알 것 같아 아무 생각도 할 수 없는 그런 날, 잊고 지냈던 슬픔들을 살짝 꺼내서 따뜻하게 보듬어 주고 싶은 그런 날… 이렇게 꺼내 볼 수 있는 슬픔이 있어서 참 다행이라는 생각이 드는 그런 날이 있어요. 슬플 때 일일이 말하지 않아도 알아준다면 얼마나 좋을까요. 눈물보다 먼저 표현되지 못해서 그냥 묻어두는 마음이 많아요. 다른 사람들에게는 말해주지 못하는 나만 아는 비밀이에요. 나만 아는 거라 내가 잊어버리면 세상에 없는 비밀이 되기도 하지만 그래도 비밀을 지켜주려고 노력해요. 비밀은 있어도 되고 이유는 없어도 되잖아요.

할 말이 아무리 많아도 아무 말도 안 해도 되잖아요. 하고 싶은 말이 너무 많지만 할 말이 너무 많아서 꾹 참아내도 되는 거잖아요. 나를 아프게 했던 추억에 고마움을 느끼게 되는 그런 날도 가끔 있잖아요. 지금 당장 눈으로 확인하지 못하면 미쳐버릴 것 같던 사랑에도, 죽을 것만 같았던 아픔에도 이제는 정말 괜찮아졌다는 확신이 드는 날이기도 하죠. 좋아했던 것에 다른 표정이 되는 건 뭔가 변했다는 것이겠지. 표정이 달라진 건 마음이 달라진 것이겠지. 이제 이 상처에는 '더이상 아프지 않구나, 이제는 정말 추억이구나' 생각하면서 흐린 표정으로 담담함을 확인하고 추억이 하나 더 늘어나는 그런 날이죠. 이런 날 "오늘은 흐려서 기분이 그냥 그런 날이야"라는 말로 담담한 마음을 얘기하고 한 번에 알아들어 줄 누군가가 있다면 참 좋겠다는 생각이 드는 그냥 그런 날.

저에게 그런 날은 보통 흐린 날이에요. 그래서 흐린 날은 아프기도, 괜찮기도 또 슬프기도 해서 추억하기 좋은 날이죠.

아직 한 번도 흐린 날의 감정을 정확하게 얘기한 적은 없는 것 같네요. 언젠가는 다 말할 수 있는 날이 오겠죠. 뭐 '그냥 그런 날이 있었어'로 한 줄 요약되어 버려도 괜찮아요. 다 이해해 줄 사람을 아직은 못 찾았는데 곧 포기할 것 같아요. 사랑을 이해해 달라는 것도 말이 안 되는 것 같고 따뜻한 커피 향에 눈을 감아보는 데도 뭔가 아쉽고 서운하기만 하죠. 흐린 아쉬움이 좋아서, 흐린 서운함이 아쉬워서 그런 창밖이 더 좋아서 시선을 떨구고 한참을 바라보고 싶은 날, 시간이 흐른다는 것을 까맣게 잊고 싶은 날에는요. 어려 보인다는 말보다 젊어 보인다는 말을 듣고, 꿈을 꾸기보단 건강하길 바라는 지금도 사랑이라는 것을 하고 살아야 할까요?

평생을 사랑하며 살겠다고 다짐했는데, 문득 '평생 사랑할 수 있을까' 하며 자신이 없어집니다. 자꾸 사랑도 해야 할 일 같은 의무감이 느껴져요. 가족을 사랑하는 가장 좋은 방법이 내가 잘사는 것이라니, 내가 가족을 사랑한다는 것을 증명하려면 사는 것에 매달려야 하는 의무감이 생깁니다. 내 인생을 책임질 만큼은 된다고 생각하고 뿌듯했던 게 얼마 전인 것 같은데 왜 책임감 앞에서 나약해지고 싶은지 모르겠네요. 더이상 사랑은 두근거림과 설렘, 보고 싶어서 미쳐버리는 감정이 아니라 일상 속의 당연히 곁에 있는 것들을 지키는 것으로 바뀌어 있죠. 사랑이 곧 연애였을 때는 두근거리기만 해도 충분했는데. 온갖 미운 마음들도 두근거림이 다 해결해 주었는데. 이제는 현실의 사랑을 책임지기 위해서는 제일 먼저 두근거림을 포기해야 하는 것만 같아요. 작은 마음으로 친구도 사랑했고 가족도 사랑하고 선생님도 사랑하며 사랑을 배웠는데, 돌이켜 보니 시작을 함께하는 사람들에게 쉽게 사랑에 빠지고 또 그렇게 쉽게 아팠었네요.

삼십 대의 사랑은 자꾸 맞는지 틀린지, 옳은지 그른지 궁금해집니다. 사랑이라 쓰면서 이성적이어야 한다고 다짐했고요. 삼십 대가 될수록 옳고 그름을 판단하느라 사랑에 미치지 못하더라고요. 미친 사랑은 미친 짓일 뿐이고 결혼도 미친 짓이라는데, 이러니 어디 제정신으로 살 수 있겠어요. 사랑에 미친 사람이 평범하게 사랑에 빠진 사람인지 그냥 미친 사람인지 잘 모르겠습니다.

사랑에 아파봤던 만큼 새로운 사랑에 생각이 많아집니다. 사랑한다는 고백의 유통기한을 계산하면서 지금 보이는 다정함 외에 또 다른 모습은 어떤지 사랑을 시험해보려 합니다. 이 사람만은 특별하길 원하는 바람도 물론 있죠. 지금 아는 것은 그때는 몰라서 사랑에 지쳐갔던 시간이 많았죠. 왜 그랬는지는 사랑이 빠져나가야만 겨우 알 수 있으니 늘 사랑은 진실인 듯 거짓인 듯, 가까운 듯 또 멀리 있는 듯 그렇게 없는 것만 같았어요. 그러면서도 결국엔 사랑에 빠집니다. 기어코 사랑에 빠졌던 것 같네요. 빠진다는 것은 집중한다는 홀릭의 뜻도 있지만 '어떤 소속에서 빼버린다'는 뜻도 있고 '그중에 부족하다'는 뜻도 있어요. 빠진다는 것은 제자리에서 나온다는 의미, 이익이 남는다는 의미도 있고요. 이가 빠지다, 마진이 빠지다, 돈이 빠지다. 이렇게 다양한 의미를 담고 있는데, 그럼에도 불구하고 우리는 이 많은 의미 중에서 기어코 사랑이라는 단어를 선택하고 그 많은 의미 중에서 사랑에 빠집니다. 마치 함정에 빠지는 것처럼, 바다에 빠져드는 것처럼. 이마저 진짜 사랑이 맞는지 의심하지만 사랑은 시작되어 버리면 의심이 무색하도록 결국은 사랑에 빠져버리곤 하죠. 기어코 빠지는 사랑 앞에서 어쩔 수 없는 선택일지도 모르죠. 이십 대의 끝자락에서 다짐했어요.

그럼에도 불구하고 사랑이라는 것은 평생 하고 살 것이라고. 몇 번의 진짜 사랑과 사랑이라 믿었던 시간을 반복하다 보니, 상처는 쌓여 있고 사랑도 제법 어른스럽게 합니다. 어른스러운 사랑을 배우는데 선택의 여지는 없었어요. 좋으면 웃고 싫으면 울고 아프면 아프다고 말하면서 그래도 첫사랑처럼 다음 사랑을 하고 싶었는데 안 되더라고요. 그렇게는 못하겠더라고요. 제가 생각하는 어른의 사랑은 끝까지 가 보는 것 같아요. 사랑 말고도 생각해야 할 것이 너무나도 많아요. 우리가 연애에만 집중하며 살지 못하도록 해야 할 일들이 잔뜩 쌓여 있는 건 다행일까요? 불행일까요?

　사랑이 없으니 아쉽고 또 사랑을 하자니 늦었네요. 고민을 하자니 혼란스럽고 에라, 모르겠다 그냥 사랑 없이 살자니 인생은 또 왜 이렇게 밋밋할까요. 다행으로 사는지, 불행으로 사는지는 여전히 잘 모르겠지만 여전히 평생 사랑하면서 살고 싶습니다. 그래도 사랑의 끝은 이별이고 이별의 끝은 상처인데, 상처와 추억 사이에서 익숙해져야 평생 사랑하면서 살수 있는 거겠죠. 상처에 익숙해지진 않았으면 좋겠지만요.＊

사람은 고쳐 쓰지 않는다고?

사람은 안 변한다고 한다. 한 사람을 변화시키기 보다 그냥 나에게 맞는 사람을 찾고, 아니다 싶으면 바로 손절하고 그래도 계속 만나고 싶으면 내가 이해하고 용서하는 게 더 빠를지도 모른단다. 또 나에게 노력하란다. 손절하는 게 쉬우면 사람 만나는 데 걱정할 필요가 있겠나. 오늘까지 머릿속에 있던 사람을 아무렇지 않게 내일은 안 본다고 선언하는 게 그게 마음대로 되느냐고. 인간관계에서 나에게 손해를 입힐 것 같은 사람을 최대한 빨리 눈치채고, 별로인 사람을 손절하라는 조언은 많은데 손절하고 나서 생기는 미안하고 허전한 마음을 어떻게 하면 되는지 알려주는 사람은 어디 없나요. 사람을 손절한 그다음의 마음까지 책임져 줄 사람만 불편한 사람은 손절하라고 조언해줄 자격이 있다. 혼자가 되고 나서 어떻게 하면 좋을지 대책이 있어야 손절할 용기도 낼 수 있는 거니까. 제발 너무 쉽게 손절을 말하지 말라고. 거절이 세상에서 제일 힘들고 미안한 마음이 먼저 올라오는 사람에게 그렇게 냉정하게 살라는 말이 도움이 되기나 할까. 착한 사람이 계속 착하게 살아도 되고, 결국 착한 사람이 항상 더 잘되더라는 게 정답이었으면 하는데, 착한 사람의 선행이 큰 이슈가 되는 세상인 것 같아서 좀 씁쓸하다.

내 마음도 내 마음대로 안 되는데 다른 사람을 변화시킨다는 게 보통 일은 아닐 테지. 평범하고 보통보다는 따뜻하게 살고 싶어서 참고, 이해하고, 받아들이면서 살고자 다짐하는데 결국 인간관계를 유지하기 위해서는 타인에게 아무 기대하지 말고 내가 변하거나 포기하란 말인가.

한 사람을 알고 가까워지고 서로를 알아가게 되면 처음에 보였던 공통점과 좋은 점들보다 서로 다른 점과 단점들이 보인다. 서로 다르다는 건 서로 맞지 않다는 뜻이고 이해할 수 없는 상황이 생길 수 있다는 뜻이지만, 반대가 끌리는 이유에 대해서 생각해 볼 때는 이미 정이 들어서 냉정하게 생각할 수 없더라고. 우린 비슷한 사람인지 알았는데 알고 보니 반대였고 정신 차리고 보니 정이 들어서 뭐 어쩔 수 없는 사이가 되어버렸더라고. 알고 보니 서로 너무 많이 달랐고, 알고 보니 그런 사람이 아니었던 적이 많다. 처음부터 그랬는데 내가 몰랐던 적도 있다. 보고 싶은 것만 보고 듣고 싶은 것만 듣고, 기억하고 싶은 것만 기억되기도 한다. 사랑이라는 블라인드가 그렇더라고.

그래서 사람은 알아봐야 한다. 이미 엎질러졌는데 서로를 잘 몰랐던 처음의 그때로 돌아가는 게 되냐고. 말이 쉽지, 말만 쉽지. 사람 마음이 이렇게 심플하고 간단한가. 마음을 접는다는 게 가능하다고? 그것도 한 번에 접는 게 가능하다고? 기억상실 알약이라도 있단 말인가. 사람들과의 인간관계에서는 시간 절약, 감정 절약, 마음 절약해야 하는 상황이 많다. 결국 그 사람과의 적당한 관계 유지를 위해 내가 변하는 것은 나의 에너지를 아낄 수 있는 나에게 유리한 타협이기도 하다.

나이가 들수록 욱하는 성격보다 참는 성격에 고민하는 사람들이 많아진다. 쏟을 마음이 적은 사람은 다시 주워 담을 것도 적어서 한 사람을 만나고, 알아가고, 좋아하게 되면서 자연스럽게 생기는 기대와 바람을 만들지 않는 것, 커가는 기대와 바람을 표현하지 않는 것, 우리 사이에 생기는 기대와 바람대로 그 사람이 변하길 바라지 않는 것은 상처에 많이 아파본 사람이 힘없이 하는 말이기에 많이 슬프고 아픈 말이기도 하다.

죽을 만큼 노력했고 노력한 만큼 아파본 사람은 단호하다. 노력이란 게 그렇다. 눈에 보이지도 않고 얼마나 쏟았는지도 몰라 허무하게 사라져 버릴 때가 많다. 노력을 쏟아낸 본인도 다 기억하지 못한다. 마음을 다할 때는 그 노력을 알아봐 주길 바라지도 않았을뿐더러 그렇게 노력을 쏟아내다 보면 지쳐서 노력을 세어볼 힘이 남아 있지 않더라고. 노력을 쏟다가 허무함이 밀려와서 지금까지 쏟아낸 노력을 세어보는 건 얼마나 공허할까. 더 많이 사랑하고, 더 많이 아끼고, 더 간절한 사람이 더 많이 노력한다.

사랑이란, 얼마나 많이 노력했는지, 얼마나 진정한 노력을 했는지와 상관없이 덜 사랑하는 사람이 더 많이 사랑하는 사람에게 이기는 게임 같다. 모든 것을 걸고 쏟은 노력의 끝에서 사람의 끝을 본 사람은 단호하게 말할 수 있다. 사랑이란 블라인드에 갇히면 사랑에 대한 기대가 한없이 커져 버리고 그만큼 나에게 맞춰 주길 바라는 게 사랑의 과정이다. 여기서 내가 만들어 놓은 기대만큼의 기준으로 상대가 맞춰 주길 바라는 것이 문제가 된다. 사랑에서 기대가 커지면 슬픈 일이 생긴다는 공식. 가끔은 나도 모르는 내 마음을 속속들이 다 알아줄 수 있는 사람이 세상에 어디 있나. 세상에 서툴러 사랑에도 서툰 사람은 기대가 커질수록, 그 기대를 채워주며 많이 맞추어줄수록 사랑의 크기가 크다고 착각한다. 누군가 그랬다, 사랑은 노력이라고. 또 다른 누군가가 그랬다, 사랑을 노력한다는 게 말이 되냐고. 사랑해 보고 후회해보니 겨우 알 것 같다.

사랑의 열정이 익숙함으로 작아져 부드러워질 때쯤, 상대의 진짜 습관과 진짜 성격을 볼 수 있고 사랑을 제대로 보기 위해서는 사랑의 블라인드가 걷어져야 한다. 설레고 열정적인 처음의 사랑이 작아져야 편해진 마음 사이로 한 사람의 진짜 본모습들이 눈에 띄기 시작하니까. 사람의 습관과 말투, 성격에는 그 사람의 인생이 담겨 있어 바꾼다는 것은 쉽지 않다. 세상에 이렇게 많은 사람이 제각각 다른 습관과 성격을 가지고 살아가고 있다. 어떻게 이렇게 다를 수 있나 싶을 만큼 다 다르고 자신만의 무언가가 있다. 누군가와 비슷한 사람, 닮은 사람, 성향이 같은 사람, 취미가 같은 사람이 있긴 한데, 한 사람을 제대로 알게 되면 나의 상식대로 본 그 사람의 일부분일 뿐이라는 걸 알게 된다. 결국은 다 달랐다. 그래서 사람과의 끝은 다 달랐다. 내가 뭐라고 사랑한다는 이유로 사람의 지나온 인생을 바꾸나. 사랑이 그렇게까지 대단한 건가.

사실 사랑이란, 무수한 협의의 과정이다. 연애란 함께하기로 한 시간 동안 같은 생각을 하는지, 나에게 마음을 주고 있는지 확인하는 성적표 같다. 마음을 나누기로 한 약속, 기대와 그에 어긋나는 행동들. 기대와 마음을 따라오지 못하는 서로의 다름으로 거리감이 생긴다. 반드시 거쳐야 하는 서로의 다름을 받아들이는 과정이지만 연애를 하는 동안은 이 과정이 꽤 아프기도 슬프기도 하다. 의도했든, 의도하지 않았든 상처가 되는 습관에 처음 몇 번은 대화를 시도해 보고 약간은 고치고, 시간이 지나면 다시 그 자리. 실망한 대화를 하면서 조금씩 멀어지기도 하고.

사람들은 서로의 생각의 다름은 당연하다며 대화를 많이 하라는 조언을 많이 해준다. 세상에 대화로 안 풀릴 일이 뭐가 있냐고, 다 대화가 부족해서 오해가 생기고 이해할 수 없는 일이 일어난다고 한다. 하지만 대화가 해결해 줄 수 있는 일이 과연 얼마나 될까. 서로 사과하고 사과받으면 다 해결되나. 일방적인 사과는 마음을 풀라는 강요가 될 수 있는데. 사과했으니 된 거 아니냐며 사과한 후의 마음에 대해서는 별 관심이 없다. 사실 사과를 해야 할 가해자의 마음보다 사과를 받아야 할 피해자의 마음이 훨씬 더 중요한데 말이다. 미안한 마음으로 사과하는 마음이 제대로 전해져서 사과받은 사람의 마음이 풀렸는지가 가장 중요하다.

또 멀쩡한 성인이 대화를 시도조차 하지 않고 고민하고 갈등을 만들까. 대화는 서로를 이해하는 과정이기도 하지만 서로가 다름을 확인해주는 과정이기도 하다. 대화할수록 이 사람과는 다르다는 확신이 들고 서로의 입장이 좁혀지지 않는다는 것을 알게 되면서 더 답답해질 수도 있다. 사랑이 클 때는 서로에 대한 사랑의 크기가 다른 것 자체가 상처가 되는데 상처가 있는 마음으로 어떻게 하면 부드럽고 이성적으로 대화할 수 있단 말인가. 세상에 자신의 감정을 있는 그대로 솔직히, 자존심을 전혀 생각하지 않고 설명할 수 있는 사람은 잘 없다.

그럼 대화로 마음을 잘 표현하지 못하는 사람은 대화할 자격도 없나. 사랑할 자격도 없나. 대화란 자신을 표현하고 서로를 이해하는 과정이 아니라 서로에 대한 사랑의 크기가 다름을 확인하는 과정이 될 수도 있다. 차라리 몰랐으면 하는 진실, 듣고 싶지 않은 말도 많다. 나중에 알게 될지 몰라도 지금은 피하고 싶은 일도 있고 미루어 두고 싶을 때도 있다. 이럴 때 재촉했던 대화 끝은 사랑을 확인하는 시간이 무관심을 확인하는 시간이 되면서 슬픔으로 변해간다고. 상처를 곱씹으며 끝을 말하는 것이 어쩌면 가장 허무한 이별인데, 한 번 상처받은 마음을 열 번 상처받은 것만큼의 상처로 곱씹다 보면 어느 순간 마음은 끝나 있다. 진정한 사랑이 아니라고 단정 짓기에 충분한 이유가 된다. 같은 자리에 같은 방법으로 같은 상처를 받는 것만큼 처절한 것도 없다. 그래서 헤어진 연인은 다시 만나도 다시 헤어지게 되나 보다. 똑같은 실수의 반복, 똑같은 헤어짐의 이유로 결국은 헤어진다고 했다. 사랑에 빠지는 게 죄는 아니지 않느냐고. 사랑이 변하는 것이 아니라 사람이 변하는 거라고. 그럼, 사람이 변하면 사랑도 끝났다는 건가?

한 사람은 그렇게 쉽게 바뀌진 않는다. 한 사람의 습관 앞에서 사랑만으로는 습관의 고집을 꺾을 수 없더라. 잠시 신경을 쓰고 노력하지만, 결국 신경 쓰지 않고 노력하지 않으면 다시 원래의 습관으로 돌아가게 된다. 노력하지 않는 모습이 진짜 본래의 모습이지만 억지로 노력하는 모습을 본래의 모습이라 착각하고 기대하게 된다.

어차피 사람은 변하지 않으니, 고쳐 쓰는 게 아니라고 했다. 그래서 기본이 된 사람을 만나야 한다고. 상식이 통하는 사람을 만나야 한다. 세상에 상식적이지 못한 사람이 정말 많으니 상식적으로 대해주는 것만으로도 감사하며 살란다. 주제 파악하고 큰 행복은 욕심내지 말라는 경고인가. 세상에 행복한 사람은 무수히 많아 보이는데 왜 상식적인 행복에 만족하면서 살라는지. 다른 사람들은 누리고 있는 행복, 나에게는 왜 이렇게 까다롭기만 한지. 세상 사람들에게 통하는 상식이 나에게도 무조건 통하라는 법은 없다. 상식적이란 말은 세상의 많은 상식 중에서 나의 상식에 동의하고 내 상식에 맞게 굴라는 뜻이다. 세상에 상식이 얼마나 많은데, 그리고 받아들이기 힘든 상식도 얼마나 많은데 솔직히 나는 세상의 모든 상식에는 관심 없다. 나만의 상식과 기준에 따라 살아가는 게 더 중요하니까.

　사람은 변하지 않는다는 말에 반은 동의하고 반은 그렇지
않다. 사람은 짧은 시간에 아무 일 없이 변하지는 않는다. 사
는 데 특별히 불편한 것 없고 힘들지 않은데 굳이 멀쩡하게
잘 살아온 오랜 습관과 행동을 변하고자 노력하는 사람이 얼
마나 있을까. 다만, 사랑하는 사람을 잃어보거나, 상처받아
보거나, 좌절해본 사람은 다르다. 사랑에 아파본 사람들은 사
랑에 아픈 것보다 변하는 것이 낫다는 것을 경험적으로 알고
있다. 학습효과다. 나를 바꾸고, 버리면서 누군가를 사랑해
본 사람과 그렇지 않은 사람과의 사랑의 깊이와 결은 정말 많
이 다르다. 책에서 보거나 간접경험으로는 상상조차 할 수 없
는 직접 학습의 효과다. 누군가를 위해 변하고 나를 버려본
사람만 사랑으로 설득한다는 건 정말정말 많은 노력을 해야
한다는 것과 어마어마한 노력의 크기를 가늠할 수 있어서 변
할 각오를 할 줄 안다.

　연인들이 이별을 담보로 서로가 싫어하는 것을 고치겠다고
합의하는 경우는 엄청난 전쟁을 치르고 나서다. 그렇게 미칠
것 같은 전쟁 후에, 그럼에도 불구하고 이 사람이 아니라면
죽어버릴 것 같으면 헤어져서 죽는 것보다 이렇게 미친 감정
을 쏟아내는 것이 더 낫다고 생각한다면 평화 협정에 이른다.

다시 노력하자는 합의도 잠시 휴전일 뿐 바로 평화가 찾아오는 것은 아니다. 지금부터 감정 부상을 치료할 시간이 필요하다. 따뜻하게 보듬어줘야 할 시간도 필요하고 별도로 혼자서 치료할 시간도 필요하다. 내가 모든 상처를 다 안아줄 수 있다고 자만해서는 안 된다. 무조건 상대방이 내 마음을 먼저 풀어줘야 한다고 생각해도 안 되고, 내 기준에 맞춰 주길 바라도 안 된다.

감정은 상식이 아닐뿐더러 상식선에서 해결할 수 없는 일들이 많이 남아 있다. 둘은 감정이 바닥나 있어서 에너지를 채울 필요가 있는 지친 사람이다. 차갑게 뱉었던 뾰족한 말들을 보드라운 말들로 위로해 주는 것을 시작으로, 평화 협정을 하고 나서 해야 할 일이 훨씬 많다. 평화를 담보로 우리는 사랑하는 것이 서로에게 더 유리하며, 우리는 잘 맞는다는 것을 다시 증명해내자고 약속했다. 엄청난 에너지를 쏟고 나서 변하겠다고 약속을 했기에 힘든 것이다. 감정전쟁을 하느라 다 써버려서 에너지가 얼마 남지 않았는데 나를 변화시켜야 하는 큰 숙제를 떠안게 되었다. 에너지가 충전될 충전소도, 충전 시간도 필요하다. 충전소가 어디에 있는지 충전 시간은 얼마나 필요한지도 알아내야 한다. 이런 상황에서는 사랑한다면 무조건 서로의 좋은 충전소가 되어야 한다는 상식이 통하지 않을 터이니, 그렇게 바라면 안 된다. 다시 만난 연인의 가장 마음 아프고 슬픈 것은 전쟁하느라 에너지가 바닥 난 사람이 충전되어가는 과정을 함께하는 시간이 너무 힘들다는 것이다. 힘든 과정을 보내는 사람도 지켜보는 사람도 지친다. 무너져가는 사람 옆에서 '파이팅'이나 외치고 있음은 관계를 오래 유지할 수 있는 좋은 방법은 아니다. 지친 마음으로 누군가가 달라지기를 기다리는 마음에는 간절함과 성급함도 함께 담겨있고, 감정은 기어코 전해진다. 그래서 서로를 오래 기다리기가 힘들다. 그 사람에게서 습관은 나를 사랑하는 마음보다 더 오래되어서 내 마음대로 쉽게 고칠 수 없다. 정말 사람을 한번 고쳐 써보고자 한다면, 과거의 상처가 묻어 있는 콤플렉스 없는 마음으로 나만을 위해서가 아닌, 서로를 위해 고쳐볼지 얘기해 볼 것, 너덜너덜하지 않은 마음으로 말할 것, 어떤 것을 감사할지를 정할 것, 한 사람의 습관과 인격이 변하는 엄청난 일을 당연하게 받아들이지 않을 것, 고맙다는 표현을 꼭 할 것, 변하는 상대의 마음을 보면서 나의 상처도 꼭 치료할 것, 어떻게 얼마나 변하나 팔짱 끼고 지켜보지 말 것, 내 기준과 잣대에 똑같이 맞도록 들이대지 말 것, 노력을 내 상식으로 판단하지 말아야 할 것이다.

이렇게 '하지 말아야 할 것'들이 많으니 정말 미칠 노릇이다. 이러니 사람들이 사랑도, 인간관계 어렵다고 하고 살기 힘들다고 하지. 사람은 고쳐 쓰는 게 힘들다고 단정하기 전에 기다려보는 연습을 해봐야 하지 않을까. 기대가 주는 실망에 바로 흔들리기에는 전쟁에서 쏟은 미친 감정이 너무 아까우니까. 물론 기다려보는 연습 앞에서 '내가 괜찮아지기'라는 준비운동을 꼭 해야 한다. 준비운동의 중요성은 상식적으로 잘 알고 있으니 미친 감정을 쏟아내야 하기 전에 있을 때 잘해주자. 사랑 앞에 준비운동을 열심히 하자. 사람 사이에서 준비운동 뭐 별거인가. 미안한 일에 미안하다고 말하고 고마운 일에 고맙다고 말하면 그게 인간관계 준비운동이지. 옆에 있는 사람의 감사함을 알고 많이 아껴주자. 사랑은 잃어봐야 소중함을 아는 만큼 어리석고 시간 낭비, 감정 낭비를 하는 일이 어디 있나. 이 바쁜 세상에서 할 일이 얼마나 많은데 시간, 감정, 돈 낭비까지 한단 말인가. 우리 뭐든 아끼면서 살기 위해서도 고쳐 쓸 생각을 하지 말고, 옆에 있는 소중한 사람과 준비운동을 같이 하면서 살자고요.＊

어느 날의 특별한 오후

유독 오후가 좋은 날이 있다. 어제까지 받았던 상처가 잘 아물어줘서 무던해질 수 있는 아침을 보내고 나면 오전에 잠시 왔던 외로움의 할당량이 딱 오전만큼이라 맛있는 점심을 먹고 깨끗하게 괜찮아진 느낌이 든다. 자고 일어났을 때도 어제 받았던 상처의 흔적이 있으면 아침도 시작이 아니다. 어제와 이어진 상처의 어디 즈음이다. 자고 일어나면 괜찮아지길 바라는 꿈 같은 소원일 뿐. "자고 일어났는데 왜 기분이 좋아지지 않아?"라고 싱겁게 묻는 사람에게 "자고 일어났을 뿐인데 어떻게 기분이 괜찮아지니?"라고 짭조름하게 되물었다. 하룻밤 사이에 괜찮아질 정도에 힘들다고 말하진 않는다고. 오전이란 선물상자에 맛있는 브런치를 오물오물 천천히 먹은 느낌. 적당히 혼자 치유할 수 있을 만큼의 상처를 조용히 극복하고 제법 편안해진 것 같기도 하다. 외로움을 견뎌내며 오전의 나를 이해하고 보듬었으니, 오후의 나에게 선물을 줘야 할 것 같은 마음이다. 흐린 하늘의 먹먹한 설렘과 비가 오는 날의 촉촉함은 다르다. 곧 다가올 촉촉한 오후에 설레며 지어지는 흐릿한 미소에 소소한 행복을 느낀다. 어제와 똑같은 나지만 어제보다 소소한 행복에도 예민할 수 있는 나임은 분명하다. 행복했었다는 말보다는 행복하다는 말로 표현하고 싶은 나만의 특별한 오후. 기다려보는 오후. 그래서 조금은 더 특별해지는 나만의 오후.

비 오는 날보다 흐린 날이 더 좋다. 비가 오는 날은 하늘도 봐야 하고 비도 봐야 하고 빗소리도 봐야 한다. 비가 언제 그칠까 생각하면서 빗소리를 들으면 삼겹살과 막걸리도 생각난다. 센티하고 몰랑몰랑한 감정을 잡고 있기 버거운 나를 너무 바쁘게 한다. 흐린 날은 그냥 먹먹하게 설레기만 하면 되는데. 흐린 구름은 아무 말도 하지 않아도 되니까. 흐린 날은 흐릿하게 조용하니까, 조용히 나를 들여다볼 수 있게 해준다. 그런 날은 글이 잘 써졌다. 그런 날은 흐린 오후가 주는 아득함을 조용히 담아 볼 수 있었다. 아득한 시간을 지나온 추억 속에서 사랑했고, 헤어졌고, 아팠고, 상처받으면서 행복했다. 흐리기만 한 것 같은 아득한 추억의 끝에 설렘은 언제였을까. 있긴 있었을까. 인생의 중간쯤 되어보니 이제 겨우 세상을 조금 알 것 같은데. 왜 사랑에 대한 기억은 시작부터가 아니라 끝에서부터 떠오르는지 모르겠다. 사랑을 시작하면서 설레었던 것보다 헤어지며 아프고 슬펐던 기억이 먼저 생각나고, 만남의 설렘보다 이별의 아픔이 더 진하게 박혀 있다. 어차피 헤어질 사람과 사랑에 빠지기 두렵고 마지막을 약속하지 않는 연애는 안 했다. 사랑의 끝을 곰곰이 되뇌어 보다가 결국 사랑의 처음까지 도착하지 못하고 멈추고 만다. 사랑은 결국 변하는 것이더라. 사랑은 아픈 것이더라. 사랑은 서로 맞춰가다가 지치는 것이더라. 그러다가 적당히 포기하면서 그럼에도 불구하고 옆에 있어 준 사람이 마지막 사랑이더라. 사랑은 결국 상처이고, 결국은 헤어지는 것이더라고. 진짜 사랑을 해봤는지, 사랑이 무언지 제대로 말하지도 못하면서 사랑을 완벽하게 아는 사람처럼 굴어본다. 잘 생각해 보면 설레긴 했던 것 같은데 그때로 돌아가지 않으면 도저히 알 수 없는 그 설렘들을 비슷하게 고이 꺼내 보면서.

연애도 설레고 시작도 설렌다. 연애를 시작한다는 건 얼마나 큰 설렘이고 일상의 변화인가. 나에게 연애란 설렘을 감당하는 시간이었다. 주어진 설렘을 스스로 감당해야 하고 상대의 설렘도 받아들이며 마음으로 대화하는 시간이다. 설렘으로 시작한 사랑이 설렘을 감당하다가 둘 중 한 명이 지치면 연애는 어김없이 끝나버리는 벼랑 같은 시간이다. 시간이 흐르고 익숙해지면서 더이상 설레지 않는다는 상대의 말이 그렇게 아프게 다가온다. 나에게는 선택권이 없는 설렘이니, 설렘이 끝났다는 통보를 감당할 수 있는 것은 없다. 내 마음은 자꾸 설렐 준비를 하고 있는데 마음은 모양이 없어서, 설렘은 볼 수 없어서, 꺼내 보일 수 없음에 답답할 뿐이다. 설렘을 감당하고 싶어 안달하고 있는 나에게 설레지 않음을 아무렇지 않게 말하는 상대를 보면 작은 마음으로 순간을 시리게 감당하며 헤어져야 한다. 끝을 감당하기에 너무 작았던 마음이라 그렇게 끝날 수밖에 없음을 인정하는 데도 또 한참이 걸렸다.

글이 잘 써지는 날에는 심장이 콩콩 설렌다. 지금 내가 제일 좋아하는 일을 하고 있다는 것을 머리보다 마음이 먼저 아나 보다. 노트북 키보드와 손가락을 부딪치는 것만으로도 좋다. 머릿속에 엉켜있는 단어들을 손가락으로 제대로 풀지 못할까 전전긍긍하는 순간 동안 가슴은 몇 번이나 콩콩거렸을까. 비 오는 날 우산 없어서 비 맞을 준비를 하는 마음으로, 사랑하는 사람을 조금이라도 더 빨리 보고 싶어 뛰어가는 마음처럼 심장은 콩콩거린다. 누군가가 보고 싶어서, 조금이라도 더 빨리 보고 싶어서 뛰어간 적이 언제였더라. 나를 기다리게 하는 게 미안해서 하이힐을 신고 달리다가도 예쁘게 보이고 싶어서 몰래 숨어 거울을 보며 얼굴을 확인한 적이 언제였더라. 한없이 서운하다가도 미안하다는 한마디에 마음이 녹아본 적이 언제였더라. 정신없이 바쁘다가도 그 사람은 밥은 먹었는지 걱정되던 게 언제였더라. 그 사람이 아플 때는 차라리 내가 대신 아프고 싶었던 마음이 언제였더라. 심장의 콩콩거림에 귀 기울이느라 조용한 발라드 음악의 가사에 제대로 집중할 수 없지만, 멜로디만으로도 살짝은 설레어 심장에 설렘을 담으며, 어느 특별한 오후에 노트북 앞에서 잠시 평범하게 사랑에 빠지고 싶은 여자가 되어본다.

노트북 앞에서 기분 좋으면 기분 좋은 이야기를 하게 된다. 사랑에 빠진 날은 사랑에 대한 글을 쓰고 센티한 날은 슬픈 글이 나온다. 기분이 좋아야 힐링할 수 있을 만한 여유를 담은 글을 쓸 수 있다. 여전히 거짓말에 서툰 나는 글 앞에서 그때의 기분과 감정을 다 들켜 버린다. 어쩌면 들키고 싶어서 자리를 내어주는 것일지도 모르겠다. 흐린 오후 같은 날은 꼭 기억해두고 싶다. 유독 오후가 싫어질 때 써먹을 거다. 오후를 좋아했던 마음을 찬찬히 꺼내어 보면서 다시 좋아하려고 노력해야겠다.

정답을 열심히 찾아가면서 살아가지만 그러다 문득 정답이 없는 것에도 혼란하지만, 애쓴 만큼 보상받지 못함에 가끔은 억울하지만 그래도 노력하면서 살아갈 거다. 노력도 안 하면 정말 뭘 하면서 살아야 할까? 그걸 더 모르겠다.*

with coffee

나에게 가장 좋아하는 음식이 뭐냐고 묻는다면 단연 커피다. 일상에서 가장 좋아하는 시간이 언제냐고 물으면 커피를 타는 시간과 마시는 시간이다. 커피를 타고 마시고 카페인이 주는 두근거림을 느끼는 그 시간이 행복 힐링지수 최고다. 그러고 보면 나는 참, 행복 진입장벽이 낮은 사람이다. 행복 앞에 한없이 저렴한데. 뭐 어때. 지금은 예쁜 카페도 많이 생기고 커피의 종류도 많아져 커피를 즐기는 사람이 많아졌지만, 그 훨씬 전부터 밥과 커피 중에 골라라 하면 고민 없이 커피를 선택했다. 사람들은 국밥 한 그릇과 커피 한 잔의 가격을 비교하면서 밥을 먹고 속이 든든해야 한다고 해도, 난 커피 한 잔을 마시고 멘탈이 든든한 게 좋았다. 지금 생각해 보니 든든하고 몸이 편한 거보다 마음이 편하고 든든한 게 좋앉나 보다. 화려하고 멋있고 가득 차 있는 것보다, 조용하고 적당히 만족하며 빈틈 있는 시간을 보내는 것을 좋아했다. 맛있는 음식을 먹는 것보다 맛있는 음식을 먹은 시간을 좋아하는 것, 예쁜 옷을 사는 것 보다 그 옷을 입고 예쁜 시간을 보내는 것, 돈을 많이 버는 것보다 그 돈을 아껴서 잘 쓰면서 좋은 시간을 보내는 것이 더 좋다. 오늘도 행복 앞에서는 저렴하게, 하지만 딱 적당한 만큼만 마음 편하게 노력하면서.

한 끼 정도는 굶어도 된다고 생각하기도 하고, 밥을 먹고 배부른 느낌보다 은은한 향과 달콤쌉싸래한 맛, 분위기와 시간, 기분까지 모두 얻을 수 있는 커피를 마시면 반나절 정도 배가 고픈 것쯤은 괜찮다. 밥을 먹는 것이 생존을 위해 해야 할 시간이라면 커피를 마시는 것은 멘탈을 위해 시간을 쓰는 것 같은 느낌적인 느낌. 생존을 위해 애쓰는 시간보다 멘탈을 위해 쉬어가는 시간이 더 좋다. 생존을 위해 애쓰고 사는 건 뭔가 처절하고 불행했다. 잘 먹고 잘살자는데 잘 먹는 게 곧 잘사는 것도 아니고, 우리는 항상 잘살아야 하는 것도 분명히 아니다. 멘탈을 챙기고 좋아하는 것을 찾는 게 더 의미 있게 재미있지 않을까. 사람은 생존을 위해 배가 고픈 것을 채워야 하는 만큼, 갈라진 멘탈을 돌보는 것도 아주아주 중요하다.

나에게 커피는 일상 속의 소소한 쉼인지도 모르겠다. 요즘은 예쁜 카페가 많아서 쉬고 싶다는 마음이 들 때마다 찾아가기 좋다. 정말 바쁠 때는 커피를 타는 시간만이라도 필요했다. 회사생활을 할 때는 잠시 탕비실에서 커피를 타는 것만으로도 숨 쉴 수 있었다. 해야 할 일에 파묻혀서 정신없을 때 제대로 숨을 쉬는 방법이다.

바빠서 마시지 못한 차갑게 식은 커피는 지금 아주아주 바쁘다는 것을 확인하는 용도로 쓰이기도 했다. 책상 앞의 커피가 식어 있다는 것은 지금 아주 바빠서 예민하다는 것을 알리는 푯말 같은 것이었다. 커피가 차갑게 식어가고 있으면 쉬어가고 싶은 '시간'이 필요했다. 가장 사랑하는 것이 뭐냐고 묻는다면 가족과 커피를 견준다. 하늘의 별, 약간의 촌스러움, 천천히 돌아서 가는 것, 기다리는 것, 조용한 재즈 음악 같은 것들을 좋아하는데 가장 좋아하는 것은 커피인 것 같다. 사실 '방금 가장 좋아하는 것은 커피다'라고 확실하게 적었다가 지우고 다시 썼다. 가장 좋아하는 것이 바뀌는 순간도 많으니까. 순간순간 가장 좋아하는 것이 자주 바뀌는 변덕쟁이라는 것은 인정하지만, 늘 최종 후보까지 커피는 오른다. 좋아하는 것들이랑 커피가 잘 어울려서 참 다행이다. 커피를 타러 가는 것 자체가 좋았다. 잠시 쉬러 가는 느낌. 발걸음 가볍게 총총 반쯤 뛰어갔다. 탕비실에 도착하면 커피는 커피향과 포장되지 않은 잠시의 여유를 선물해 주는 것 같았다. 카페를 가는 것도 좋다. 혼자 책을 보러 갈 것이지만 예쁘고 싶다. 아무도 봐주지 않을지 몰라도 나는 아니까. 내가 나를 소중하게 생각했는지, 아껴줬는지, 표정은 어땠는지, 기분은 어떤지 나는 아니까. 내가 제일 잘 아니까. 가장 중요한 것은 내가 아는 것이니까. 그렇게 커피가 주는 선물상자의 리본을 풀어보면 이뻐지는 시간과 책 보는 시간, 나를 돌보는 시간이 함께 담겨 있다. 커피를 마시는 시간은 여유를 가지고 포장되지 않은 선물상자의 리본을 푸는 시간 같다. 꽃다발 속에 담긴 쪽지를 펴 보는 기분을 만들어 준다. 커피는 일상의 버거운 시간과 힐링이 되는 시간을 함께해주었다. 힘든 시간을 괜찮다고 해주는 위로이자 힐링하는 시간의 긴장을 풀게 만들어 주는 약간의 알코올처럼.

커피를 좋아하게 된 것은 사회생활을 시작하면서부터다. 어른이 되었다고 착각하고는 본격적으로 커피를 마시기 시작했다. 착각으로 커피를 좋아하게 되었다는 것이 좀 허무하고 황당하긴 하지만 어쨌든 좋아하게 되었다. 아주아주 많이많이. 좋아하는 것이 생긴다는 것은 꽤 근사한 일이다. 일상을 소소한 좋아하는 것들로 채우면 싫어하는 것들이 자연스럽게 물러난다. 어차피 정해져 있는 시간에 좋아하는 것들만 속속 선택하다 보면 힘든 일이 들어올 자리가 없어진다. 이쁘게 꾸미고 당당히 카페를 가는 길이 왜 그렇게 좋았던지 지금 생각하면 조금 귀엽기도 하다. 다른 사람들은 커피믹스를 마시면 아랫배에 살이 찐다는데 다행히 그러지는 않았다. 이것도 얼마나 감사한 일인가. 달콤한 커피믹스를 한창 마실 때 뱃살이 찐 적도 있다. 솔직히 커피믹스를 많이 마셔서 살이 쪘을 수도 있으나 탄수화물을 줄여서 다이어트를 했다.

커피를 따뜻하게 마실 수도 있고 미지근하게, 또 차갑게 이렇게 세 가지 방법으로 마실 수 있는 건 또 얼마나 감사한 일인가. 이래서 정말 커피는 질릴 수가 없다. 더운 여름에는 시원하게 얼음을 추가해서, 추운 겨울에는 뜨거운 물에 호호 불어서 마실 수 있으니 계절을 가리지 않고 언제든지 마실 수 있다. 커피에게는 어드밴티지가 있었다. 커피를 좋아하니 커피를 차별했다. 특별히 좋아했다. 가끔 사회생활에서 차별을 받아 속상했는데 차별하는 마음은 이런 마음이었을까. 늦은 밤에 마시는 커피에도 잠을 잘 잤다. 커피가 마음을 편안하게 해주기 때문이라 생각한다. 혹시 잠들지 못하는 밤은 카페인 때문이 아니다. 머릿속이 너무너무너무 복잡했기 때문이다.

사무실 책상에는 거의 매 순간 커피가 있었는데 그만큼 정말 많이 쏟았다. 중요한 서류를 엉망으로 만들기도 하고 책상 유리 아래에는 커피 흔적투성이였다. 회사의 연차가 쌓일수록 책상의 유리 아래, 오래된 서류에는 얼룩덜룩하게 쏟아진 커피의 흔적이 남아 있다. 한번은 '왜 이렇게 커피를 자주 쏟을까'라고 진지하게 분석해 본 적이 있는데 '자주 마시니까'라는 결론이었다. 이건 내 문제가 아니라 확률 문제다. 아, 조금 더 큰 이유가 있기도 하다. 회사생활은 늘 긴장하고 있어야 했고 힘들었으니까. 커피색이 물들고 쭈글쭈글해지는 서류도 많았다. 쏟은 커피로 얼룩진 서류를 보면서도 커피 아깝다는 생각이 가장 먼저 들었다. 서류야 다시 출력하면 되는 거잖아. 그리고 이미 엎질러진 건 어차피 주워 담을 수 없잖아. 서류보다 쏟아진 커피가 더 소중했던 것을 보면 난 그리 좋은 직장인은 아니었나 보다.

가끔 쏟아진 커피를 보고 있으면 너무 나 같아서 물끄러미 쳐다보게 된다. 커피로 엉망이 된 책상 유리 아래 얼룩을 닦아내려면 무거운 유리를 들어내야 하는데 책상에 있는 서류들과 컴퓨터, 문구들을 다 들어내야 하고 많은 시간과 힘이 필요하다. 그리고 무엇 보다 닦아내고자 하는 의지로 마음먹어야 한다. 구석구석 손이 닿지 않는 곳에는 혼자서는 청소할 엄두가 나지 않아서 그냥 묻어둔 먼지도 많이 쌓여 있다. 조금 거슬리긴 해도 퇴근하면 그만인 공간에 애착 같은 건 없었다. 어떤 날은 아무렇지도 않지만, 또 어떤 날은 너무 거슬려서 당장 치워버리고 싶어도 멍하게 바라보는 갈색의 얼룩으로 그렇게 남아 있다. 그래, 애정이 없는 곳에는 먼지가 쌓인다. 그렇더라. 종이컵에 남겨진 차갑게 식은 커피는 더이상 마시고 싶지 않으니 쓸모를 다 했다. 그래도 버리기 아까워 한 모금 살짝 마셔 보면 종이 맛이 나는 것도 같고 내가 좋아하는 처음의 커피 맛과 느낌을 기대할 수 없다.

따뜻한 커피는 호호 불어서 조심스럽게 먹어야 하지만 차갑게 식어 종이컵의 종이와 접착제 향과 맛을 묘하게 머금은 커피는 손이 잘 안 간다. 이 커피도 분명 처음에는 입에 댈 수 없을 정도로 뜨거워서 마시기 힘들면서도 최고로 맛있었을 텐데. 너무 뜨거우면 데일까, 급하게 입을 대면 목 넘김의 아픔을 알기에 겁도 났지만, 시간이 지나가면 자연스럽게 식는다. 커피는 뜨거움에 익숙해지기도 전에 차갑게 식어가더라. 언제 얼만큼씩 식어갔는지 제대로 알 수 없다. 시간이 지나면 흐물흐물해지고 재활용도 되지 않는 일반 쓰레기로 구분되는 커피가 담겼던 종이컵. 사람들은 편하다는 이유로 종이컵을 사용하면서도 환경을 위해서는 사용하면 안 된단다. 그러면서 여전히 진짜 중요한 손님이 오게 되면 찬장에서 받침이 있는 커피잔을 정성스럽게 꺼내서 대접한다. 물론 회사의 직원들은 종이컵으로 자기의 커피를 직접 타서 마신다.

회사의 동료들에게 "나 커피 한 잔만 부탁해요"라는 말이 쉽게 나오지 않는 요즘이다. 그래도 십 년 전쯤에는 기분이 유난히 별로인 날, 비가 와서 조금 센티해진 날은 회사 동료들에게 커피 한잔을 부탁하고 맛있게 마시며 힘을 냈던 것 같은데, 지금은 그렇게 말할 수 없는 게 시대가 변해서일까. 내가 나이 들고 철들어서일까. 주변에 좋은 동료가 없어서일까.

단 음식을 좋아하지 않는데 연유라테가 좋다. "그 커피 정말 달지 않아? 연유 엄청 들어가는데? 연유 자체가 정말 달잖아"라고 말한다면 나름 할 말은 있다. 연유라테는 기분 나쁘게 단 게 아니라 내가 좋아하는 쪽으로 맛있게 달콤하다고. 뭐, 설득되는 사람도 있고 안 되는 사람도 있는데 상관없다. 단 음식은 싫지만 연유라테가 좋은 것을 어떡하라고. 스트레스를 받는 날은 달다구리한 커피가 땡긴다고요.*

잘하는 걸 좋아하세요
좋아하는 건 잘하게 돼요

최근 유튜브에 관심이 생겨서 영상제작 편집 학원엘 다녔다. 전자기기 사용에 유난히 취약한 나는 컴퓨터와 프로그램을 사용하는 데 소질이 없는 것은 알고 있었지만, 앞으로 새로운 인생을 살아가는 데 필요한 공부였다. 학원 수업은 역시 내가 이만큼이나 부족하다는 것을 뼈저리게 알게 해주었다. 예전에 다른 일을 해보고 싶어서 포토샵 학원을 3개월 동안 다닌 적이 있다. 결론적으로 학원 수업 종료 후 나는 포토샵 프로그램을 전혀 다루지 못하고, 3개월 내내 그때 하던 일의 소중함을 깨달아 다니던 회사를 더욱 열심히 다녀야겠다는 다짐을 하며 포토샵 학원을 겨우 수료했다. 이번에도 예외는 아니었다. 프로그램을 다루는 데 영 재능이 없다. 나의 부족함을 제대로 인식하는 데 한 달 동안 평일 저녁의 세 시간을 썼다. 학원에서 수업을 듣는 사람들의 나이는 다양했고 아마 하는 일도 다양했을 것이다. 다들 본인의 업무를 해낸 하루를 마무리하고 피곤한 몸으로 영상제작 편집을 공부하고자 수업을 듣고 있었다. 심심한데 책 홍보 영상이나 하나 만들어 볼까, 가볍게 생각했던 나와는 달리 반짝이는 눈빛으로 강의를 듣는 사람도 많다. 선생님의 진도를 이미 앞서 나가 해야 하는 과제를 미리 다 해놓고 자신의 시간을 즐기는 사람도 보인다.

난 뒤에서 따라가기도 바쁘다. 선생님의 수업도 제대로 이해하지 못하면서 주변에 수업내용을 이해하지 못하고 있다는 것을 들키지 않으려고 아등바등하고 있다. 나이가 들어가니 자존심이 자꾸 못나게 단단해져서 눈치 없이 튀어나온다. 부족함을 다른 사람들에게 보이기 싫어하는 데 평일 하루 세 시간을 쓰는 것 같다. 열심히 무언가를 배우는 게 아니라 모자람을 다른 사람에게 숨기는 세 시간 같다. 자존심을 지키고자 나이를 핑계 대는 것인지도 모르겠으나 어쨌든 수업을 제대로 따라가지도 못하면서 나보다 어린 사람들에게 혹시 창피할 일이 생길까 봐 마음을 졸이고 있으니 선생님의 강의가 제대로 들릴 리가 없다. 제대로 공부가 될 리가 없다. 질문도 잘하지 않고 모르는 게 생기면 핸드폰으로 살짝살짝 검색하고 있는 나 자신이 한심한 생각이 들기도 했다. 분명 동영상

제작과 편집에 대해 모르니까 배우러 온 건데 다 아는 사람처럼, 다 이해하는 사람처럼 보이고 싶다. 학생으로 간 학원에서도 무언가를 가르치는 선생님이고 싶은 건 나이 때문일까, 자존심 때문일까. 학생의 입장이 되어 배우겠다는 마음으로 새로운 공부를 한다는 건 쉽지 않았다. 모르는 분야임을 인정하고 자존심을 버려야 하는 정말 어렵고 단단한 단계가 남아 있었다. 자존심을 내려놓고 학생으로서 배운다는 마음을 가지는 것은 생각한 만큼 간단하지도 자연스럽지도 못했다. 내려놓지 않아도 잘할 수 있다고 착각했는지도 모르겠다. 나에게 자존심은 손에 쥐어져 있는 돈만큼 소중했던 것 같다. 그래서 새로운 것을 배우는 데 인색해지고 어제와 똑같은 하루를 살아내며 버티고 있는 것이겠지.

어린 친구들은 척척 잘도 한다. 나란 사람은 늘 라테를 마시지만, "라떼는 말이야"라는 말로 대화하지 않는다고 자부했지만, 나이에 전혀 연연하지 않는 깨어있는 사람이라 큰소리쳤지만, 어린 친구들에게는 더욱 부족함을 들키고 싶지 않은 마음은 어쩔 수 없다. 여기서 재미있는 것은 어린 친구들은 나에게 아무런 관심이 없다는 것이다. 어색한 인사와 조심스러운 말투, 예의를 갖추고 불편한 어른을 대하듯 나를 대한다. 글을 쓰는 사람이라는 것을 알고부터는 작가님이라고 존칭하고 조심스럽게 학교의 선생님께 말하듯 조심스러운 눈빛으로 바라본다. 어른들에게는 궁금한 것이 없다는 눈빛으로 뭔가를 시키면 시키는 대로 하겠다고, '네'라는 대답을 준비하고 있는 것처럼 행동한다. 그 앞에서 혼자서 자존심 지키기 원맨쇼를 한 것 같아서 헛웃음 나네. 그들의 눈에 나는 어떤 어른이었을까? 나보다 어린 학생들에게 나의 부족함을 들키지 않으려고 전전긍긍하던 못난 어른으로 보이지는 않았을까?

학원에서 짝꿍은 이십 대 중반 정도로 보이는 귀여운 여학생이었다. 면접에 대해서 고민하는 것으로 보아 아직 사회생활을 하지 않은 듯하다. 그녀의 순수함은 웃음에서부터 티가 났다. 고등학생보다는 철든 분위기와 아직 사회생활을 한 사람에게서 느낄 수 있는 탁한 느낌이 없다. 살짝 떨리는 눈빛으로 나를 바라보고 작은 소리로 대답하면서 귀여운 토끼처럼 뜨는 눈이 순수하다. 내가 수업을 잘 이해하지 못한다는 것을 알아채고는 신경 써주는 조심스러움도 참 예쁘다. 그녀는 수업 시간 중에 선생님이 하시는 말씀을 단번에 알아들었고 척척 해냈다. 그렇게 수줍어하면서도 모르는 것이 있으면 거침없이 손들고, 영상 편집 중에 원하는 효과를 주고 만족한 장면이 연출되면 웃으면서 좋아했다. 그녀는 행복해 보였다. 모르는 것이 있어서 물어보면 다시 수줍은 여학생으로 돌아가서 어른을 대하듯 예의를 갖추고 조심스럽게 차근차근 알려주었다. 그들은 수업이 재밌으니 즐기고 있고 재미있게 임

하고 있을 것이다. 꿈을 위해 열심히 노력하고 있는 예쁜 마음 앞에서, 자존심이나 생각하고 있는 내가 살짝 부끄러웠다. 생각해 보니 모든 것이 당연하다. 어린 친구들은 나와 다른 미디어 환경에서 자랐고 호기심 가득하며 자주 접했으니 더 잘하고, 한심하게 나이를 따지고 있는 나는 재능도 없는 데다가 재미도 못 느끼니 따라가기 힘들 수밖에.

언제부터인가 나도 사회생활에 대한 고민 상담을 하다 보면 견디라고 말하고 있다. 회사에 들어갔으면 회사의 시스템에 따르고 힘들어도 참는 게 당연하다고 이걸 조언이라고 한다. 그게 네가 받는 월급 값이고 힘든 만큼 돈을 받는 게 사회의 룰이라고, 나는 이미 다 해보았노라고 어떤 마음인지 말 안 해도 안다고 말한다. 그러면서 다들 그렇게 사니까 그걸로 위안 삼으라고. 이런 말을 고민 상담이라고 해주고 있다.

다들 힘들다는 말로 현재를 말해도 각각의 다른 힘듦이 있고 각각의 다른 고민이 있는 건데 상담은 보통 비슷한 대답이다. 말에 상처받은 사람도 있고 돈에 힘든 사람도 있고, 친구에 힘든 사람도 있다. 어떻게 얼마만큼 힘든지는 자세히, 찬찬히, 오래오래, 처음부터 끝까지 들어봐야 알 수 있는데 다들 그렇게 산다고 그러니 위안받으라니. 다들 그렇게 산다는 말로 더이상 말하지 말라고 입을 막아버린 건 아닐까, 다시 마음이 쓰인다. 돈 버는 게 그렇게 쉬울 줄 알았냐고, 그렇게 힘드니까 월급 받는 거라고, 아직 세상이 얼마나 험하고 무서운지 모르니까 그만둔다는 말이 나오는 거라고. 이해하는 데 너무 오래 걸려서 억지로 외우고 돌아서면 잊게 되는 어려운 수학 공식 같다. 어려운 수학 공식은 끝내 모르고 고등학교를 졸업하는 사람도 많은데, 나도 끝까지 모르고 고등학교를 졸업했다. 이제야 내 조언에 혹시 상처받은 사람이 있진 않을까 미안해지는 밤이다. 사회에서 힘들고 상처받는 사람 중의 한 사람으로 있으면서, 현실은 원래 이런 거라며 나보다 어린 동생들에게 내가 아는 것을 가르치려고만 하는 그저 그런 어른이 되어버렸나 보다.

그들은 즐기고 있다. 나는 자존심에 갇힌 노력을 하고 있다. 그들은 꿈이 간절하다. 나에게는 도망가도 될 안정된 현실이 있다. 즐기고 있던 사람은 학원을 나서서도 기분 좋은 컨디션으로 톡톡 튀는 아이디어 위에서 톡톡 뛸 것이고, 나는 집으로 도망 와서 '와, 오늘도 잘 버티고 왔다. 모르는 걸 들키지 않았다' 라며 무거운 자존심으로 복습을 할 것이다. 톡톡 튀는 아이디어에 책상 앞에서 억지로 하는 공부는 '짭'이 안 된다. 한숨 자면서 자존심 내려놓는 연습을 해야겠다.＊

세 사람

세 사람이 걸었다. 서로 다른 세 사람. 공통점마저 없는 세 사람이 걸었다. 다행히 공기는 시원했고 하늘은 서로의 다름에 집중할 필요가 없을 만큼 예뻐 주었다. 고개를 들고 하늘만 보면서 걸어도 충분히 청아하고 하고 싶은 말이 새어 나왔다. 이대로 계속 걸어가면 파란 하늘의 끝에서 하얀 하늘을 만나 '브이' 할 수 있을 것만 같은 기분이었다. 다르다는 것은 서로 할 이야기가 많다는 뜻이기도 하다. 정말? 그게 뭐야? 왜? 하는 질문을 쏟아낼 수 있다. 당연한 것들도 질문하고 당연한 것들도 대답한다. 서로 모르는 게 뭔지 몰라서 물어보고 대답해줘야 한다. 서로 다른 사람이 마주하면 어떤 때 웃는지, 어떤 때 무표정인지 정도 알 수 있다. 처음 만나는 사람 앞에서 우는 경우는 잘 없으니까 어떤 때 슬퍼서 눈물을 흘리는지는 알 수 없다. 내 앞에서 웃고 있어도 그게 편안한 진짜 웃음인지, 맞춰 주려는 억지웃음인지는 잘 모른다. 무표정 뒤에는 수많은 다른 표정들이 숨어 있다. 나이 서른이 넘으면 깊이가 있게는 아니더라도 얕게나마 세상의 대부분을 안다고 생각하는데 새로운 사람을 만나면 이렇게 나와는 다르게 반대의 삶을 살았던 사람이 있다는 게 새삼 놀랍고 재밌다. 궁금증은 호기심으로, 호기심은 호감으로, 호감이 사랑으로, 그렇게 반대가 끌리는 이유를 기어코 만들어 낸다. 나와 닮은 사람은 편안하고 어떤 생각을 하고 있을지 예상된다.

나와 비슷하다는 것은 참 편하다. 그래서 비슷한 사람에게는 궁금한 것이 별로 없다. 어쩌면 내가 나에게 얘기를 하는 것처럼 자연스럽게 나에 대한 얘기를 많이 하게 된다. 조금만 얘기해도 금방 알아듣고 이해하니까 공감받는 느낌이다. 하지만 말하지 않아도 알아주는 사이는, 서로 더 잘 알게 되는 것보다 서로 말하지 않는 사이가 되는 경우가 더 많더라. 늘 비슷하다가도 같은 사람은 아니니 잠시만 달랐을 뿐인데도 깜짝 놀라 뒷걸음질 치게 되기도 하더라. 나와 닮은 사람에게 사랑보다 연민이 느껴지는 것은 왜일까. 우리가 좋은 기억보다 슬픈 기억을 더 안고 살아가기 때문일까. 나랑 비슷해서 편했던 사람은 우정할 수 있으나 사랑할 수는 없었다. 사랑한다는 고백보다는 지켜준다는 말이 먼저 나왔다. 많이 닮았다는 건, 오랜 시간을 함께하면서 공유한 시간 속에서 공통점을 찾고 가깝게 만들어 주었지만 결국 오래된 연인이 헤어질 이유가 되기도 했다. 사람에게 더이상 궁금한 점이 없다는 건 연인 사이에서는 꽤 슬픈 일을 만들고 있을 준비이기도 하니까.

두 사람의 서로 다름은 서로를 조심하게 하고 셋은 하나를 외롭게 한다. 서로 다른 사람들이 만나면 서로 다른 환경에서 살아왔으니 서로의 다름이 당연하다고는 하지만, 세상에 당연하다는 이유로 설득할 수 있는 마음은 없다. 당연하다는 말의 대답은 포기뿐임을 이유를 알 수 없는 당연한 것에 지쳐본 사람들은 안다. 혼자가 외로워 둘이 되고 싶고, 셋이 버거워 둘이고 싶다. 암묵적으로 둘이 정답이라고 정해져 있는 세상의 오래된 룰이 싫긴 하지만, 그래도 외로움과 세상의 험난함 앞에서 조용히 둘이 되고 싶기도 하다. 그냥 둘이 되어서 굳이 듣지 않아도 되는 말은 안 들으면서 살고 싶었다. 둘이 되고자 애쓰다가 혼자의 좋은 점 찾기에 인생을 쏟고, 그러다 지치면 문득 그리고 자주 내가 알아챌 수 있을 만큼 외롭다. 혼자는 외롭지만 둘은 괴롭다는 게 인생의 가장 큰 교훈이라고 생각하는 사람은 어쩔 수 없지만. 혼자의 외로움을 견디지 못해서 둘을 선택한 사람은 다정한 둘이 되지 못한다. 다정한 둘이 아니라면 담담한 혼자가 더 나을지도 모르겠다. 외로움 때문에 곁에 둔 사람은 나를 힘들게만 하다가 결국 헤어지게 된다는 공식이 있다. 외로워하느라 아무런 준비 없이 누군가를 알고 급하게, 서툴게 다가갔을 것이니까.

외로운 사람은 뒷모습도, 술주정마저도 외롭다. 생각보다 세 사람이 함께할 수 없는 일이 많다. 우선 사랑을 할 수 없다. 세 사람의 사랑은 도덕적으로나 법적으로도 어차피 안 된다. 세 사람의 사랑은 죄책감과 질투로 결국은 사랑이 부족한 한 사람이 파국으로 치닫고 결국은 세 사람 모두 불행하게 된다. 우정도 애매하다. 세 사람이 함께 다니다 보면 유독 마음이 잘 맞는 두 사람이 마주 보게 되고, 남은 사람은 혼자가 된다. 서로 마음이 통하는 두 사람이 다른 한 사람의 마음을 헤아려야 하는 상황은 한 사람을 더 외롭게 만든다. 누군가의 우정 저울에 외롭게 올라가서 이리 기울고 저리 기울면서 인간관계를 하는 일은 정말 별로다.

혼자는 나에게만 집중할 수 있는 시간이다. 흐린 오후의 조용한 창밖을 마음껏 좋아해도 되는 시간이다. 둘은 너에게만 집중해야 하는 시간이다. 너와 나만이 아는 우리 이야기를 만들어 가는 시간, 다른 사람에게는 들키고 싶지 않은 둘만의 교환 일기장 같은 시간이다. 셋은 서로 다른 이야기와 배려,

노력이 필요한 시간이다. 한 사람이 소외감 들지 않도록 둘이서만 마주 보지 않아야 한다. 다정한 셋이라면 가끔은 혼자이고 싶어도 된다. 셋 중에 하나가 조용히 빠져나가도 둘은 여전히 함께일 수 있다. 둘일 때 혼자 있고 싶은 마음은 미안함이 되고 미안함이 커지면 곧 부담감으로 바뀐다. 둘일 때 혼자이고 싶은 마음은 어떻게 견뎌야 할까. 어떻게 숨겨야 할까. 어떻게 참아내야 할까. 너로부터 쉬고 싶은 마음은 너와 함께 지워낼 수는 없기에 둘에는 책임감이 따른다. 혼자 있고 싶음이 '너를 좋아하지 않아, 너를 사랑하지 않아'라는 마음으로 너에게 건너간다. 내가 혼자이고 싶어서 혼자를 즐기게 되면 남은 사람도 혼자가 된다. 원해서 혼자가 되는 것과 누군가에게 버려져서 혼자가 되는 것은 힐링과 상처의 차이만큼 다르다. 함께이고 싶은 사람에게 아무리 따뜻하고 다정하게 말을 해도 지금은 혼자 있고 싶다는 말이 따뜻하고 다정하게 들릴 수 없다. 셋은 나 말고도 두 사람이 있을 수 있으니, 마음의 무게를 줄일 수 있다. 셋일 때 혼자이고 싶어 조용히 빠져나와도 내가 책임져야 할 시간을 남은 둘이서 따뜻하고 다정하게 나눌 수 있다. 아무도 억지로 혼자가 되지 않는다.

물론 혼자인 나도 괜찮아야 한다. 내가 없는 두 사람을 이해할 수 있어야 하고, 받아들여야 한다. 나 없이 잘 지내는 둘을 시기, 질투하지 않아야 한다. 혹시 나 없이 잘 지낼 둘을 보고 외로워진다면 그건 괜찮지 않은 것이다. 혼자인 시간을 잘 보내고 다시 둘에게 돌아갈 수 있는 내가 가장 중요하다. 둘일 때는 한 사람에게만 집중해서 너의 일상이, 너의 마음이, 너의 감정이 나의 기준이 되어야 할 때가 많아서 나의 감정에 맞는 나의 기준을 찾을 시간이 필요하다. 아무리 너를 잘 안다고 해도 완벽하게 알 수 없으니, 너에게 집중하고 너에게 최선을 다하는 게 관계를 오랫동안 유지하는 비결 같은 유일한 방법이다. 누구나 혼자이고 싶을 때가 있다. 혼자가 간절할 때도 있다. 지금 혼자이지 않으면 견딜 수 없을 때가 있다. 그럴 땐 나 없이 둘이 잘 지내고 있으면 마음 편하게 나를 챙길 수 있는 시간을 가질 수 있다. 둘이 함께 남아 있으니 걱정 없이 혼자 있을 수 있는 시간, 내가 책임지지 않아도 되는 시간을 보장받는다.

서로 다른 사람의 서로 다른 발걸음, 서로 다른 속도 그래서 서로 다른 생각을 하며 걷는다. 알고 보니 재밌는 사람, 알고 보니 쿨한 사람, 알고 보니 정이 많은 사람. 늘 혼자 있는 시간이 필요하다고 말하고 평소에 책을 보고 생각이 많다는 말을 많이 들으며 글을 쓰지만 일곱 살짜리 아이보다 많이 웃을 자신이 있는 나는 유치한 장난을 좋아하는 웃기는 사람이다. 물론 나와 맞지 않는 사람에게는 보이지 않는 모습이기도 하다. 목소리가 나긋나긋하고 하얀 피부에 손이 예뻤던 한 사람은 알고 보니 쿨한 사람이었다. 애인을 위해 이벤트를 준비하고 첫 고백의 기분을 기억할 줄 아는 발그레한 볼을 가진 사람이었다. 다정한 말투와 항상 주변을 잘 챙겼던 한 사람은 의리를 위해서 양보하고 자신을 낮추며 살아왔던 정이 많은 사람이었다. 그렇게 세 사람의 발걸음은 알고 보니 우리가 어떤 사람인지 솔직하게 벗겨내 주었다. 우리 셋은 알고 보니 이런 사람들이었다.

사랑이라는 감정을 빼고 보면 셋도 나쁘지만은 않다. 가끔 우리는 사랑이라는 블라인드에 미쳐 많은 것을 잃으며 살고 있지는 않을까. 뭐, 사랑은 희생이고 인내이지 않냐고 말한다면 할 말은 없지만. 해가 질 때쯤 우린 서로 알고 보니 어떤 사람인지 알게 되었고 다른 계절의 같은 하늘을 보자고 약속했다.*

사랑하는 만큼 상처,
상처는 셀프

대학교 때 신문방송학을 전공했다. 명확한 꿈이 있는 계획적이고 똑똑한 선택은 아니었지만, 평소 책을 좋아하고 글 쓰는 시간이 행복했던 나에게는 희미하게나마 꿈을 향한 첫 시작이었다. 전공과목 중에 기사 작성 수업이 있었는데 별다른 노력을 하지 않아도 기사는 잘 썼다. 제목에 주목하게 하고 첫 줄부터 중요한 순서대로 적정한 분량만큼 적어 내려가는 일은 그리 어렵지 않았다. 친구들은 시험 기간 동안 도서관에서 전공 책을 열심히 공부하던데, 나는 그러지 않아도 성적은 A+이었다. 어느 날 교수님께서 교수실로 따로 불러 어떻게 기사를 쓰냐고 물으셨다. 난 별다른 방법은 없고 평소에 책의 종류를 가리지 않고 보는 편이라 각 분야의 기초 지식이 있어서 주제를 파악하는 게 쉽다고 말씀드렸다. 요약하는 습관이 있어 책을 보고 필사하고 주제를 중심으로 정리하는 습관이 있고 영화도 그러하다고. 책이나 영화를 보면 다른 사람들보다 다양한 느낌과 다른 결론을 내서 하고 싶은 말이 많았다고 말씀드렸다. 교수님은 기자의 기본 소양이 있으니 열심히 해보라고 칭찬해 주셨다. 어린 마음이 받았던 인생 칭찬이었다. 너무 기분이 좋아서, 가장 좋아했던 친구를 만나 자랑을 했다. 그때 교수님의 칭찬은 마치 졸업만 하면 대단한 기자가 될 수 있을 것 같은 꿈을 꾸게 해주었다.

가장 친한 친구에게 기사 작성 수업에서 최고 점수를 받았던 것과 교수님의 특급 칭찬까지 아주 기분 좋게 자랑했다. 인정한다. 그건 분명한 자랑임에 틀림없다. 친구는 한참 듣더니 나의 자랑을 싹둑 자르며 "교수님에게 칭찬 한번 듣지 않으면서 대학 다니는 사람이 어딨냐"라고 했다. 비싼 대학 등록금을 내고 다니는 건데 칭찬쯤은 당연한 것 아니냐고, 좋은 점수는 취업률을 높이기 위한 교수의 선택일 수도 있다고, 분명 너에게만 유일하게 하는 칭찬은 아닐 거라 했다. 친구의 말을 듣고 보니 맞는 말인 것 같았다. 그래, 내가 그렇게 특별한 사람일 리가 없지. 현실을 직시했다. 그리고 들떴던 만큼 좌절 같은 상처도 받았다.

사실은 이러하지만, 진실은 아무도 모른다. 지금까지의 얘기도 어디까지나 내 입장에서 받아들인 나의 기억에 의존할 뿐이다. 친구의 차가운 말에 우연히 기사 몇 번 잘 쓴 학생일 뿐이라 나를 낮추었지만, 그래서 기자가 되지 못한 것은 아님을 잘 안다. 어쨌든 지금 유능한 기자가 되지 못했고 신문방송과는 전혀 다른 방향으로 살아가고 있다. 이십 년도 다 되어가는 오래된 일에 친구의 잘잘못을 따지고 싶지는 않다. 다만, 그때 어린 마음에 무방비 상태로 받았던 상처는 보듬어 주고 싶다. 그때의 나는 친구에게 상처받고 힘들었지만, 그 시간을 묵묵히 견뎌내었고 그때는 그게 최선이었다고 다독이고 싶다. 그때의 나는 멍청한 것도 나약한 것도 아닌 그만큼 순수하게 누군가를 좋아할 줄 아는 사람이었다고 안아줄 거다.

이젠 정말 누군가를 아무 조건 없이 우정하기만 할 수도 없고 그래서도 안 된다. 친구의 커터칼 같던 한 마디는 교수님의 열 마디 칭찬을 갈기갈기 찢어버리기에 충분했다. 어렸기 때문에, 사리 분별을 하지 못했기 때문에, 또 철이 없었기 때문에, 갖가지 핑계를 찾을 수 있지만, 유난히 상처를 크게 받았던 이유는 친구를 아주 많이 사랑했기 때문이다. 이십 대 초반의 나는 교수님보다 훨씬 더, 아주 많이 친구를 소중하게 생각했고 마음을 줬었다. 고등학교를 졸업하고 마치 어른이라도 된 듯 전공과목을 듣고 있어도 마음은 여전히 졸업하지 못한 여고생이었다. 한없이 나를 작게 만드는 친구임에도 불구하고 친구와의 우정을 지키고 싶은 마음에 더 깊은 상처를 받았는지도 모른다. 친구의 커터칼 같은 말이 상처로 깊숙이 박히라고 방어는커녕, 내가 더 날카롭게 갈아 줬을지도 모른다. 미련스럽게 친구를 좋아했던 마음은 커터칼을 직접 갈아서 친구의 손에 쥐어 준 거다. 누군가를 소중히 여기면 상처 앞에 쉽게 약자가 될 수 있고, 나를 찌를 커터칼 같은 말을 나 스스로 더 날카롭게 갈고 있었다고 생각하니 참, 앞으로의 인간관계 예고편이었나 보다.

사랑하는 사람이 하는 날카로운 말은 아주 많이 아프다. 그게 맞는 말이고 옳은 말이라도 그렇다. 사랑하는 사람과는 사랑 하나만으로도 할 말이 얼마나 많은데 옳고 그름을 판단하고 있어야 하나. 나에게 도움 되는 말이라도, 나 잘되라고 하는 말이라도 그러하다.

사랑하는 만큼 아픈 것 같다. 기대하는 만큼인 것 같기도 하다. 그때 아프게 느꼈던 만큼이 친구를 사랑하는 만큼이지 않았을까. 사랑했던 만큼 커터칼은 더 깊이 박히지 않을까. 세상에 친구가 가장 소중하다고 생각하던 시절이 꽤 길었는데 이런 상처들의 반복은 친구의 소중함을 조금씩 흐릿하게 해주었다. 지금은 남아 있는지도 잘 모르겠지만, 가끔씩 그리운 건 확실하다. 여전히 인간관계를 만들어 가고 있어도 우정이라는 말은 거의 하지 않고 사는 지금이 마음까지 어른이 되었다고 말할 수 있는 걸까. 친구에게서 받은 상처의 반복은 인생에서 친구가 가장 중요하면 안 된다는 생각을 하게 해주었다.

학창 시절에는 사랑보다 우정이 소중하다고 말했지만, 나이가 들어가면서 서서히 우정의 소중함을 잃어 가는 만큼 그 빈자리를 사랑의 소중함으로 채워간다. 혼자 하는 우정과 사랑은 아무것도 아니라는 것도 깨달으면서 우정 앞에서 어수룩하지 않은 것이 성숙하게 살아가는 것 같다. 짝사랑을 말리는 이유다.

고등학교 때까지 최고였던 친구와의 우정도 대학생이 되면 사랑이 더 소중하다는 사람이 하나둘씩 생기기 시작하는데, 그때까지도 여전히 우정이 최고라고 사랑을 선택하면 의리 없다고 말하는 사람도 있다. 사회생활 중 미래를 약속하고 진지하게 만나는 사람이 생기면 상황은 완전히 달라진다. 사랑과 가족이 더 중요해진다. 결혼을 하고 아이가 생기면 예외는 없다. 모두 친구보다 각자의 사랑, 가정, 가족을 지키는 것이 중요하다 못해 당연하다. 우정의 끝은 어쩌면 흐릿해지는 것이라고 정해져 있나 보다.

살면서 소중한 것들이 많아질수록 왜 친구에게는 서운했던 것들이 하나, 둘 생각이 나는지 모르겠다. 우정이 흐릿해지는 것은 살면서 해야 할 일이 늘어나서만은 아니다. 살면서 우정을 지키면서 다른 소중한 것도 함께 지킬 수 있다면 분명 친구도 함께 챙겨가면서 미래를 만들었을 것이다. 친구와 사랑하는 것을 함께 지킨다는 것은 생각처럼 그렇게 쉬운 일은 아니더라고.

연락이 끊겼다는 말처럼 애매한 말도 없다. 우리는 24시간 카톡을 하거나 전화를 하면서 사는 것도 아닌데, 일주일에 한 번, 한 달에 한 번, 석 달에 한 번, 일 년에 한 번 연락하는 사람을 도대체 어떻게 기준을 가지고 연락을 이어가고 있다고 말할 수 있을까.

누군가는 지금 기억하지도 못한 말에 상처받아 힘들어할 필요 없지만, 그 친구를 참 많이 우정했고 친구를 놓아가는 과정이 상처였고 많이 아팠다. 살다 보면 사랑하는 사람에게 상처받은 적 없는 사람처럼 말하는 사람이 가장 부러울 때가 있다. 실패는 극복하고 자신이 결정한 일은 스스로 책임지라 한다. 세상에 실패하는 일이 얼마나 많은데, 그 많고 애매한 실패들을 알아서 잘 극복하란다. 세상에 성공할 수 없는 일이 얼마나 많은데, 상처도 극복하고 힘든 것도 극복하고 세상이 주는 각종 상처 선물세트는 알아서 해결하란다. 그래, 상처 극복 잘하는 사람은 좋겠다. 진심으로 사랑하고 믿었던 사람에게 상처받아 본 적 없는 사람은 좋겠다.

상처는 극복하려 애쓰는 것이 아니라 보듬는 것이었으면 좋겠다. 보듬어 주는 품의 온기를 느낄 수 있는 여유가 생긴다면 상처는 곧 따뜻해지겠지. 상처받으면 어떻게든 여유를 가질 때까지는 버텨보자. 친구의 서늘했던 말을 글로 쓰며 조금은 치유되고 이제 미지근해졌으니, 다시 따뜻해질 수 있게 친구에게 전화를 해봐야겠다. 아니, 카톡ㅋㅋㅋ.*

혼자가 붙잡는 시간 속에서

혼자가 편하다는 말을 자주 했다. 사랑도 해보고, 이별도 해보고, 도전도 해보고, 새로운 도전도 해보고, 다시 도전도 해보고, 실패도 해보고, 실패를 인정도 해보고, 그래서 포기해보고, 행복하기도 했지만 결국 상처받고 힘들었는데 혼자가 되고 보니 조금씩 괜찮아지더라고. 오늘은 어떤 상처를 받을지 걱정하지 않아도 되고, 고민하지 않아도 되고, 아프지 않아도 되고, 혼자 울 시간을 준비하지 않아도 되고, 감정을 쏟아내지 않아도 되니 일상이 편하긴 하더라. 이런 해야 할 일들이 없어지니까 혼자 있고 싶어지더라. 소소한 일상을 사소하게 만들며 살 수 있더라고. 사소해지는 데는 혼자되는 게 제일 쉽더라고. 괄호에 (차라리)를 넣고, 혼자가 편하다는 말은 상처 끝까지 아파본 사람이 하는 말이다. 하고 싶은 말이 많았지만 할 말을 모두 없애고 남은 텅 빈 마음이 담긴 힘없는 줄임말이다. 혼자가 외롭다는 것도 알아. 웃을 일이 잘 없다는 것도 알아. 허전하다는 것도 잘 안다고. 그런데 있잖아. 한 번 웃자고 열 번 상처 받는 거 이제 안 하고 싶어. 일상이 사소하고 허전해도 웃을 일이 없는 게 더 견디기 좋을 때도 있어. 그럴 때는 혼자 있는 게 더 좋더라. 혼자인 시간이 필요한 사람인지, 혼자가 어쩔 수 없이 혼자가 편한 사람인지, 결국은 혼자를 선택한 건지. 나 좀 혼자 내버려 둬 줄래. 부탁이야. 제발.

그런 날이 있었다. 어제와 똑같은 얼굴을 만들기 위해서 화장을 하고 머리를 하고 예쁜 옷을 골라 입고 높은 구두를 신고 밖으로 나가서, 나 전혀 외롭지도 않고 1도 안 힘들고 해야 할 일도 너무 많고 바쁘게 잘살고 있다고 흐트러지지 않았다고, 힘들다는 것을 들키지 않고 살아가던 어느 날. 힘들다는 걸 제대로 알고 있으면서도, 괜찮은 척 연기할 수 있으니 제법 잘 살아가고 있던 어느 날. 너무 딱딱하게만 사는 거 아닌가, 너무 메마르게 살아가고 있는 건 아닌가, 억지로 내일을 만들면서 살아가는 건 아닌가, 나 자신에게 살짝 미안해져 산책하고 서점을 찾았다. 책은 보통 제목과 목차를 보고 고민 없이 사는데 책을 사분의 일쯤 읽으면 실망할 때가 많다. 예상했던 내용이 아니거나, 혹은 너무 예상과 똑같은 내용이거나, 내 생각과 너무도 다르거나, 식상하거나 해서 글을 이끌어가는 작가 가치관에 실망할 때도 있다. 그래도 일단은 끝까지 본다. 어떤 이야기든 마지막의 물음표와 느낌표, 마침표만으로도 완전히 다른 내용이 될 수 있듯 자세히 보면 쉼표와 마침표도 다르게 느껴지듯 작가의 말을 끝까지 들어봐야 비판을 하든 비난을 하든 할 수 있으니까. 사람의 끝도 예상할 수 없기에 마음을 주면서 계속 두드려야 좋은 사람을 만날 수 있고, 겁난다고 도망가면 나를 이해해줄 사람이 더 없어져 갈 뿐이다. 좋은 사람을 만나는 데는 나의 노력도 매우 아주 정말 중요하다. 물론 책을 끝까지 보고 나면 이 책이 결국 출판되어야 했던 이유를 이해하고 만다. 책은 항상 그렇게 기어코 나를 설득한다. 소설이 그렇다. 많은 사건이 일어나야 소설이겠지만 솔직히 이해되지 않는 장면도 많다. 그렇게까지 화낼 일인가 싶고 착한 사람이 나쁜 사람에게 당하지 않았으면 좋겠다. 현실에서든 소설에서든 복수는 하지 않았으면 좋겠다. 보통 복수를 해야 할 만큼 억울한 일이 생기면 그냥 혼자서 울고 마는데 그렇게 전개된다면 소설은 뻔하고 찌질하고 답답하고 재미없겠지. 변화가 예상되는 것은 피하고 기막힌 반전이나 거짓은 없었으면 하는 내가 소설가가 될 수 없는 이유이기도 하다. 소설의 줄거리를 알든 스포를 당하든 당하지 않든 크게 중요하지 않다. 소설책을 읽는 동안에는 마치 주인공에게 감정을 빌린다는 착각을 하면서 이야기에 집중한다.

문화생활을 즐기기 위해서 우리는 책을 보고 영화를 보고 공연장을 찾는다. 회사와 집을 반복하면서 일만 하고 사는 사람에게는 좀 즐기면서 쉬라는 충고도 한다. 무언가를 즐기려 애쓴다는 것이 말이 되는 일인가. 좋아하기 위해서 노력한다는 거, 마음을 바꾸기 위해서 노력한다는 거 생각보다 훨씬 불행한 일인지도 모른다. 애쓰는 시간보다 차라리 지루한 시간이 나는 더 좋더라. 힘주고 애써도 갖지 못하는 것보다 어차피 안 될 거라면 마음이라도 편했으면 좋겠다. 상처라도 덜 받았으면 좋겠다.

사람들은 언제부터인가 영화의 스케일이 클수록 더 큰 기대를 하고 있다. 화려한 장면이 많고 돈이 많이 들어간 건 뭐라도 보여 줄 것이니 적어도 돈이 아깝진 않을 거라 생각한다. 기대가 크면 실망이 더 크다는 것을 잘 알면서도 말이다. 영화관에서는 그냥 쉬고 싶은 나는 새로운 스토리와 화려한 화면을 좋아하는 사람들을 굳이 설득하기 싫어서 혼자 영화를 볼 때가 많다. 화려한 스케일을 기대하는 사람은 나의 뻔한 영화 취향에 잘 설득되지 않는다. 기대가 큰 사람을 그 어떤 방법으로도 내가 채워줄 수 없더라. 가끔 내 영화 취향을 알고서는 "니가 좋으면 그 영화로 보자"라는 말로 선심 쓰듯 말하지만 결국 그 말은 '잔잔한 영화는 싫다'는 말이고 '니가 좋다면'이라는 가정은 부담이다. '나는 그 영화가 보고 싶지 않지만, 시간 아깝지만, 재미없겠지만 너를 위해 까짓것 참아준다'는 뭐, 그런 뜻 같아 불편하다. 좋은 뜻으로 배려해서 하는 말인지는 잘 알겠지만 부담스러운 건 어쩔 수 없다. 내가 그렇게 꼬인 사람인가. 두 시간 정도 좀 쉬자고 영화관을 찾는데 누군가와 함께 오려면 생각할 일이 많아지는 것 같아서 그냥 혼자 영화관을 찾았다. 화면에는 어떤 장면이 상영되고 있고 정적이 흐르는 그런 잠시, 왜 갑자기 이렇게 혼자인 게 너무나도 익숙해 덜컥 겁이 났을까? 완벽하게 혼자인 것 같던 그 순간을 즐기고 있는 게 겁이 나 갑자기 소름 끼치게 외로워졌고 이런 외로움에 기가 막히게 익숙했다. 무의식적으로 도망가야 한다는 생각에 영화관을 나왔다. 만일 누군가와 함께 왔다면 갑자기 옷과 가방을 챙겨 나올 수도 없었겠지. 어떻게 설명하고 이해시켜야 할지 또 한참을 생각해야 했겠지. 그렇게 주인공의 목소리가 들리는 영화관 문 앞에서 잠시 멍했다. 그리고 이 감정을 누구에게도 들키고 싶지 않았다. 이게 진짜 외롭다는 건가.

혼자 있는 것에 익숙하다. 익숙하다 못해 혼자서 하는 게 더 편하고 당연하다. 이 말을 '누군가에게 상처받았어'라고 해석해주는 사람은 없었다. 완벽하게 혼자이고 싶다가도 또 누군가를 붙잡고 실컷 울어보고 싶기도 했다. 혼자인 게 익숙하고 편하다며. 그런데 왜 울어. 대답을 할 수 있다면 울지 않겠지. 이럴 땐 나도 무엇을 원하는지 모른다고 생각했는데, 사실은 원하는 것은 아주 많았고 그 욕심들을 채워줄 수 있는 전부를 원했다. 얼만큼이 전부인지 몰랐을 뿐. 이기적인지도 모르지만, 욕심이란 어쩔 수가 없나 보다. 마음 정도는 마음대로 살고 싶은데 그게 참 마음대로 잘 안 된다. 지나가던 모르는 사람이 당황하며 왜 우느냐는 물음에 그 사람에게 잠시만 당황해 달라고 부탁하고서는 가끔은 울고 싶기도 하다. 앞에 있는 누군가가 어쩔 줄 몰라 하는 동안만이라도 실컷 울어보고 싶다. 생각해 보면 서른일곱이라는 나이를 먹고 내가 실컷 해보는 건 실컷 먹는 것뿐인 듯하다. 이러니 평생 다이어트지. 참 세상에 내 마음대로 되는 게 없다. 돈을 실컷 써보기도, 꿈을 향해 실컷 노력해보기도, 하고 싶은 말을 실컷 다 해보는 일도, 실컷 울어버리는 것도 힘들다. 모르는 사람을 잡고 실컷 울어버리다 그 사람이 화라도 내면 갑자기 정신이 번쩍 들겠지. 옆에서 잔소리하며 화내 줄 사람이 필요한 건가. 좀 혼내 줬으면 좋겠다는 마음도 들지만, 어쩔 줄 몰라 오래오래 당황해줬으면 하고 바란다. 혼자가 편한 사람은 아무 눈치 보지 않으려 우는 것도 혼자 우는 게 훨씬 더 편하다. 달래주는 누군가가 있다면 그 사람에게 지금의 마음을 설명해주고 왜 우는지를 이해시키고 금방 뚝 그쳐야 할 것 같다. 울다 보면 언젠가는 그치겠지만, 운다고 해결되는 건 아무것도 없지만, 삼십 대의 멀쩡한 어른이 우는 건 그치는 게 목적이 아니다. 지금까지 울고 싶을 때 옆에 있어 주었던 사람은 하나하나 물었다. 울고 있는 나에게 질문을 던졌다. 괜찮아? 왜 울어? 무슨 일 있어? 어떻게 된 일이야?

그래도 성숙한 어른은 되어보고자 마음먹고 살아가는데, 참을 만하긴 한데 울고 있을까. 이유가 한 가지일까. 설명할 수 있을까. 무슨 일인지 알고 울고 있는 것일까. 어떻게 된 일인지 설명할 힘은 있을까. 그런 질문들 때문에 더 혼자가 되고 싶었는지도 모른다. 모르는 것들을 자꾸 물어보는데 대답할 수 없는 질문들이니까. 울 때마다 나도 모르게 눈치를 보게 되는 습관이 생겨 아무리 울어도 시원하지 않나 보다. 일일이 설명하자니 귀찮고 성가시고 솔직히 자신도 없는데, 용기 없음을 담보로 적당한 불행은 그냥 감내하면서 살아갈까.

외롭다고 느껴질 때마다 혼자서 마음 편하게 영화관을 갈 수 있던 그 시절이 그립다. 이제 심야영화도 없어졌으니 한밤중에 외롭다고 영화관을 찾을 수 없다. 외로움도 시간을 정해 놓고 눈치 봐야 하나.＊

별이랑 가로등 불빛이랑

　가끔 별의 반짝임이 보고 싶다. 친구들과 야간 등산 후, 산을 내려오다가 우연히 고개를 들어 밤하늘을 보았는데 촘촘한 별이 너무 예쁘게 반짝이고 있었다. 우연히 산을 오르게 되었고 우연히 고개를 들었고 내가 모르는 몇 개의 우연이 겹쳐서 늘 그 자리에 있어 주는 것을 문득 깨닫게 되는 밤. 별을 좋아했었다는 게 생각이 났다. 좋아했던 것을 다시 기억하는 데는 많은 시간이 필요하지 않다. 잠시면 된다. '우리 별이나 보러 갈까? 나랑 별 보러 가지 않을래?'라는 노래에 살짝 설레고, 설렘이 마치 일상인 것처럼 별의 반짝임 같은 설렘, 설렘 같은 일상, 일상 같은 여행, 그리고 여행 같은 지금. 한때는 별이 되어 반짝이고 싶었는데, 살다 보니 별처럼 반짝이는 사람은 없더라. 적어도 그 반짝이는 사람이 내가 아님은 확실하고 내 주변에는 나랑 비슷비슷한 사람들 뿐, 내 주변에 별처럼 반짝이는 사람은 없더라. 내 역할은 반짝이는 별이 아니라 그 뒤의 밤하늘이더라고. 사람은 끼리끼리 모이고, 비슷한 사람들끼리 친해진다고, 별처럼 반짝이는 사람이 우리 동네에 없는 건 분명하다. 반짝이는 사람은 반짝이는 사람들대로 따로 모여 그들만의 세상을 사나 보다.

별을 좋아해도 별을 좋아한다는 것을 잊고 살다가, 가끔 그냥 아주 가끔씩 고개를 들어 밤하늘을 봐야 비로소 별을 좋아한다는 것을 깨닫게 된다. 가끔이 아니라 '겨우'라는 표현이 맞을까. 하루를 마무리하며 잠시만 고개를 젖혀서 하늘을 봐도 숨통 트이고 좋아하는 별을 볼 수 있는데, 밤하늘에 별이 있다는 것을 잊고 지낼 때가 더 많다. 별을 좋아하는 것도, 지금이 밤이라는 것도, 고개를 들어보면 잠시 쉴 수 있다는 것도 그렇게 잊고 산다. 분명 모르는 건 아닌데 잊어버린 채 사는 게 많다. 고개를 들어 밤하늘을 볼 때는 힘들 때이거나, 좋아하는 사람과 함께이거나, 감성적인 밤을 보내고 싶을 때였다. 작고 작은, 여리고 여렸던 이유가 있을 때였다.

우리가 별을 보며 설렐 수 있는 건, 별들이 반짝일 수 있게 배경이 되어주는 까만 하늘이 있어 주어서인데. 까만 하늘 덕분에 별들이 마음껏 반짝일 수 있는 건데 '별 보러 갈래?'라는 고백은 있었지만 '밤하늘 보러 가자'는 고백은 없었다. '바다 보러 가자'는 고백은 해도 '하늘 보러 가자' 는 고백은 잘 없다. 하늘은 별보다 바다보다 매일매일 우리의 머리 위에 있어서 소중함을 모르는 건가. 무던히 물러나 있는 하늘이라 하늘 아래에서 일어나는 일들을 해내느라 까만 하늘을 볼 시간도 여유가 없는 건가.

어? 고개가 아플 때까지 찬찬히 밤하늘을 보고 있으니, 잠깐만, 온통 까만색만은 아니잖아? 검정의 물감을 풀어놓은 밤하늘의 짙음에 무관심했다. 밤은 어두워서 핸드폰 불빛이라도 있어야 다닐 수 있는 불편한 시간이고, 낮에 에너지를 쏟아내서 지친 시간이라 생각했다. 다 늦은 밤이니까 그냥 내일 하자, 이 시간에 뭘 할 수 있겠어. 내일 얘기해. 어두운 밤이어서가 아니라 오늘을 살아내느라 지쳤기에 했던 말이었다. 사람이 지치면 어두운 것은 더 어둡게 보인다. 까만 건 더 까맣게 기억한다. 까만 밤하늘엔 분명 파랑도 조금씩 섞여 있고 짙은 어둠 옆의 다른 어둠은 다른 색일 것만 같았는데, 우리는 반짝이는 별을 보느라 밤하늘을 그냥 까만 하늘로 기억해 버리나 보다. 반짝이고 예쁜 것만 날름 보고 뒤에 있는 밤하늘을 보는 건 귀찮았나 보다. 별의 반짝임이 어떤 색깔인지 잊어버리지 않으려고, 밤은 그냥 까맣게 버텨내고 있을 뿐이라고. 밤하늘에는 관심이 없으니까 기억하지 않으려고, 까만 하늘은 그냥 별의 반짝임을 위한 배경일 뿐이고 까만 기억으로 기억하는지도. 한낮의 파랗고 깨끗한 하늘에는 감사하면서 밤에는 늘 별들의 반짝임만 좋아했다. 별의 반짝임 앞에서 까만 밤은 별에게 반짝일 자리를 내어주며 아무 말 없이 뒤로 밀려나 있었다. 밀려나는 것도 억울한데 당연히 밀려나 있는 밤하늘을 까맣게만 기억하지 말아야겠다.

밤하늘을 바라볼 때는 보통 지쳤을 때다. 한숨이 닿는 공기가 싫어서, 한숨이 묻어나지 않은 공기를 마시고 싶어서 잠시 고개를 들었을 때이다. 하루 내내 해야 할 일에 최선을 다해 에너지를 쏟았는데 후회를 안고 집으로 돌아가는 길, 밤하늘에 별이 반짝이는 날이면 별들을 기억한다. 별들만 기억한다. 밤하늘에는 분명히 하늘이 더 많은데도 반짝이는 별들만 세어본다. 고개를 젖히고 한없이 별을 바라보다 목이 아프면 비로소 깨닫게 된다. 아, 지금 힘든 거구나. 모르고 있을 뿐이지. 당연해서 잊는 것인지, 매일이라 잊는 것인지 아니면 여유가 없어선지 곰곰이 생각해 보곤 한다. 별을 본 날은 특별한 날이기도 하다. 연인과의 기념일이라던가 여행이 간절했던가, 아니면 너무 힘들었던가 하는 그런 날. 별이 좋고 별은 늘 반짝이고 밤은 매일 오니까 고개만 들면 적어도 하루에 한 번씩은 별을 볼 수 있을 것 같은데, 별 볼 일 없는 하루하루를 별도 보지 않으면서 살고 있는 것 같네.

요즘은 별보다 가로등 불빛을 더 많이 보면서 살아간다. 같은 반짝임이라도 별이 고백이면 가로등은 현실인 것만 같다. 고백 같은 일상을 꿈꾸지만, 현실은 늘 현실일 뿐이지 뭐. 별 보러 가자는 고백이 없어서일까. 그냥 무던하게 살아가는 게 익숙하고 당연해서일까. 하루를 마치고 두 손을 주머니에 찔러 넣고 이어폰으로 귀를 막고 듣고 싶은 가사의 노래를 찾아 가로등 불빛 아래를 걷기만 해도 하루가 견뎌내질 때도 많다. 뭐라 딱 꼬집어서 말할 수는 없지만 견뎌내는 하루였던 오늘. 착한 딸이 되어야 하고, 현명한 아내가 되어야 하고, 회사의 주어진 업무도 능숙하게 하면서 사회생활까지 잘해야 한다고 하니, 도대체 내가 해야 할 일은 앞으로 얼마나 남아 있는 걸까 궁금하다. 난 그냥 좋은 사람이 되어 꿈을 조금만 이루고 싶을 뿐인데.

꿈을 완벽하게 이루고 싶은 욕심도 없었다. 꿈이란 내 능력 안에서 그냥 적당히만 이루면 된다고 생각했다. 공부로 1등을 하고 싶은 게 아니라 공부한 것보다 시험을 조금만 더 잘 쳐도 좋고, 세계적인 가수가 되는 게 아니라 그냥 노래를 조금만 잘해도 좋고, 유명한 작가가 되지 못해도 이렇게 글을 조금만 잘 쓰는 것도 나는 좋다. 이기적인 사람이 갑자기 착해지려고 노력하는 만큼이나, 평생 다른 사람을 배려하고 눈치 보며 살던 사람이 나만 생각하고 나를 먼저 생각하는 건 정말 힘들다. 슬프게도 이기적인 사람이 착해지려 노력하면 응원해주지만, 착했던 사람이 나만 생각하려는 데 사람들은 별로 관심이 없다. 결국 자기 옆에서 착하게 굴어줄 사람이 필요해서인가. 이기적인 사람이 아무 이유 없이 갑자기 착해지는 일은 없듯이 다른 사람을 배려하며 착하게 살던 사람도 갑자기 나를 먼저 생각해야겠다고 마음먹진 않는다. 착한 사람이 나를 먼저 생각하겠다는 다짐에는 분명 이유가 있다. 그 이유가 뭐든 존중받았으면 좋겠다. 이래서 하루아침에 하늘이 두 쪽 나고 해가 서쪽에서 뜨는 일은 없나 보다. 나만 생각하는 건 정말 힘들어 못 하겠으면 나를 가장 먼저 생각하는 거라도 해야겠다.

밤하늘의 반짝임 속에서 무던하게 까만 별이 박혀 있으면 어떨까. 그래도 사람들은 까만 별에만 관심을 가질까. 까만색 빛을 내면서 묵묵히 하늘에 있으면 우리는 "별 보러 갈래?"라는 말에 설렐 수 있을까. 밤하늘이 별처럼 반짝이면 "우리 밤하늘 보러 갈래?"라는 말로 고백을 하고 그 말에 설렐 수 있을까. 고개를 들고 밤하늘을 바라볼 힘이 없어서, 젖힌 고개가 너무 아파서 현실은 가로등 불빛 아래 멍하니 서 있을 때가 훨씬 더 많지만, 가로등 불빛이 있는 거리를 걷고, 걸으며 별 볼 일 있는 내일이 되길.*

불공평해

나는 이렇게 매일매일 힘들게 운동해도 겨우 유지어터인데, 친구는 저렇게 잘 먹는데도 저렇게 날씬하다. 누구는 걷기만 해도 근육이 붙는다나. 아이스크림도 웃긴다 정말. 누구 뱃속에 들어가면 달콤하기만 하고 살은 찌지 않던데, 왜 내 뱃속에 들어오면 팅팅 붓고 말랑말랑한 순두부 같은 살로 남냐고. 꾸준히 관리해야 한다는 건강도, 운동도, 심지어 음식도 이렇게 나를 차별하는데 어떻게 세상이 공평해진다는 말이야? 울고불고 매달려도 얻을 수 없었던 한 사람의 마음을 웃음이 예쁘다는 노력 없는 이유로 가져가던 사람. 그 사람은 자신의 미소가 그렇게 예쁜지도 모르겠지? 한 사람을 반하게 했다는 것도. 3초도 안 걸렸다지 아마. 가끔 예쁘게 웃는 것이 천부적인 재능이지 않을까 생각했다. 나도 그렇게 반달눈으로 웃고 싶다고. 저렇게 매력적인 눈주름에 눈웃음치면서 웃고 싶다고. 사람이 타고난 것은 어쩔 도리가 없다. 정말 인정하기 싫지만, 그 웃음은 내가 봐도 너무 예쁘다. 예쁜 미소를 짓고 있는 얼굴을 바라보며 옆에 있다 보면 나조차 사랑에 빠질 것 같다.

분하다. 뭔가 모르게 억울하다. 연습장 한 페이지 가득 계산식을 써 내려가며 연필도 머리도 굴려 보아도 얻을 수 없었던 수학의 정답을 암산으로 풀어내는 사람, 머리를 쓰고 계산해서 답을 찾아내는 것은 좀 낫다. 찍어서 맞추는 사람도 있는데 이런 게 사기가 아니고 뭐란 말이야. 신고할 곳이 없다는 것이 아이러니하다. 운이 계속 좋은 것도 실력이라는데, 운이고 실력이고 한 번은 제발 나도 불공평하게 유리해 보고 싶다.

맥주 두 모금에도 나는 얼굴이 빨개져 피부 숨구멍이 발름발름거리고 눈이 풀리는데, 소주 세 병에도 눈빛도 흔들리지 않고 뽀얗게 웃으며 귀엽게 말이 꼬이는 저 사람은 도대체 어떻게 따라가란 말이야. 세상에 불공평한 일이 너무나도 많다. 이렇게 억울함의 반복에도 꿋꿋이 웃으면서 살아가고 있으니 새삼 대단하기도 하지. 비뚤어지지 않은 것만으로도 하늘에서 상 줘야 해.

공평에 관해 토론한 적이 있었다. 공평에 대한 이야기를 하면 사람들은 불공평했던 자신의 경험담을 이야기한다. 공평하게 나누고 공평하게 가졌던 기억이 거의 없다. 언니도 있고 동생도 있었던 어렸을 때는 엄마는 늘 양보하라고 했다. 동생이니까 양보해야지, 누나니까 양보해야지. 엄만 이걸 공평하다고 생각했을까. 집에서 둘째라 언니에게도, 동생에게도 늘 양보하며 살아서 내가 공평이 뭔지 모르는 건가.

주위를 둘러보아도 뉴스를 보아도 세상을 불공평한 것투성이다. 무거운 침묵이 흐르는 가운데 겨우 새어 나오는 조용한 눈빛들. 우리는 모두 우주의 이치를 담고 있는 물리 공식을 푸는 것처럼 복잡했고 어려웠다. 꽤 오랜 시간이 조용하게 흘렀다. 모두 공평이 무엇인지 정확한 뜻을 생각해 보고 있었다. 모르는 것은 분명 아니지만, 무어라 명확하게 말하지 못했다.

주저리주저리 얘기를 시작해 보니 같은 말을 다른 시각에서 같지만 다르게 표현하고 있었다. 어느 한쪽으로 치우치지 않고 고르게 기울지 않는 것이 공평이다. 사전적 의미는 사전에만 있을 뿐, 현실로 가져오게 되면 좀 이상해진다. 사전에는 언제, 어떻게, 얼마나, 누구에게 공평해야 하는지는 안 나와 있다. 사람마다 생각과 지식, 가치관이 다르니 다들 다르게 공평을 꿈꾸며 산다. 불공평하다는 생각이 들면 바로 억울함을 느끼고, 불공평하길 바라는 사람은 없을 것이다.

우리가 살면서 했던 수많은 선택이 모두 공평한 선택이었을까. 내 인생에서 내 기준대로 선택하면서 사는 것은 공평한 선택이었을까. 과연 살면서 하게 되는 수많은 선택이 공평함이 답일까. 모두가 생각하는 공평은 달랐다. 열 명의 사람이 모인 자리에는 열 개의 서로 다른 공평이 있었다. 그리고 열 개의 서로 다른 공평은 모두의 같은 바람이 담긴 하나의 공평이었다. 공평이라는 것은 기준의 또 다른 말이기도 한데, 우리 모두의 기준은 달랐다. 누구에게는 공평한 것이 누구에게는 불공평한 것이었다. 인정하기 싫었지만 팩트였다.

우리는 공평한 대우를 받기를 원할까, 나에게 이익이 되는 대우를 받기를 원할까. 혹시 나에게 이익이 되는 것을 공평하다고 생각하지는 않을까. 공평 앞에 당당하려면 정말 생각할 것이 너무나도 많았다. 과정의 공평, 기회의 공평, 결과의 공평, 개인적인 욕구에 대한 공평, 공평의 기준을 잡는 것만으로도 너무 많은 가치관의 차이를 보여준다. 공평에 대한 심도 있는 토론은 하지 못하고 공평이 무엇인가를 정의하는 데도 의견을 하나로 모으지 못했다. 모두에게 공평이란 모르는 문제가 아니라 어려운 문제였다. 공평하다는 것은 누군가는 기회의 평등이라고 했고, 누군가는 무조건 똑같이 나누는 것, 누군가는 열심히 한 사람이 성공하는 것이라고 했다. 모두 맞는 말이기도 했지만, 또 그만큼 부족한 대답이었다.

　세상에 공평한 것이 이렇게 힘들고 어려워서 불공평하게 살아가고 있나 보다. 나는 사람의 자존심의 끝을 건들지 않은 것이 공평하다고 생각한다. 모든 사람에게 자존심은 있고 최소한 자존심은 존중해야 하기에 공평의 기준은 자존심이 아닐까. 최소한의 자존심은 지켜주는 공평이 필요하지 않을까. 누군가의 자존심을 지켜주기 위해서는 그 사람을 아주 잘 알아야 한다. 좋아하는 것을 해주는 것보다 싫어하는 것을 하지 않기 위해 노력해야 한다. 재미있는 시간을 보내기보다 아픈 곳을 건들지 말아야 한다.

　사랑을 시작할 때도 대부분은 "뭘 좋아하세요?"라는 질문으로 시작하는데 자존심을 지켜주기 위해서는 "싫어하는 건 뭔가요? 어떤 말에 상처를 받나요?"라고 질문해야 한다. 사람들은 싫어하는 것들, 상처받은 것들을 말할 때 더 솔직해지기도 하고 트라우마나 콤플렉스 같은 것들을 얘기하면서 더 깊이 가까워진다. 좋은 것은 가까이 있는 사람과 나눌 수 있지만 힘들 때는 믿을만한 사람을 찾게 되더라고. 그리고 힘들 때 곁에 있어주는 사람이 진짜 소중한 사람이더라고. 좋아하는 영화를 물어본 적은 있지만 싫어하는 영화를 물은 적은 잘 없다. 좋아하는 색깔을 물은 적은 있어도 싫어하는 색을 물은 적은 없는 것 같다. 자존심을 지켜주기 위한 최소한의 공평은 싫어하는 것을 묻고 보듬어 주는 것이다. 사랑하는 사람이 하지 말라는 것은 하지 않는 것. 싫어하는 것은 피하고, 하지 않아도 되는 걱정은 하지 않으며 듣지 않아도 될 말을 듣지 않을 수 있음을 존중받으면서 인간관계가 공평하길.*

연민

연민도 관심의 다른 표현이라고 생각했다. 관심이 있으니까 자꾸 눈이 가고 신경이 쓰이고 힘든 점도 보이니까 마음이 아파서 연민하는 거라고. 잔소리를 하는 것도, 화를 내는 것도, 짜증을 내는 것도 다 관심이 있어야 할 수 있다. 나와 상관있는 사람이니까. 마음이 쓰이니까. 힘든 마음을 알아주고 나누고 같이 웃고 울어 주는 건 무조건 좋은 것이고 당연하다고 생각했다. 조언해주고 화도 내고 따라다니면서 이렇다 저렇다 얘기해주는 게 얼마나 힘든 건데. 얼마나 많은 시간과 노력과 에너지와 마음을 쏟아야 하는 건데. 그렇게 나의 마음을 주는 너를 위한 일이라고 생각했다. 유난히 감정이 많은 나는 누군가에게 안쓰러운 마음을 가지는 데는 어떠한 노력이 필요하지도 않았다. 눈치 없는 감정이 많아서

였을까, 주변에서 힘든 일을 겪고 있는 사람을 보면 어김없이 눈물이 났다. 다른 사람이 힘들어하는 마음이 느껴지면 같이 아프고 슬퍼했다. 어떻게 힘든 거냐고 묻고 싶었고 왜 힘든지, 어떻게, 얼마나 힘든지 대답이 듣고 싶었다. 같이 생각해보고 싶었다. 해결을 할 수 없더라도, 아니 능력이 된다면 해결도 해주고 싶었던 것 같다. 친하니까 그 정도는 당연히 알아야 한다고 생각했다. 지쳐 있는 사람을 보고 있으면 반의반쯤은 그 마음이 전해지는 것 같다. 눈물을 글썽이는 눈을 보면 내 눈에서도 금방 눈물이 나고 힘들어하는 사람을 보면 내 몸에도 힘이 빠진다. 어린 눈으로 바라본 세상을 어린 마음으로 공감하는 방법이었다. 누군가를 안쓰럽게 바라보고 도와줄 수 있는 것을 찾으면서 착한 척인지도 모른 채 그렇게 오지랖에 에너지를 쏟았다. 이렇게 마음을 쏟는 것을 '착한 척'이라고 인정하는 데까지 꽤 많은 시간과 경험이 필요했다. 숨기고 싶은 모습을 다른 누군가에게 들켜보고 누군가가 불쌍하게 바라보는 눈빛을 당하고 나서야 겨우 알 수 있었다.

언민의 눈빛은 얼어 있는 자존심을 짓밟으며 다른 사람의 감정을 배려하지 않은 내 방식대로의 공감이다. 나를 힘들게 하는 비참한 현실보다 타인의 시선이 더 힘들 때도 많다. 다른 사람 시선을 신경 쓰지 말고 살라지만 그게 어디 쉬운가. 가능하기나 한가. 어쩌면 외롭다고 느끼거나 나약해져 있을 때는 세상에서 가장 힘든 일일지도 모른다. 정말 힘들 때는 칭찬과 응원마저 버겁고 부담스럽기도 하다. 어디 조용한 곳에 동굴 하나 파서 숨어 있고 싶은데 땅값에 인건비는 왜 그렇게 또 비싼지. 정말 세상에 내 맘대로 되는 게 없다.

좋은 마음으로 연민을 공감이라 말하지만 당하는 사람은 원하지 않는 시선일 수 있다. 나를 불쌍하게 여기고 동정하는 사람의 관심이 어떻게 고맙기만 할까. 의도가 좋다고 모든 일이 선의가 되는 것은 아니니까. 연민의 감정을 받는 사람은 불쾌한 동정심 앞에서 오히려 괜찮은 척까지 해야 한다. 자신의 상황이 바닥임을 다른 사람에게 들키는 것을 원하지 않는 사람도 많다. 자격지심 없이 멀쩡한 사람도 남들에게 들키고 싶지 않은 비밀 한두 가지쯤은 품고 산다. 애써 괜찮다고 생각하며 견디고 있는데, 들추어내지 않고 살고 있는데, 지금 할 수 있는 게 없어서 자존심만은 지키겠다고, 불쌍한 사람이 되지 않으려 겨우 버티고 있는데. 연민의 눈빛으로 아픈 곳을 쿡쿡 찌르고 있었는지도 모른다. 상대는 나지막하게 도와 달라고 할 때 나타나라고 말하고 있을 것이다. 제발.

일방적인 연민은 공감이 아니라 지극히 사적인 나의 슬픔의 표시일 뿐이다. '너 때문에 지금 너무 속상하고 눈물 나' 딱이 정도의 표현이다. 연민을 받아들이는 입장에서는 힘든 상황에서 감당해야 하는 또 다른 무언가일 뿐이다. 좋아하는 마음이 클수록 크게 연민하고 상대의 슬픔에 깊이 아팠는데 슬픔을 표현하는 나만의 방식으로 사랑하는 누군가를 힘들게 하고 있었을지도 모르겠다. 그렇게 연민하는 눈물 앞에서 그 사람의 자존심은 서늘하게 식어가면서 조금씩 멀어져가고 있었겠지. 자존심을 생각해야 하는 관계는 언젠가는 서로 다름을 확인하는 이유가 되어 결국은 다시는 만나지 않고 싶은 사람이 된다.

내가 누군가를 연민할 자격이 있을까? 누군가의 자존심을 상하게 할 자격이 있을까? 어쩌면 힘들어하는 사람을 보며 묘하게 느껴지는 우월감은 아니었을까? 연민이라는 감정은 '저 사람 너무 불쌍해. 저 사람 내가 생각하는 기준보다 부족한 것 같아. 저 사람 안돼 보여. 저 사람보다는 내가 낫지' 하는 자위적인 위로를 하면서, 연민의 눈빛으로 누군가를 불행하게 만들면서, 그 사람보다 우위에 있다고 느끼면서 착한 사람이 되는 방법이다.

난 누군가를 이겨야만 직성이 풀리고 성취감을 느끼는 사람은 아니었다. 승부욕 같은 건 없다. 나의 한계를 실험하고 계획한 것을 해내면 뿌듯하고 성취감을 느낀다는데, 세상에 성취감을 느낄 수 있는 방법은 정말 다양하게 있는데 군이 치열하게 애쓰고 누군가를 꼭 이겨서 지는 사람에게 좌절감을 줘야 하는지 잘 모르겠다. 지는 것도 얼마든지 괜찮고 1등보다 적당히 잘하는 자리가 편하다. 못하면 피곤해지니까 못하지만 않으면 얼마든지 괜찮다. 필요하다면 양보도 가능하다. 한 걸음씩 물러날 때마다 들었던 착하다는 칭찬에 은근히 기분 좋았나 보다. 직접 나서고 무언가 최선을 다해서 이기는 건 자신 없었고, 뒤에서 천천히 안아주는 게 좋다는 이유로 사람들을 쉽게 연민했다.

눈물 하나 많을 뿐인데 스스로 착한 사람이라 생각하며 착한 콤플렉스가 있는 사람처럼 굴었다. 연민하는 감정이 많은 공감 능력이 좋은 사람이라 생각했다. 사실은 그냥 나의 감정에 충실했을 뿐이고 그 감정이 눈물로 표현되었을 뿐. 감정에 대한 법적 제약은 없으니 감정은 괜찮다고 생각했다. 나쁜 뜻은 없다고, 내 감정을 표출하는 것이 다른 사람에게 피해를 주는 일은 아니라 착각했다. 법적 어긋남은 없으면서 주변 사람들과 공감하기 위한 수단쯤이라고 생각했던 것 같다. 나를 위한 게 아니라 너를 위한 일이라고 철저하게 착각하면서. 같은 시간, 같은 공간 속에서는 모두 나와 같은 감정을 느낄 거라는 착각이 철저한 나만의 이기적인 감정인지 몰랐다. 살아온 날이 많아질수록 감정이란 남들은 보지 못하고, 나만 볼 수 있는 곳에 숨겨 두고 살아야 할 때가 많다. 순수한 감정은 이해받을 수 있지만, 이제 순수한 감정만으로 할 수 있는 건 아무것도 없는 일상을 살아가고 있다. 일방적인 감정 표현은 용서받을 수 없을지도 모른다. 의도가 아무리 순수하더라도.

어른이 되어보니 내 감정을 있는 그대로 표현할 수 있는 건 권력이 있거나 혹은 아직도 순수하거나, 좋은 사람이 옆에 있어 주거나, 이 셋 중에 하나이다. 나에게 첫 번째는 어차피 해당하지 않으니 방법은 남은 두 가지, 좋은 사람을 옆에 두고 여전히 순수하게 살아가는 것이다. 연민의 감정에 자만심이 깔려있다는 것을 인식하는 데도, 이를 인정하는 데도 정말 많은 시간이 필요했다. 그렇다고 지금까지 다른 사람에게 보였던 공감이고 싶었던 연민을 탓하고 잘못이라고 말하고 싶진 않다. 그래도 진심이었고 진심으로 전하고 싶었던 마음이었으니까. 사는데 필요한 마음은 나이가 들면서 자연스럽게 오기도 한다. 살아가는 것은 세상의 다양함 앞에서 나의 부족함을 인정하는 과정이기도 하다. 다른 사람의 부족함에 연민을 느끼다가 결국 나의 부족함을 인정하면서 조금은 더 성숙해지지 않았을까. 누군가를 연민하는 마음보다 자존심을 지켜줄 수 있는 방법을 찾아봐야겠다. 소중한 사람들의 자존심은 지켜주면서 살고 싶다.*

진짜 이별을 말할 때

사랑하는 사람을 더이상 볼 수 없을 때, 서로의 안부를 당연히 공유하지 않아도 될 때, "잘 잤니?"라는 말로 하루를 시작하고 "잘자"라는 말로 하루를 마무리할 수 없을 때, 그렇게 해선 안 될 때, 정말 슬프지만 두 사람이 함께해 온 사랑에 한 사람의 마음이 끝을 보일 때 헤어졌다, 혹은 이별했다고 한다.

서로를 모르던 그때로 돌아가기로 합의하고 나면 사랑했었다고 표현하는 것처럼 끝에 대한 표현은 모두 과거형이다. 사랑이 끝났음을 실감하지 못해 누구의 마음이 끝났는지 따져 보지만, 마지막에 누구의 마음이 더 작았는지, 누가 먼저 작아졌는지, 시작할 때는 누구의 마음이 더 컸는지 곰곰이 생각해 보지만, 헤어짐 앞에서 남은 마음의 크기와 순서는 아무

의미가 없다. 그동안 사랑이라는 이름으로 해오던 습관 때문에 달라진 구멍 난 일상으로 허전함이 들어오고, 허전함을 실감하면 결국 슬퍼지는 것. 헤어짐의 끝에서 진짜 슬퍼지는 것이 이별이더라.

　진짜 이별은 상상만으로는 상상할 수 없다. 해봐야 알 수 있어서 해본 사람만 알 수 있다. 그만하자는 말에 알겠다고 큰소리쳐도 무의식은 여전히 사랑하고 걱정하고 함께하고자 한다. 몇 번의 사랑과 이별을 반복해 보면 연인들은 큰 싸움 한 번으로는 절대 제대로 이별할 수 없음을 알게 된다. 헤어지고 싶을 만큼 화가 났다는 거지, 진짜 이별할 마음의 준비가 되어 있는 건 아니다. 화가 가라앉고 제정신이 들었을 때도 더이상 사랑하지 않는다는 확신이 있어야 헤어진다. 조금만 헷갈림이 있어도 다시 달려가게 되고, 또 달려가서 기다리는 게 사랑이니까. 헤어지고 나서도 서로에게 남겨진 습관, 함께 숨 쉬던 공기와 장소는 그대로다. 시간만 흐를 뿐. 사랑했던 기억과 미워했던 기억까지 모두 잊어내야 비로소 진짜 이별할 수 있다. 화나서 하는 말이 술 취해서 하는 말과 뭐가 다를까. '취중진담'이라는 말은 있어도 '화중진담'이라는 말은 왜 없는지 모르겠다. 헤어지자는 한마디로 한 사람을 향한 마음이 놓아질 순 없다. 문자 이별하는 사람들, 카톡 이별하는 사람들 반성해야 해, 정말. 의식적으로 무의식을 단속한다는 것은 한계가 있다. 무의식적으로까지 함께할 수 없음을 의식하고 무의식적으로 끝을 내는 것이 정말 끝인데, 뇌는 너무도 복잡하게 이루어져 있어 언제, 어떻게, 무엇이 어떤 감정과 함께 끝을 냈는지 잘 모르겠단다. 사랑을 시작할 때 멍청이가 되었으니 사랑하는 동안 멀쩡한 기억이 얼마나 되려나. 이별 앞에서도 멍청이가 되는 건 똑같다. 사랑이라는 단어는 입에 담지 못하고, 누군가가 무슨 일 있냐고, 표정이 왜 그렇게 좋지 않냐고 물으면 "그냥 헤어졌어"라고 말하며 '우리 이별한 거야'라고 수없이 되짚어 본다.

'헤어졌다.' 입 밖으로 꺼내는 말. 나를 다독이는 말. 네가 나를 다시 봐주길 바라는 말.
'이별하다.' 시간이 지나고 나 스스로 다짐하는 말. 더 냉정해져야 하는 말.

사랑했던 연인이 끝을 말할 때, 두 사람 다 마음이 변할 필요는 없다. 사랑의 끝은 한 사람의 마음이 변하면 충분하다. 한 사람이 끝에서 먼저 가서 기다리고 있으면 다른 한 사람은 따라갈 수밖에 없다. 보통 먼저 끝에 가서 기다리는 사람이 다시 돌아오지 않더라. 그리고 따라오는 사람을 아주 많이 비참하게 만들더라. 혹시 다시 돌아온다고 해도 사랑이 다시 생겨서 억지로 애쓰며 오더라. 그리고 모른 척할 수 없을 만큼 너무 티가 나고 예외는 없다. 함께하고자 부단히 따라가지만 결국 *끄트머리*다. 끝인 줄 알면서도 따라가야 한다. 다른 한 사람의 사랑은 아직 남아 있어서 어떻게든 채워보려고 남은 사랑을 하기 위해서 뒤따라간다. 힘들게 따라가다 중간에서 먼저 끝을 말할 수도 있지만, 보통은 끝인 줄 알고도 *끄트머리*까지 따라가게 된다. 그런 게 사랑이고 *끄트머리*에서 보면 집착으로 변해 있기도 하다. 어쩔 수 없어서 정말 어찌할 수가 없다. 둘 중 한 사람만 마음이 변해도 끝난 마음은 티 나게 새어 나온다. 마음의 끝에서 나오는 시린 마음은 상대에게도 기어코 전해진다. 사랑이 변했다는 것을 느끼는 데는 그리 오래 걸리지 않는다. 이래서 사랑은 혼자 하는 것이 아니라 둘이 함께하는 것이라 하나 보다. 혼자만의 사랑으로 아무리 가득 채운 척해도 다른 한 사람의 사랑이 빠져나가는 것 같으면 금방 헤어짐을 눈치 채라고. 변한 마음을 애써 모른 척하며 조금씩 어긋나고 어긋남의 반복이 상처를 남기다 어김없이 끝이 난다.

참 어렵지만, 쉬운 것. 끄트머리를 알고 그만두면 그만인 것. 아침에 눈을 뜨면서 당연히 잘 잤는지가 궁금했던 사람을 궁금해하지 않아야 하는 것. 궁금한데 궁금하지 않아야 한다. 자고 일어나면 자연스럽게 잊는 흐려진 꿈처럼 아침에 눈을 뜨고 자연스러운 기지개를 켜지 말아야 하는 것과 같다. 침대에서 나오지도 못한 채 눈을 다시 감으며 세상을 똑바로 볼 자신이 없어 비스듬히 웅크리면서 더이상 서로의 아침을 궁금해하지 않음이 나를 위해서도, 너를 위해서도, 우리를 위해서도 더 나은 일이 되는 것을 끝났다고 한다.

헤어진 것일까? 이별한 것일까? 어떤 사람에게 헤어짐을 말하고, 어떤 사람에게는 이별을 말했을까?

설레고 떨리고 지금 당장 보지 않으면 미쳐버릴 것 같은 사람에게는 이별을 말했다. 미루고 미루었던 헤어짐을 똘똘 뭉쳐서 한 번에 갖다버리겠다고 다짐하면서 끝을 말했다. 미칠 것 같던 사랑의 끝은 미친 이별이었다. 어떻게든 미친 이별은 끝내야 숨을 쉴 수 있고, 살 수 있을 것 같았다. 내일이 오지 않을까 봐 미친 듯이 울고 또 울고 울다 지쳐 잠이 들면 오지 않을 것 같은 아침은 와 있고, 두 쪽 날 것 같은 하늘은 멀쩡하지만 너는 오지 않는다. 처절한 이별을 깨닫는 순간이었다. 친구처럼 편안한 사람에게는 헤어짐을 말했다. 편안함이 지루해서 지겨운 시간을 좀 더 재밌는 연애로 바꿔 달라고 헤어지자고 했다. 내가 덜 사랑한다는 자신이 있을 때였다. 물론 헤어짐을 말하는 것은 순간의 자극을 주기는 했지만 몇 번 반복하게 되면 결국 다시 원점이다. '헤어져'를 입에 달고 사는 연애는 해보았지만 '이별해'를 입에 달고 사는 연애는 없었다. 게으른 사람에게는 게으름도 습관이고 성격이고, 지루한 사람에게는 지루함도 습관이고 성격이고. 착한 사람에게는 착한 습관, 조용한 사람에게는 조용한 습관이 있다. 사람은 습관처럼 살고 습관대로 산다. 사람은 습관으로 살기에 어제 지루했던 연애가 오늘 하루아침에 갑자기 너무너무 재미있어지진 않는다. 사람이 그대로인데 어떻게 함께하는 시간의 지루함이 달라지나. 비슷함에 대한 변화가 필요할 때 곁에 있는 사람이 달라지면 재밌는 일이 일어나지 않을까 해서 한 번쯤 헤어지고 싶었다. 철없는 투정이었다. 물론 연애의 끝에서 헤어짐이고 이별이고 중요하지 않다. 끝이 보이는 사랑 앞에서 앞으로의 미련을 모두 책임져야 하는 것만으로도 그냥 마음이 부족한 한 사람일 뿐. 연애의 끝에 서본 사람은 안다. 어차피 끝은 허무하고 초라하다는 것을. 사랑이라고 믿었던 사람을 사랑이 아니라고 인정하는 과정이 어떻게 간단할까. 사랑의 끝에서는 할 수 있는 것은 아무것도 없다는 것을 깨닫는 것만으로도 버겁다.

헤어진다.
연인들은 매일 헤어진다. 사랑하는 마음을 그대로 안고 밤이 되면 각자의 집에서 잠을 자고 내일 아침이면 다시 만나겠지. 잠들기 전까지 오늘 부족했던 사랑을 아쉬워하면서 내일 아침에 다시 함께하자는 약속을 하면서 잠이 든다. 몸이 떨어졌다는 사실이 야속해서 연락으로 맞닿으려 한다. 사랑해서 다투는 연인과 사랑하지 않아서 다투는 연인들. 사랑해서 다투는 것과 사랑하지 않아서 다투는 것의 온도 차. 사랑을 끝내자고 다툰 연인과 사랑이 끝난 줄도 모르고 사랑이 없어서 다투는 연인들. 사랑을 끝내자고 다투는 것과 사랑이 끝난 줄 몰라서 다투는 것의 온도 차. 사랑이 없어져 이미 바닥난 연인은 다투지 조차 않을 테지만 헤어짐은 두 사람의 선택이다.

사랑이 끝나서 다음의 정이 남아 있는데 꼭 헤어져야 하냐고 헤어짐을 두려워하는 연인들도 많다. 정과 헤어짐의 모양을 함께 만들어 가며 정을 선택하는 연인들도 있고 결국 헤어짐을 선택하는 연인들도 있다. 연인들이 다투고 난 후, 홧김에 헤어진 것은 자존심만 버려도 금방 해결된다. 마음이 완전히 끝난 게 아니라면 한 사람이 남은 마음으로 잡아주면 다시 시작할 수 있다. 서로 맞지 않는다는 이유로 세상이 끝날 전쟁처럼 싸워도 다시 보고 싶은 게 사랑이니까. 사랑의 모양을 잘 몰라 투정이 얼마나 통하는지로 사랑의 모양을 알아가기도 하니까. 헤어지자고 큰소리쳐도 '이러지 말라고, 속상하게 하지 않았으면 좋겠다고, 화났으니 얼른 마음을 풀어달라'는 신호이다. 헤어지자고 그렇게 울면서 소리쳐도 '혹시 집 앞에 와서 미안하다고 하면 어떻게 해야 하지? 절대 용서하지 않을 거야'라고 고민하면서 용서해 주는 것이 연애니까. 약속 시간에 늦는 개념 없는 사람이라 도저히 만날 수 없을 것 같아도 팔짱을 끼는 예쁜 웃음에 무너지는 것, 지켜준다는 사람은 결국 울린다는 불안함이 있지만 울 때까지 만나보는 것, 그런 게 사랑이니까.

이별하다.

'이별하다'에는 감정의 끝이 담겨 있다. 담담한 침묵과 바닥난 슬픔이 느껴진다. 담담하고 잔잔한 것에는 이유가 있다. 보통 슬프거나, 의미가 많거나, 전부 말하기 힘들어서 아무것도 말하지 않으며 인내하고 있다. 조용히 말할 수 있는 헤어짐. 어색한 침묵 후 결국 이별에 동의해야 하는 것. 내일이 없는 사랑에 확인 사살. 이별하는 건 너무 아파서 견디기 싫어서, 상처를 더이상 반복하기 싫은 다짐 같은 것. 한 번에는 할 수 없어도 그동안의 인내를 떠올리며, 한 번에 돌아서는 것 같은 사람도 얼마나 많이 연습해보고 되뇌어 본 이별일지 감이 잡히지 않는다. 부지런히 나를 꾸미고 마음을 꾸미던 시간을 부지런히 그만하자는 마음으로 다잡는 것. 이별 앞에 더이상 내 투정이 통하지 않을 테니까.

헤어짐보다 과거형이 더 어울리는 '이별했다.' 헤어진다는 말보다 '이별하다'는 말에는 정말 끝이라는 뜻이 담겨 있는지도 모른다. 헤어졌다는 말을 하는 사람에게는 에이~하며 또 뭐가 문제냐고 물을 수 있는데, 진짜 이별했다는 말에는 숙연해진다. 사랑이 없다는 확신이 있는 사람이 진짜 이별했을 땐 오히려 담담할 수도 있다. 헤어짐을 쌓고 쌓으면 결국 이별에 닿고 몇 번의 헤어짐이 모이면 자연스럽게 이별이 된다. 그 이별을 실감하고 사랑했던 그때의 습관 몇 개 잊어내면 진짜 끝이더라. 몇 번의 헤어짐이 쌓이면 진짜 이별에 금방 가까워진다. 상대가 이별을 말하지만, 아직 마음의 준비가 되지 않았을 때 할 수 있는 것은 보통 우는 것뿐인데, 그렇게 울어도 시간을 다시 되돌릴 수 없다는 것을 이별은 불친절하게 알려준다. 헤어짐을 반복하면 이별이 되는 것처럼 헤어짐의 반복으로 이별을 준비한다. 이별에서는 더 이상의 아픈 상처 같은 헤어짐은 없었으면 한다. 그렇다고 헤어짐이 덜 아픈 것은 절대 아님을, 사랑에 서툴수록 헤어지는 방법을 몰라 마구잡이로 헤어지기에 무엇부터 정리해야 할지, 무엇부터 후회해야 할지, 혹시 내가 뭘 잘못했는지 모르는 무방비 상태에서 헤어지는 것은 슬픔이 한꺼번에 몰려온다. 세련되게 이별하면 더 많은 후회를 남길 수도 있고 세상에 이별을 잘하는 법은 없다. 성숙한 이별도 결국 아프고 어떻게 슬퍼해야 하는지를 알아가는 것이다. 세상에 '아름답게 이별했다'는 없다. 이별한 후 이별의 아픔에 성숙해져 그 이별을 아름답게 추억할 뿐. 아팠기 때문에 아름답게 추억할 수 있는 능력이 생겼을 뿐.

　사람은 각자에게 맞는 자리가 있고 우리가 살아가는 것이 제자리를 찾아가는 과정이라면, 나와 함께했던 시간이 그 사람에게는 제자리가 아니었음을 알게 되었을 때는 제자리로 보내주는 게 더 옳은 일이다. 진짜 자리를 제대로 찾지 못한 사람을 제자리로 돌려보내 주는 게 이별의 과정이 아닐까. 제자리를 찾은 사람은 시간이 지나면 슬픔을 잊은 만큼 성장해 있다. 그렇게 이별 앞에 성숙해져야 한다. 살다 보면 이별의 범위도 넓어진다. 연인과의 이별이 오직 전부였던 젊은 시간 동안 잘 헤어지면 부모님과의 이별, 친구와의 이별, 직장 동료와의 이별도 경험한다. 동료와의 진짜 이별, 친구와의 진짜 이별, 부모님과의 진짜 이별까지도. 지금 당장 헤어져도 영원한 이별은 아님을 기약하고, 다음 만남을 기다려보기도 하면서 성숙하게 이별하고, 성숙하게 인연을 유지해가는 것이 흩어지는 관계를 유지해가는 법이지 않을까. 헤어짐을 쌓아 그렇게 언젠가는 모든 것과 이별하겠지만.＊

그냥 안아주고 싶은 너에게 • • • • • • • • • • •

CHAPTER 3

다행히도 적당한 하루들

하면 된다

  '하면 된다'는 말을 좋아한다. 치열하게 노력해서 무조건 해내고 반드시 성취하겠다는 의미는 아니다. 나의 한계에 도전하고, 원대한 꿈을 꾸며, 될 때까지 노력하기에 난 너무 나약하고 게으르고 비루하다는 걸 잘 알고 있다. 내가 가진 것보다 더 가지려 하지 않고, 남이 가진 것과 비교하며 남의 것을 억지로 뺏으려고만 하지 않아도 우린 그럭저럭 행복하게 살 수 있다.

  뭐, 미친 듯이 분에 넘치게 매일매일 매 순간 너무너무 행복해야 하나, 너무 좋은 것보다 나쁘지 않은 것의 소중함을 알아가는 재미도 쏠쏠하다. 살다 보니 사는 데 요령이 생긴다. 수많은 고민과 구겨진 자존심을 담보로 얻은 삶의 노하우라고나 할까. 점점 애쓰지 않고 살아가는 방법을 터득해 간다. 적당히 살다 보면 모든 사람에게 반짝이는 성공보다 집으로 돌아올 때 안전하게 걸을 수 있도록 발걸음을 밝혀주는 가로등 같은 평온함도 충분히 괜찮다. 삶의 뚜렷한 목표와 원하는 결과가 없어도 우리는 멀쩡히 살 수 있고, 살아가는 과정이 순탄하다는 것도 중요하다. 꼭 하고 싶은 일을 찾지 않아도 적당히 해야 할 일들이 주어진다.

뭐, 어차피 내 눈으로 세상을 보면 세상의 중심은 나인데, 그렇게 잘나게 살아야 하나 싶다. 특별히 원하는 것이 없으면 과정이 편안한 것이 제일 중요한 것 아닌가. 결과가 아무거나면 어때? 순한 맛이 좋은 나는 화내지 않고 사는 것만으로도 이미 충분한데. 그런 나에게는 간절히 바라고 최선을 다하며 꼭꼭 무언가를 해내는 것보다 욕심을 줄이는 게 훨씬 더 쉽고 현실적이었다. 욕심이 적으면 덜 노력하고 덜 애쓰면서 살아도 된다. 나 자신에게까지 따져보는 가성비에 가끔은 허무하기도 한데 욕심을 줄이는 것만큼 가성비 좋은 선택이 또 있을까. 포기하면 그만인데. 살면서 용기를 내는 방법을 알아내긴 했지만, 그 용기는 점점 힘을 잃고 나약해진다. 용기 내는 법을 몰랐을 때는 의욕만 넘쳤고, 용기 내는 방법을 좀 알 것 같으니 용기 낼 힘이 바닥이 보이고. 그래도 자기 전에는 괜찮다고, 지금도 잘하고 있다고 나를 다독여 보아도 아침에 일어나면 컨디션이 조금 나아진 것 말고는 어제와 변한 것이 아무것도 없다.

가끔은 '하면 된다'는 말이 듣고 싶다. 편안한 현실에 익숙해져 있으면 새로운 것 앞에서 주저하게 된다. 같은 일상의 반복, 지루함과 무료함이 당연해지면 작은 변화에도 흔들린다. 일상의 작은 흔들림에도 흔들리면서, 천천히 일어나는 방법을 찾으며 우리는 그렇게 살아가니까. 그럴 때 곁에서 하면 된다고, 잘할 수 있다고 용기를 주는 사람이 있으면 참 좋다. 하면 된다는 시작 같은 말은 혼자서는 하지 못하는 간단한 질문 "뭐부터 하면 되지?"에 반사적으로 대답할 수 있게 해준다. 할 수 있는지 없는지는 해봐야 알지. 생각만 하고 있으면 어떻게 알아? 잘할 것 같은데? 그래서 지금 가장 먼저 할 것은?

조금 더 솔직히 말하면, 하면 된다는 말을 기다린다. 하면 된다는 말이 간절할 때가 있다. 어른이 되면서 용기 멍청이가 되어버린 나에게 하면 된다는 말이 필요하다. 어렸을 때부터 용기에 대한 할당량은 얼마 없었다. 그래도 그때는 순수함이 용기로 변하기도 했는데 어른이 되어보니 순수함이 없어지면서 용기도 함께 바닥나 버렸다. 하면 된다는 말을 들어야 겨우 '그래, 해야지' 하고 다짐할 수 있다. 도전이 겁이 나서 그냥 하지 않아도 된다고, 쓸데없이 애쓰지 말자고 스스로를 위로했던 순간들이 얼마나 많았나. 인생에서 꼭 이루지 않아도 크게 상관은 없지만 해보고 싶은 일이 생겼을 때, 내가 가지고 있는 용기보다 더 크고 따뜻한 용기가 필요할 때 듣고 싶다. 하면 된다고 말해주는 사람은 용기를 주고 싶은 마음도 함께 준다. 어쩌면 '하면 된다'라고 말해 줄 사람의 마음이 필요한지도 모르겠다.

'해봐야지'라는 결심까지 딱 한끝이 남아 있을 때가 있다. 결심 앞에서 서성이는 습관은 아마 내 인생에서 이룰 수 있던 꿈들을, 이루지 못한 꿈으로 흐릿하게 만들었는지도 모른다. 하면 된다고 말해줄 사람이 그때마다 곁에 있었다면 조금은 달라졌을까. 머릿속에서 복잡하게 얽혀 있는 현실에 대한 고민으로 아무런 결정을 내리지 못할 때, 아무렇지도 않게 뭐가 그렇게 걱정이 많냐고, 선택이 어려운 거냐고, 그냥 하면 된다고, 하지 않으면 아무것도 안 된다고 말해주는 사람이 있으면 나를 무겁게 누르던 버거운 결정도 내릴 수 있다. 어떤 일을 시도하지 못하는 것은 내 능력의 한계를 인정하는 과정이 될까 두려워서일 것이다. 틀리면 다시 하면 되고, 부족하면 노력하면 되지만, 나의 부족함을 인정하는 과정은 나이가 많아질수록 더 어려워지는 함수 같다. 그래서 된다, 안 된다는 결과적인 것보다 고민하는 순간이 더 괴롭기도 하고. "결국 선택은 너의 몫이야. 잘 결정하길 바랄게. 후회도 미련도 다 너의 몫이니 잘되길 응원할게." 정말 영양가 가득한 말이지만 용기가 필요한 나를 아프게 하는 조언이다. 알아요. 선택은 나의 몫이고 후회도 미련도 내가 감당해야 하는 것 잘 안다고요. 책임감, 의무감 충분히 걱정하고 있으니까 걱정은 제가 할게요. 그냥 용기를 주세요. 하면 된다고.

고민의 끝에 서 있을 때 소중한 사람이 하면 된다고 말해주면 정말 하면 될 것 같다. 모든 준비가 끝났는데 '용기' 자리만 딱 비어있는 느낌적인 느낌. 하면 된다는 한 마디가 이렇게 멋있는 응원일까. '넌 분명 잘될 거야, 넌 잘할 거야. 시작이 반이잖아'보다 덜 부담스럽게 시작을 알려주는 신호 같은 응원이다.

총의 방아쇠를 당기는 폭발음 같은 소리로 마라톤을 시작하는 게 아니라 만화주제곡을 틀어주며 산책 같은 걷기대회를 시작하는 느낌적인 느낌. 어쩌면 하면 된다고 말해주는 사람에게 의지하는지도 모르겠다. 하면 된다고 말해주는 누군가가 있다는 것에 감사함을 느끼고 그 믿음에 보답하고 싶은 감사의 마음을 담아 놓는다.

생각이 많은 나는 이렇게 생각이 많으면서도 결정 앞에서는 단순하고 싶다. 지금 생각이 많아서 복잡한 것 같은데, 그렇게 걱정만 하지 말고 그냥 중요한 것만 생각해 보라는 응원

같은 '하면 된다.' 잠시 따뜻하게 위로 받으면 좋은 선택을 할 수 있을 것만 같다. 일상이 엄청나게 잘되길 바라지 않고 어차피 미래는 아무도 모르며, 일어나지도 않은 일들의 정답을 맞추려 잔뜩 힘주고 살만큼 간절하진 않다. 잘될지 못될지 바닥에서 기어가고 있는 내가 두려운 것도 아니다. 그냥 지금 시작의 순간이 두려울 뿐.

세상을 알아갈수록 자꾸 시작이 두려우면서도 새로운 것 앞에서 작아지는 나를 느끼며 살아있음을 느낀다. 어제와 다를 것 같은 내일이 오는 것. 오늘과 다른 내일에 어색하게 서 있을 내가 걱정된다. 다름이 걱정되는 건지 어색함이 걱정되는 건지, 어제와 똑같음이 그리운지도 모르겠다. '어제와 똑같은 나'이고 싶은 나에게 순간적인 위로 같은 말, 일단 하면 된다. 삶에 대한 책임, 결과와 잘잘못을 따질 시간이 없다. 하면 된다고 하니, 해야지 뭐. 해결은 어차피 '내일의 나'가 알아서 할 터이니 딱 지금 시작할 만큼만의 위로, 지금 시작할 만큼만의 응원. 그래 하면 된다.

뭔가 고민이 많은 표정으로 이러지도 저러지도 못하고 있으면 그냥 하면 된다고 말해주세요. 결과가 겁이 나서가 아니라 시작이 두려워서 망설이는 거예요. 어차피 결과는 찾아가면 되는 것이니까요. 하다 보면 어찌어찌 되긴 돼요. 결과를 찾아갈 용기는 있지만, 시작이 두려운 일도 많잖아요. 아마 하면 된다는 것을 몰라서가 아니라 하면 된다고 말해주는 당신이 필요한 거죠. 하면 된다는 말에 힘을 낸다면 그 사람은 당신을 좋아하고 있는 거예요. 당신의 '하면 된다'에 용기 내는 사람이 있다면 당신은 이미 그 사람에게 좋은 사람이에요.＊

다행히도 적당히

바다가 보고 싶어지면 힘든 거라죠.

분명히 괜찮았는데 문득, 방금까지도 씩씩했는데 갑자기 멈추고 싶을 때가 있다. 눈동자에 눈물을 반쯤 걸치면 지금 당장 바다를 만날 수 있을까. 힘들 때 바다를 보면 더욱 혼자 있을 수 있게 해준다. 나에게 바다는 그렇다. 혼자 있고 싶을 때, 더욱 혼자 있을 수 있게 조용히 내어주는 파랑의 어깨 같다. 바다 같은 파랑의 어깨를 바라보면서 말없이 기대고 싶다. 하루하루 잘살고 있다가도 어느 날 갑자기 힘들 땐 꼭 사랑하는 사람이 간절하다. 못되게도 이럴 땐 사랑을 쏟고 마음을 줘야 하는 사람보다 나를 사랑하고 있는 사람이 먼저 생각난다. 받는 사랑이 하고 싶다. 아쉬울 때마다 생각나는 사람은 늘 잘 먹고 잘살 때는 잊고 살았던 사람이다. 평소에는 잘도 잊고 살면서 꼭 힘들면 사랑한다는 핑계로 찾는다. 그런 핑계 뒤에서도 늘 그 자리에 있으면서 아쉬울 때마다 찾아도 괜찮다고 말해주는 그런 사람이 그립다. 적당히 투정 부리고 철없는 몇 마디 하고 나면 좀 시원하다. 그냥 찾아가서 배고 프다 했다가, 밥 달라고 했다가, 왜 이렇게 많이 차렸냐 했다가, 그래도 맛은 있다고 했다가, 또 엄마 때문에 살찐다고 했다가 맥락이라고는 없는 아무 말을 늘어놓고 나면 괜찮아진다. 엄마는 그랬다. "괜찮아. 엄마한테는 그래도 괜찮아. 엄만데 뭐 어때? 엄마니까 그런 거지" 세상의 전부를 줄 수는 없지만, 엄마가 가진 세상만큼은 다 빼앗아 가도 된다는 말투로 괜찮다고 말해준다. 그런 엄마에게도 들키고 싶지 않은 모습일 때도 있다. 진짜 힘들어서인 거 같은데. 희한하게 그럴 때도 자존심이 버럭 나온다. 나를 사랑하고 있는 사람을 힘들게 하고 싶진 않다.

그럴 땐 혼자 조용히 바다를 찾는다. 바다가 보이는 창가에 의지하며 순간을, 순간을, 순간을, 그렇게 잠시의 순간을 모아서 눈을 맞추고 유리창이 투명하다는 것에 감사함이 담는다. 창밖으로 비가 오는 날은 비가 오는 표정으로, 흐린 날은 흐린 표정으로, 또 햇볕이 쨍한 날은 쨍한 표정으로 아무 말 하지 않아도 창가는 내 얘기를 조용히 들어주면서 굳이 말하지 않아도 된다는 것만으로도 쉬이 위로해 준다. 가끔 꽁꽁 닫힌 문이 기울어져 무언지 모르는 것이 한꺼번에 쏟아지는 것처럼 끔찍하고 두렵다. 한꺼번에 쏟아지는 것은 적당할 수 없고 적당히 순서를 지켜서 쏟아지지 않는다. 함부로 마구마구 쏟아져서 모든 것이 와장창 한꺼번에 깨져 버린다. 감당할 수 있을 만큼 쏟아지면 참 좋을 텐데. 감당할 수 없을 만큼 생기는 걱정, 감당할 수 없을 만큼 쏟아져 버렸으니 당연히 감당할 수 없는 상처가 생기고 감당할 수 없을 만큼 아프겠지. 천천히 쏟아지지 않는 것들은 너무 빨리 떨어지는 눈물이기에 얼마나 쏟아져 나오는지 알 수 없어서 너무 한꺼번에 쏟아져서 얼마나 빨리 떨어지는지 알 수 없는 눈물이라서 슬픔을 감당하지 못하는 것인지도 몰랐다. 한참을 멍하니 바다가 비치는 창가에서 얘기하고 나면 지금이 견딜 수 없을 만큼 힘이 든 건지, 적당히 힘든 건지, 적당히 힘든 거라면 그냥 견디면 되는 건지, 잘 지나가길 기다려야 하는 건지 겨우 알게 된다.

적당히 힘든 것도 의지해도 되잖아. 꼭 혼자서 감당하고 이겨내야 하는 건 아니잖아.

바다가 보고 싶을 때, 늘 마시던 라테를 주문하고 기다리고 있는 동안이 버겁다. 1초에 한 번씩 끊어지는 움직임, 잘라놓은 시간에 위태롭게 서 있는 불안함, 묻는 말을 이해하지 못한 눈의 깜빡임, 그럼 지금은 힘든 것이다. 어쩌면 감당하지 못할 준비를 하느라 일상에 힘이 들어가고 있는지도. 바다가 있는 창밖을 찾아가서 파랑의 어깨에 기대어 잠시라도 쉬고 싶다. 창가 자리가 비어있었으면 좋겠다. 그런 날도 있다. 라테를 주문해 놓고 커피를 기다리는 시간이 설렐 때, 고소하고 적당한 달콤함에 쓴맛이 곁들어 나의 입에 딱 맞는 맛, 같은 라테지만 기대되는 맛, 그래도 달콤함만 느낄 수 있는 그런 달콤함, 혹시 파랑의 어깨에 기대어 마시는 커피는 그런 맛이 아닐까 잠시 설레어 본다. 이런 날은 괜찮은 날이다. 견딜 만한 날이다. 견딜 수 있는 날이다. 적당히 힘들고 적당히 위로받으면 웃으면서 카페를 나갈 수 있는 날이다. 적당히 힘든 날의 커피는 달콤하고, 너무너무 견딜 수 없는 만큼 힘든 날의 커피가 쓰게 느껴지는 것은 기분 탓이겠지.＊

잊고 싶은 것과 잊어버리는 것

이름을 외우는 것에 유난히 취약하다. 맛있는 음식을 먹은 곳의 상호, 좋아하는 커피의 이름, 좋은 추억을 남긴 장소의 이름을 굳이 기억하려 들지 않는다. 그에 반해 얼마나 맛있었는지, 얼마나 황홀했는지, 얼마나 기분이 좋았는지, 얼마나 짜릿했는지, 몸 전체로 퍼지던 감동과 두근거림, 표정은 어땠는지는 아주 구체적으로 기억하는 편이다. 다시 그 순간을 상상하면 그때의 감정을 고스란히 느낄 수 있다. 말로 표현할 수 없는데 느낌이 상상되는 이 느낌은 참 신기하다. 유난히 어떤 물건에 대한 추억, 어떤 장소에 대한 추억, 어떤 행동에 대한 추억이 많다. 나이가 들어갈수록 자꾸 하고 싶은 말이 많아지는데 속에 쌓이는 이야기가 많아서 말이 많아지나 보다. 순간의 감정을 구체적으로 아주 오랫동안 기억한다.

그곳에 다시 가면, 그 음식을 다시 먹으면, 그 사람과 함께 다시 그 노래를 들으면 잊었던 추억들이 마치 그때로 돌아가는 것처럼 아주 생생히 생각나면서 온몸으로 퍼진다. 감정 추억하기 대회가 있다면 잘할 자신 있다. 정말 맘에 드는 나의 능력 중 하나다. 순간을 있는 그대로 느낌을 알아내고 기억하는 것만으로도 정말 많은 신경 씀이 필요한데 아주아주 다정해야 할 때도 있고 포근해야 할 때도 있고 기다려 줘야 할 때도 있다. 눈으로 보이고 귀로 들리면서 느껴지는 것을 있는 그대로 기억하려 애쓴다. 생각해 보니 기억을 미화할 때도 있긴 하다. 물론 내가 유리한 대로. 기억보다는 지금 느끼고 있는 것을 마음속에서 찾아가는 중이라는 표현이 더 정확할 거다. 느낌과 기분을 기억하느라 바빠서 남들이 지어놓은 이름이나 남들이 보라고 만들어 놓은 것에는 별로 관심이 없다. 기억은 머리로 하는 것 같은데, 추억은 온몸 전체로 하느라 그때의 감정을 더 버겁게 추억하고 있지 않을까.

사랑했던 사람과 함께했던 추억도, 행복했던 기억들도 사랑이 끝나면 모조리 잊고 싶은데 잘 안 된다. 사실 잊는 건 정말 못한다. 안 하는 건 노력해 볼 만하지만, 못하는 건 그냥 포기하기로 했다. 행복했던 기억과 표정을 완벽하게 쓸어내고, 추억을 지우려고 노력한다는 것이 말이 되나. 추억을 잊는다는 건 있었던 일을 없었던 일로 만드는 일인데 그게 어떻게 마음대로 되나. 그렇게 죽을 만큼 노력해도 안 되던 일도 시간이 지나면 자연스럽게 어느 순간에 되어 있다. 어떤 건 미화되기도 하고, 또 어떤 건 못난이 추억이 되어 덕지덕지 겨우 붙잡고 있는 것 같기도 하고. 안 될 것 같지만 잊고 싶어서 무던히 노력하다 보면 언젠가 무던해지는 시간을 실감하는 어느 날이 온다. 좋아하는 것이 생기면 다정하게 다가가야 할지, 포근하게 감싸줘야 할지, 조금 더 기다려봐야 할지 고민한다. 이런 고민을 하는 시간이 행복하다면 이미 그 사람을 좋아하고 있다는 뜻이겠지. 좋으면 좋은 것이고 싫으면 싫은 것이지 뭐가 그렇게 생각이 많냐고 묻는 사람도 있지만, 고민이 행복한지 아닌지 생각해 보는 건 내가 어떤 사람을 좋아하는지 그렇지 않은지 헷갈릴 때 사용하기 좋은 방법이다. 많이 좋아할수록 생각은 많아지기 마련이다. 좋아하는 사람이 좋아하는 것을 찾고 싶어지니까. 누군가가 마음을 통과하는 찰나에서 생겼던 마음, 기다림과 후회, 그리고 아쉬움과 그 사이에서 생긴 믿음, 이런 이상하고 복잡한 생각이 머릿속을 왕창 지나가고 나면 그제서야 언제 그랬냐는 듯이 좋아하는 사람 앞에서 단순하다. 좋아하는 감정 싫어하는 감정도 아닌 감정으로 세상에 서 있을 때가 많다. 남성에게 여성적 매력만 어필하려 하거나, 여성에게 남성적 매력만 보이려 하면 그 인간관계는 금방 피곤해진다. 여성과 남성이 아닌 사람 대 사람으로 만나야 좋은 인간관계를 만들 수 있다. 좋아하는 사람에게 다정하게 굴면서 싫어하는 사람에게는 싫은 감정을 티 내고 다니는 사람은 좋은 사람이 될 수 없다. '좋다'와 '싫다' 이 두 단어만으로 지금을 구분할 수 있다면 우리는 웃음 아니면 울음, 이 두 가지의 표정으로 살아갈 수 있겠지. 그저 그렇다, 나쁘지 않다, 견딜만하다, 좋아지고 싶다, 그만 아프고 싶다, 지친 것 같다, 이게 좋은 건가 하는 마음의 어디 즈음에서 우린 왔다 갔다 하면서 마음을 지키고 있잖아. 웃는 사람과 우는 사람만 있다면 그 세상은 얼마나 삭막할까. 소리 내서 웃는 사람, 소리 내서 우는 사람은 그나마 다행이다. 분명 소리 없이 조용히 웃는 사람도 있고 소리 없이 아무도 몰래 흐느끼는 사람도 있을 텐데 그 사람들의 기쁨과 슬픔은 도대체 어디서 어떻게 이해받아야 할까. 남몰래 뒤에서 혼자 울어보니 반성하게 되고 내 잘못을 겨우 알게 될 때도 있는데, 미안하다는 마음과 고맙다는 마음을 늦게 알 수도 있는데, 이런 마음들을 절대 들키지 않는다면 얼마나 많은 마음이 사라지는 세상에서 산다는 걸까. 조금 복잡하면 어때? 조금 시간이 더 걸리면 어때? 생각이 달라지는 게 뭐 어때서? 그냥 돌아가면 되잖아. 천천히 다가가면 되잖아. 이보다 더 정확한 방법도 없는데. 사람 앞에서 그리고 좋아하는 마음 앞에서는 요령을 부리지 않는 나는 계속계속 생각을 많이많이 하고 복잡복잡하게 살고 싶다. 솔직히 세상도 이렇게 복잡해져서 나를 힘들게 하는데, 내 속에 생긴 복잡함 정도야 뭐, 나만 잘 컨트롤하면 되는 것 아닌가.

　사람에게 늘 그렇다. 한 사람의 장단점을 따지지 않고 남자와 여자를 나누지 않는다. 새로운 것을 즐기지 못해서 새로운 사람 앞에서 작아진다. 익숙한 것을 찾아내느라 뒷걸음질 치다 보면 어설픈 표정으로 멀어지기 십상이다. 그런 나를 이해하지 못하는 사람은 또 쉽게 나를 놓는다. 잘 버리지 못하면서 결정도 잘 못해서 먼저 놓지는 못하겠더라. 상대가 나를 놓은 걸 알았을 때 상처받고 괜찮아지는 데까지는 많은 시간이 걸린다. 매번 당하지만, 매번 먼저 버리지 못한다. 누가 먼저 버리는지는 상관없다. 어차피 아무리 노력해도 지켜지지 않는 사람이 있다는 걸 잘 알기에 익숙해지기도 했으면서도 생각의 끝에는 늘 아쉬움이 남는 건 왜일까. 사람을 대하는 답답한 방법 같긴 하지만, 솔직히 내가 생각해도 가끔은 답답하긴 하지만, 마음이 통한다고 생각하면 그냥 그 사람을 좋아한다. 정신 똑바로 차리고 살자는 다짐과 함께 시간 낭비하지 않으려는 나만의 방식으로 단순하게 사는 법이다. 어떤 사람이 좋아지면 무조건 잘해줘 보는 것. 그래도 착한 마음은 통할 것이라고, 착한 사람이 더 잘 살았으면 좋겠다고 바라면서.

처음 받은 상처는 그냥 잊을 수 있다. 단순히 실수이지 않을까 하고 넘길 수 있다. 누구나 실수하니까 생각하면서 상처에 의연할 수 있다. 하지만 두 번째부터는 다르다. 혹시 실수가 아닌가? 하고 의심하게 한다. 상처에도 아프지만, 누군가를 의심해야 하는 시간이 힘들다. 그래도 믿는다. 두 번까지 실수하는 사람도 얼마든지 있다.

세상엔 이해해주면 지킬 수 있는 사람도 많다. 하지만 세 번이 되면 많이 힘들다. 이해해줘야만 지킬 수 있는 사람은 점점 더 많이 인내심을 요구하게 되고 더 깊게 의심해야 하고 의심을 확신으로 바꿔야 하는 괴로운 시간도 준다. 첫 번째도 두 번째도 실수라 여겼던 나 자신도 자책해야 한다. '이런 내가 나도 답답하다'고. 그래서 세 번째 상처부터는 두 번째 상처와는 비교도 되지 않을 만큼의 힘든 시간이 온다. 두 번의 인내심에 대한 대가다. 상처 준 사람은 그대로인데 나만 뭔가 잃어버린 느낌으로 허무해지고, 사람을 믿었던 인내심의 끝은 결국 허무함인 걸까. 가끔 나도 상처의 끝이 슬픔의 끝과 연결되어 있어 더이상 할 수 있는 것이 없어서 대답할 힘이 없다. 삼십몇 년을 살아도 여전히 상처 앞에서는 씩씩하지 못한 그저 그런 어른인가 보다.*

쓸모를 기다리는 서랍 속에서

십몇 년의 회사생활은 나를 잘 말려진 수건처럼 만들어 주었다. 꾸역꾸역 해내던 사회생활마저 내 의지가 아닌 회사의 지시로 끝내야 했던 나는 삼십 대 중반의 잘 말려진 무미건조한 한 사람이 되어 있었다. 하루하루를 열심히 쳐내던 회사생활, 조직 속에서 분명히 시스템에 익숙해지고 잘 살아남았다고 생각했는데 정해진 틀에서 벗어나 지난날을 돌이켜 보니 깨끗하게 말려져 서랍에 갇혀있으면서 쓸모를 기다리는 법을 잘 아는 사람일 뿐이었다. 혹시 노력하면, 혹시 운이 좋으면 호텔 수건 정도는 업그레이드될 수 있지 않을까. 십몇 년 동안 그저 그런 꿈을 꾸었다. 깜깜한 서랍 속이 답답한지도 모른 채로 어쩌면 답답함을 인정하기 싫어서 안정감이라 착각하면서 그렇게 갇혀서 나름의 행복을, 또 나름의 힘듦을 만들어 갔다. 쓸모란 말이 그렇다. 쓸모없을 때는 언제든 가장 가까운 쓰레기통으로 버려질 수 있는 것, 어디든 쓰레기통은 준비되어 있다는 것, 아무리 비싸고 고급스러운 디자인을 하고 있어도 결국은 쓰레기통이라는 것. 버려지는 것들이 모여서 결국은 더러워지는 그저 그런 공기가 만들어지는 곳이다. 그래서 초라함이 따라다니는 것처럼 늘 허무했다. 그래도 사회생활을 잘했다고 생각했는데 막상 회사 밖의 사회로 나와보니 써먹을 게 별로 없다. 늘 인정하고 사과하는 습관은 회사에서는 유도리로 통했는데, 회사를 나와보니 그냥 분노할 줄 모르는 사람이었다. 지금 어떻게 화가 안 나느냐는 질문을 몇 번이나 들었는지 모르겠다. 십몇 년 동안 월급 받는 거 말고는 정말 뭘 했던 걸까. 월급이 전부라 말하는 사람도 있겠지. 조직에서의 인정과 승진, 연봉 인상이 목표인 사람들의 삶도 나름의 가치가 있다. 적어도 글을 쓰고 순간순간 나의 감정의 소중함을 깨우쳐 가는 과정에서 쓸모를 위해 갇혀있던 시간이 삶의 전부는 아니었으면 좋겠다. 그것보다는 내 인생 자체에 더 가치를 두고 싶다. 시스템과 조직에서 살아남는 것이 목적이 아닌 나의 인생에 오롯이 집중하고 싶다. 두 달 남짓 걸렸다. 세탁기에 한꺼번에 섞여 세탁되고 건조된 수건보다는 손세탁으로 관리하는 손수건 같은 마음으로 지내는 데까지.

잘살고 있다고 생각했다. 그리고 잘 살아왔다고 생각했다. 주 5일 근무, 아침 출근, 점심을 먹고 다섯 시 퇴근. 정상 출근, 정상 퇴근, 눈치껏 해낼 수 있는 주어진 업무, 정상 출근하고 정상 퇴근하는 날은 정상적으로 살고 있다고 생각했다. 쓸모를 기다리는 서랍 안에서의 최선이었다. 계획적이고 규칙적으로 살 수 있었고 연차가 쌓여갈수록 업무에는 익숙해졌고 퇴근 눈치를 보지 않아도 되었다. 야근이 많은 친구들을 보면 가끔 우월감도 느꼈다. 하루에 9시간을 회사에 반납하고 그로 인해 생긴 스트레스를 풀 시간이 있다는 게 다행이라 생각했다. 지금 생각해 보면 우월감의 대상이 고작 야근하는 친구였다니, 그렇게 잘난 척할 게 없었을까 싶어 나 자신이 한심하게도 느껴진다. 진짜 좋아하는 일을 찾는데 소홀한 대가로 평일 9시간을 아무 생각 없이 회사에 바치고 있었던 건데. 스트레스가 왜 쌓이는지는 생각하지 못하고 풀 수 있어서 다행이라고 생각하고 나도 참, 한심하게 살고 있었나 보다. 주 5일, 17시 정시에 퇴근하는데 이 정도면 좋은 대우 받는 것 아니냐고. 근로계약서에 이름과 주민등록번호 같은 내 개인정보들을 걸고 나의 9시간을 회사에 주겠다고 약속했고 그 약속을 잘 지키고 있으니 잘 살고 있노라고, 그러니 책임감 강한 사람이라 생각하면서 살았다. 지각과 무단결근이 없으니 나는 기본이 되어 있는 사람이다. 참, 갇혀 있는 자기만

족이다. 아침 6시 반 기상이 좀 힘들긴 해도 규칙적인 생활과 안정적인 하루, 주말을 기다리는 평범한 직장인으로 잘살고 있다고 자부했다. 그래, 멀쩡히 잘살고 있었다. 아니 멀쩡해 보이게 살고 있었다. '나 괜찮아. 아무렇지도 않아. 멀쩡해'라는 말이 '나 지금 행복해'의 표정을 따라갈 수는 없다.

어렸을 때부터 무조건 '꿈을 찾고 1등이 되어라, 최고가 되어라'에 집중하지 않고, 나에게 맞는 적당함을 찾으라고 배웠으면 조금은 달라졌을까. 1등은 단 한 명이라 1등인데 모두에게 그 한 명이 되라 했다. 그들은 1등이 될 노력을 하라고 가르쳤지만 어차피 내가 1등은 될 수 없다는 것을 배우면서 자랐다. 불가능이라는 것을 알면서도 1등이 되려고 노력해야 하는 사람에게 인생의 적당한 순간이 있긴 할까. 누구나 최고가 될 수 있다니 정말 최고를 무시하는 말이다. 세상에 공짜로 1등이 된 사람이 어디 있나. 그들이 한 노력과 수고를 다 헤아리는 게 가능하기나 할까. 공부를 잘하는 사람에게는 공부를 잘하는 게 적당한 것이고 공부를 못했던 사람에게는 그 못함이 부족한 게 아니라 적당한 거라고 배웠다면 뭔가 달라졌을지도 모르겠다.

못한다는 것을 알아챘을 때 비난받지만 않았어도 우리는 좌절감을 모르면서 멀쩡히 잘살 수 있었을 텐데. 어쩌면 나에게 맞는 적당함을 찾는 방법을 배우지 못해서 적당할 줄 모르고 사는지도. 적당함을 찾는 것도 최선이다. 인생의 적당함을 찾는 것이 실패한 사람이 하는 어쩔 수 없는 차선이 아니었으면 좋겠다. 나만의 적당함을 찾는 법이 잘사는 방법이었으면 좋겠다. 타인의 기준으로 잘난 사람보다 나만의 기준으로 적당한 사람일 수 있길. 비난받을 시간을 줄이고 내가 좋아하는 것만 제대로 찾을 수 있어도 세상은 꽤 살 만한 곳일지도 모른다. 늘 중간은 어정쩡하니 중간이 되고 싶은 건 꿈이 될 수 없었다. 이도 저도 아닌 어정쩡하게 살지 말고 자기가 잘하는 것을 찾고 노력하라고 채찍질했지만, 어정쩡함이 나에게는 적당함일 수도 있다. 다른 사람의 눈치를 보고 다른 사람의 기준에 맞추다 보면 나만의 적당함은 언제나 이상했다. 나에게 맞는 적당함보다 다른 사람들이 원하는 적당함으로 멀쩡하게 보이는 게 잘사는 거라고 착각하다 보니 혼란해서, 그저 그렇게 살아내고 있었는지도 모르겠다.

적당한 시간을 보내는 데는 쓸모를 따지지 않아도 된다. 굳이 필요한 것을 새겨보자면 서로를 보는 사랑스러운 눈과 웃을 수 있는 입, 편안한 마음이면 된다. 예쁘게 닫힌 시간 속에서 사랑스러운 눈으로 더 멀리 바라보면, 지금과 그전, 그 이후도 함께할 고마운 사람도 보인다. 아무리 생각해도 행복해지는 데 코는 별로 필요 없는 것 같단 말이야. 열두 시간을 함께 보내고도 열세 시간 후에도 같이 있고 싶은 사람들. 사실은…으로 시작하는 서로를 보여주는 말, '정말?'이란 말로 대신하는 서로를 이해하는 말로 채워지는 시간들. 손수건 같은 마음. 힘들 때 땀도 닦아주고, 울 땐 눈물도 닦아주고, 상처가 난다면 생채기를 꽁꽁 묶어줄 수 있는, 갑자기 물을 엎질렀을 땐 무안함까지 닦아줄 그런 손수건 같은 시간을 채워본다. 난 여전히 촌스러운 방법으로 누군가를 좋아하나 보다.

누군가 그랬다. 호텔 수건 별거 있냐고. 오래오래 이런 기분으로 살면 된다고.*

걱정도 행복도 내가 정한다

걱정하지 마.

'하지 마'라는 말은 부정적인 강요가 있다. 무슨 불만이 그렇게 많은 건지, 하라는 건 왠지 그냥 하기 싫다. 세상에는 하지 말라는 것도, 하라는 것도 어찌나 많은지 두꺼운 이불을 뒤집어쓴 '꼼짝 마' 놀이 같다. 생각해 보니 '꼼짝 마'도 꼼짝도 하지 말라는 부정적인 지시의 뜻이네. 가끔 아무것도 하지 않고 있지만, 더 격렬하게 아무것도 하기 싫은 이유가 이 때문 아닐까. 이미 정해진 것들은 내 힘으로 어떻게 할 수 없고 이렇게나 하지 말라는 것들이 많으니, 이불 속에서는 아무에게도 들키지 않고 소심하게나마 반항할 수 있으니까. 그러면서도 이불이 주는 따뜻한 위로를 받고 싶어서. '늦지 마, 편식하지 마, 뒤처지지 마, 튀지 마, 다르지 마, 틀리지 마' 학교에서 하지 말라는 것들을 속속 피해 갈 수 있는 방법이나 좀 알려주지, 왜 핸드폰으로 검색하면 금방 찾을 수 있고 계산기가 계산해주는 것들, 사회에 나와서는 도저히 써먹을 수 없는 이론들만 알려주었는지 참. 내가 교과서를 만들면 국, 영, 수는 기필코 하나의 과목으로 묶어버릴 것이다. 국어보다는 예쁜 말을 하는 법, 영어보다는 여행, 수학보다는 투자가 더 중요한 세상이니까.

그래도 "걱정하지 마, 아프지 마"란 말은 따뜻하다. 걱정하지 말라는 말에는 마음을 나누는 위로의 눈빛이, 아프지 말라는 말은 이마를 짚어주는 따뜻한 손길이 떠오른다. 위로하고 싶은 마음이 더해져서가 아닐까. 마음이 더해지면 반항하고 싶은 마음도 어렸을 때 종이접기를 하듯 한 번쯤 접을 수 있게 해주기에 '하지 마'라는 말에 마음이 더해지면 부정적인 생각은 조금씩 사그라든다. 우리는 하지 말라는 말에 마음을 담을 줄 모르는 사람들과 함께 살아가면서 마음이 담겨 있는지 그렇지 않은지 들여다볼 마음의 여유가 없어서 힘들 때가 많아서 참 걱정이다. 걱정, 걱정, 걱정. 걱정해서 걱정이 해결되면 그건 걱정이 아니니 걱정할 필요 없는 걱정일까. 사람들은 걱정을 해결하기 위해 걱정을 하지만 결국 걱정은 걱정을, 걱정은 불안을, 불안은 불안을 만들 뿐이다. 걱정하면 불안하게 되고, 불안하면 또 걱정하고. 참, 이놈의 걱정 안 하고는 살 수 없나 보다.

걱정은 그때그때 짧고 굵게 하자. 해야 할 걱정을 미루다가 잊어버리면 밤에 자려고 누웠을 때 밀어두었던 걱정이 불안함과 함께 몰려온다. 밤은 그리고 밤도 지나간 시간인 새벽은 감성적인 시간이다. 하루 중에 가장 지친 시간인 밤에, 지친 몸과 마음으로 감성적인 상태에는 부정적으로 걱정할 가능성이 크다. 부정적인 걱정은 더 불안하게 만든다. 부정적인 걱정이 까만 밤을 하얗게 지새우도록 잠 못 들게 할지도. 걱정의 80%는 일어나지 않을 일이라는데 걱정과 잠을 바꾸기에 우리에게 잠은 아주아주 소중하다. 걱정은 엄지손가락처럼. 걱정이 자꾸 불안을 만들어 내면 엄지손가락을 한번 들어보자.

사람은 습관처럼 찾아오는 걱정을 끝내야 비로소 이성적인 대처를 할 수 있다. 어떤 일이 일어났을 때 바로 이성적으로 판단해서 최고로 좋은 대안을 낼 수 있으면 좋겠지만, 우린 무슨 일이 일어나면 '아이고, 큰일 났다. 어떻게'라고 생각하면서 걱정을 줄줄줄 먼저 흘려야 한다. 세상에 내일 당장 하늘이 무너질 만한 큰일이 얼마나 있을까. 솔직히 나는 세상을 무너뜨릴 만큼 그렇게 대단한 책임과 권력을 가진 사람도 아니다. 걱정이 무조건 나쁜 건 아니니 걱정하는 동안 속상해 말길. 걱정해야 할 일을 알아차린 순간 짧고 굵게 걱정하고 잠들기 전에는 대책을, 내일의 계획을 세울 수 있길, 침대에서는 걱정에 당당히 대처하는 괜찮은 내일을 꿈꾸길. 걱정이 없는 것이 행복한 것일까? 복잡하게 생각하면 한없이 복잡하고 손에 쥐어지지 않을 것만 같은 행복. 심플하게 자기 전 침대에 누웠을 때 안녕한 상태, 그때 느끼는 만족감. '우리는 행복한가' 하는 철학적인 질문을 가끔 받는다. 그래서 지금 행복하냐고, 이 질문은 힘들거나, 행복해 보이지 않는 사람에게 하는 경우가 많다. 살아가는 것을 되짚어봐야 하는 경우, 잠시 쉬어가고 싶을 때, 문득 힘들다고 느낄 때 나는 혹은 너는 '행복한가' 궁금하다.

행복하고 현실에 만족을 느끼고 있는 사람은 '지금 행복한가'하고 잘 생각해 볼 필요가 없다. 그냥 인생을 즐기고 있다. 편안함, 즐거움, 기쁨, 재미, 웃음, 안정감이 행복을 대신해주면 굳이 행복을 찾아보지 않고 밤에 누워 생각을 정리하고 편안히 잠든다. 보통 행복하지 않거나, 행복과 불행의 중간쯤에 있는 사람이 과연 행복한지 되짚어 보는 경우가 많다. 잠시 행복함을 느끼고 있어도 행복이 불안해서, 이렇게 말 많고 탈 많은 현실에서 과연 앞으로 행복할 것 같냐고. 행복해야 할 기대보다 앞으로 살아남기 위해서 정신 바짝 차려야겠다는 생각을 먼저 할 수도 있다. '우리는 행복한가? 앞으로 우리는 행복할까?'라는 철학적 질문은 받으면 보통 사람들은 행복에 집중하지만 난 우리라는 단어에 대해서 생각해 보았다. 우리가 행복하기 위해서는 나도 행복하고, 너도 행복하고, 나의 행복과 너의 행복이 제대로 관계를 맺고 조화를 이루어야 한다. 생각보다 복잡해진다. 행복의 기준은 우리가 아니라 내가 되어야 함을 꼭 기억하자. 나의 행복도 제대로 알지 못하는 세상에서 감히 어떻게 우리의 행복을 꿈꾸는지. 다른 누군가의 행복을 내가 정의할 수도, 단정 지을 수도, 단정 지어서도 안 된다는 생각을 했다. 누구도 나에게 "넌 행복하지 않아. 넌 불행해"라고 말할 자격은 없다. '내 행복은 내가 정한다'는 그런 다짐을 해보는 것도 좋다. 내 행복에 대한 결정권을 지키기 위해서라도 내가 언제, 어떻게 행복했는지 나만의 행복 모양을 잘 알고 기억해야겠다. 하고 싶은 것, 잘하는 것만 하고 그러다 보니 재밌고, 엄마가 알려준 대로 남의 것 뺏지 않고 욕심내지 않고 양보하면서 살았을 뿐인데, 나는 행복에 대해 곱씹지 않아도 될 만큼 편안하다. 얼른 침대에 누워서 안녕히 자야겠다. 내일 아침에 똑같은 기분으로 일어나야지.＊

커피 한잔할래요?

"커피 한잔할래요?"란 말에 설렘을 담는다. 흐리거나 비가 오면 설렘 효과는 폭죽처럼 터진다.

"데이트할래요?"는 데이트란 단어에 마음을 책임져야 할 무거움이 담긴다. 호감과 관심이 전제된 데이트라면 조심스럽게 행복해도 되겠지만, 무관심 혹은 싫은 감정이 있는 상대의 데이트 신청은 불편한 거절을 해야 한다. 호감인 듯 아닌 듯 한발 먼저 받은 고백에 확신 없는 데이트에 코스도 정하고 시간도 정하고 약속해야 할 것 같아 마음보다 부담이 먼저다.

"맛있는 거 먹으러 갈래요?"는 평생을 다이어트하는 내가 뭘 먹어야 상대의 입맛에도 맞는 메뉴를 골라야 할지, 모르는 답을 내야 하는 고민 같다.

"술 한잔할래요?"라는 말에는, 술을 마시지 않으니 거절을 준비해야 한다. 호감이 있는 상대라면 더욱 생각이 많아진다. 제가 술은 마시지 않긴 하는데, 다른 건 어떤가요? 혹시 술 한잔하시고 싶으시다면 저는 마시지 않아도 되나요? 맞춰 드릴 수는 있는데요. 핑계 같은 말이 불편하게 이어진다. 숨기고 싶은 서로의 다름을 너무 빨리 들킨 느낌이라 안절부절못한다.

"우리 썸탈래요?"보다 가벼운 "커피 한잔할래요?"
"우리 만나 볼래요?"처럼 확실치 않은 고백보다 담백한 "커피 한잔할래요?"

한 시간 정도 나에게 시간 내줄래요? 딱 한 시간만 나랑 달콤쌉싸름한 커피 마셔 볼래요? 한 시간이 달콤하면 좀 더 얘기하고, 쌉싸름하다면 깔끔하게 집 가는 걸로 해요. 커피는 제가 살게요. 먼저 도착해서 주문도 제가 할게요. 제일 달콤한 캐러멜마키아토로 두 잔 주세요. 생크림 듬뿍 올려서요. 우리 캐러멜 같은 한 시간 같이 보내면 내일은 삼겹살에 소주 마시는 거다?

혼자 커피를 마시는 습관이 있다. 언제부터인지 정확하게 잘은 기억나지 않지만 나에게 커피는 습관이다. 아마 어느 날, 우연히였다. 곤란한 질문을 당하고 대답을 잘 못하고 온 날, 그런 날은 혼자서 좀 울어야 한다. 대답 하나 잘 못한 게 인생에서 뭐가 그렇게 큰일이냐 할지 모르지만, 대답 하나에 인생의 방향이 결정될 것같이 속상하기도 하다. 못난 대답에 자책하며 울고 싶은 날이 있다. 속상한 날은 그냥 마음껏 속상할 수 있었으면 좋겠다. 아무도 나를 모르는 곳에서 따뜻한 커피를 내어주면 편안함을 느낀다. 무겁게 들어간 카페에서 습관같이 커피를 마셨다. 난 마음의 끝이 입과 연결되지 못할 때 대답을 못 하는 병이 있다. 따뜻한 커피잔을 손으로 감싸 보고 커피 향을 맡으며 하나, 둘, 셋 세어보고 잠시 생각하고 그리고는 아마 괜찮아졌던 것 같다. 시간이 해결해 준 것인지 커피가 해결해 준 것인지 정확히 할 방법은 없으나, 시간은 뭐 늘 함께하니까 커피가 해결해 준 거라 생각한다. 그래서 자꾸자꾸 커피는 점점 더 강한 습관이 되었다. 답을 내는 것도, 대답도, 심지어 찍기도 잘 못하는 나에게 커피는 흐린 창밖과 눈을 맞추고 흩어지는 비를 보면서 그냥 마시면 되는 것, 마음껏 속상해도 된다고 말해주는 것만 같다. 난 분명 카페인 중독이 아니라 커피를 마시면서 힐링하는 시간을 잘 기억하는 것뿐이다.*

사랑인 듯 행복인 듯
또 그게 아닌 듯

사랑인 것 같아. 그래, 어쩌면 사랑일지도 모르지.

투명하게 차가운, 그래서 시리기만 했던 계절이 지나고 따뜻한 공기가 느껴지기 시작하면 사람들은 이제 봄인 것 같다 하잖아. 눈이 녹으면 투명한 물소리가 들리더라고. 이제 그만 추웠으면 좋겠다고, 봄이고 싶다 하잖아. 봄이길 바라면서 따뜻한 공기에 바람을 담잖아. 마음을 담잖아. 그러다 보면 조금씩 그렇지만 늘, 따뜻함은 우리 곁에 와 있더라고. 말해주지 않고 기척도 없이 오는 걸 보면 노크하는 법을 배우지 못했나 봐. 이 정도는 이해해줘야지 어쩌겠어. 사랑도 말이야 '똑똑' 노크하고 소리 내서 다가오면 좀 더 똑똑하게 맞이할 수 있을지도 모르는데. 이해해줘야 할 것이 참 많기도 하네. 준비할 시간이 없어서 그렇게 서툴렀나 봐. 자신 없어서 소리

없이 조용히 다가온 것 같아. 마치 사랑인가 아닌가 의심해보라는 듯이 색깔마저 없이 와버리고 통보해버리지. 혹시 겨울이 놀라서 뒷걸음질하면 가을이 다시 와버릴까 걱정했는데 그런 적은 한 번도 없었어. 어김없이 봄은 근처에서 살금거리고 있었거든. 놀라서 뒷걸음치지 않을 만큼만 천천히, 그렇게 확신 없이 조용히 왔어. 제대로 물어보지 못했고 넋 놓고 있었더니 너는 봄처럼 사랑처럼 봄도 그렇게 와 있더라.

사랑해.

사랑인지 아닌지 모르지만 한번 믿어보려 해. 어쩔 수 없잖아. 이미 이렇게 와버렸는걸. 다시 보낼 힘이 나에게는 없거든. 확신이고 싶어서 불안해졌어. 확신이고 싶은 마음이 간절해질수록 더 불안해지더라. 행복하려고 사랑하는 거라는데 왜 사랑하는데 행복하지 않니. 사랑해서 행복한 사람들은 좋겠다. 난 너를 사랑하지 않을 수 없어서 정말 어쩔 수 없이 사랑하고 있는 건데. 나에게 사랑은 유일함이거든. 유일한 것은 잃을까 봐 늘 불안해져. 분명 조급한 마음을 쌓았는데 왜 시간은 느리게만 가고 나는 흐릿흐릿한 어딘가에 서 있는 느낌일까. 사랑이 끝나면 정말 아무것도 남지 않잖아. 또 불안해질수록 간절해지고. 너의 주변을 서성이며 애타는 나를 보면서, 같은 자리에 앉아서 의미 없이 양쪽 손톱 끝을 부딪쳐 볼 뿐이야. 그렇다고 뭐 불안한 마음이 평온해지고 그런 건 아닌데, 그냥 내가 그러고 있더라고. 사랑이 뭐 대단한 것 같아도 사실 사랑은 할 수 있는 게 별로 없어. 마음껏 사랑한다는 것은 사랑을 알고 사랑을 말할 줄 아는 사람들의 특권쯤이라고나 할까. 상처가 많은 한 사람의 사랑 속에서 다른 사랑이 할 수 있는 게 얼마나 되겠니. 지난 사랑으로 채워놓은 상처 때문에 너에게 줄 남은 사랑이 없을지도 모르는데, 네가 또 그 상처를 닮은 사람일까 봐 주저하고 있을 뿐이야. 또 혼자서 울어야 할 것 같은데. 기다려 줄 수 있기나 할까. 이렇게 혼란 속에서도 이제 혼자 우는 건 정말 싫다. 확실한 건 이것 하나뿐이네.

사랑했었어.

마음을 다했어. 어차피 나에게 남은 사랑이란 건 없었나 봐. 미리 알았다면 좋았을 텐데. 텅 빈 마음을 확인하면 확인할수록 더 차갑게 텅텅 비어있었다는 것을 깨닫게 되더라. 지난 사랑으로 정말 아무것도 남지 않았다고 생각했는데, 그것보다 더한 허무함이 남아 있었다는 것을 이번에 알게 되었어. 사랑했었다는 것은 텅 빈 마음의 끝을 알아가는 과정인가 봐. 왠지 끝의 끝을 알아낼 자신이 생기기도 해. 정말 끝을 보이고 나면 나만 겨우 붙잡고 있었다는 것을 깨닫게 되겠지. 그래도 사랑했었으니 끝을 봐야겠다. 끝이라 말하지 않아도 사랑은 끝날 수 있는 거잖아. 마음이 끝났는데 '그만하자'는 말이 무슨 소용이 있겠니. 사랑의 방식에 일방적인 통보도 의무라고 하지만 글쎄, 이러나저러나 끝은 끝이지 뭐. "사랑했었어" 이 한마디로 '사랑해' 시계를 어제로 돌려버리지. '사랑했었어'의 끝이 '사랑해'라고 말하기 전이라면 얼마나 좋을까? 다시 사랑의 중심에 웃으면서 설 수 있다면 얼마나 좋을까? 타임머신으로 과거로 돌아가서 시간을 거꾸로 돌릴 수는 없지만, 사랑의 반대말을 알 때쯤엔 우린 추억을 타고 과거에 도착하지. 과거가 되고 싶지 않은 나를 한없이 초라하게 만드는 추억에 묻혀 있으면 눈물도 묻어나. 그러면 더욱 네가 곁에 없다는 걸 실감하게 되잖아. 사랑한 다음에 울고 있는 이유는 뭐겠니? 사랑하기 전으로 돌아갈 수도, 사랑의 끝에 서 있을 수도, 다시 사랑의 중심에 설 수도 없으니까, 할 수 있는 것이 아무것도 없으니까 두려운 거야. 그나마 '사랑해'를 추억할 수 있어서 다행인가. 허무하지만 덜 아파. 그래서 참 다행이야. 되돌릴 수 없음만 인정하면 되잖아. 마음에서 사랑을 덜어내고 이성적으로 말해 볼게. 우리는 과거로 돌아갈 수 없음을 잘 알잖아. 사랑이란 건 어차피 시간이 지나면 과거형이 되는데, 이제 겨우 사랑임을 깨달아보니 사랑했었다고 해야 하는 거야.

행복해. 이런 게 행복이야?

행복이라는 게 오묘해서 어려워. 웃으면 행복한 것이고 울면 슬픈 것 아니냐고? 나도 그렇게 간단했으면 좋겠다. 어린아이처럼 좋아하는 사람 앞에서 방긋방긋 웃고, 싫은 사람이 앞에 있으면 마음 편한 사람에게 두 팔 벌려 엉엉 울면서 달려갈 수 있었으면 좋겠어. 이제 그러면 안 되는 거 맞지? 아냐? 내 감정 정도는 마음대로 해도 되니? 그럼 애써 웃음 지어야 하는 상황과 눈물을 참아내는 시간은 도대체 어떻게 설명해야 할까? 아니, 굳이 설명해야 하나. 행복은 끝에 있잖아. 행복이라는 건 웃음의 끝에 눈물의 끝에 겨우 오는 거잖아. 힘든 하루보다는 그저 그런 하루가 더 나은 듯하고 소소함에 기분 좋음을 느끼지만 정말 기쁜 일이 생기고 나면 소소하게 좋았던 기분은 쉽게 잊어버리잖아. 정말 기쁜 일이 잘 생기지 않으니까 우리는 일상의 소소한 기분 좋음이 있는 날 작은 미소를 짓기도 하지. 소소한 행복을 찾기도 하잖아. 기쁜 일이 몇 번이나 와줘야 정말 행복해지는 걸까? 같은 일을 함께 겪어도 누구는 행복하고 누구는 행복하지 않대. 어떻게 설명해야 할까. 어떻게 설명해야 할지는 몰라도 설명할 수 없다는 건 알 수 있을 거 같아. 행복은 설명할 수 없대. 이렇게 행복이 뭔지 알아내기 힘들어서 행복 앞에 주저하면서 살아가는 걸까? 그저 다행이라고 생각하고 넘어가는 걸까? 다들 행복해지고 싶대. 매일을 행복으로 채우고 싶대. 웃을 일이 많은 게 행복하다고 할 수는 있지만 우린 억지로도 웃을 수 있잖아. 억지로도 기뻐하는 척할 수도 있잖아. 척하는 걸 잘하는 게 어른인 거잖아. 억지로 웃었던 기억은 불행으로 남을 수도 있어. 불행의 기억이 모여서 상처가 되기도 하던데 겉으로만 웃었던 기억으로 행복을 말할 수는 없는 것 같아.

행복했었어.
정말 그랬니? 행복했었니? 그랬다면 참 다행이야. 사랑했다는 말은 끝이라는데 행복했다는 말은 추억인 듯해. 그땐 참 행복했다는 기억으로 하루를 살아낼 힘을 내곤 하니까. 누가 하루를 살아간다고 말했을까? 누군가에게는 버텨내는 하루고, 누군가에게는 살아내는 하루고, 또 다른 누군가에겐 없었으면 하는 하루일지도 모르는데. 힘들어하는 건 아무런 자격도 필요 없잖아. 행복할 자격이 있는 것처럼 우리는 모두 힘들어할 자격이 있어. 그런데 참 희한하지? 사랑했었다는 말은 슬펐는데, 행복했었다는 말은 참 따뜻하지? 물음표 같은 아쉬움이 남긴 하지만 말이야. 행복했었다는 말은 추억하는 거잖아. 우리는 추억이 있음에 감사하면서 한 살 한 살 먹어 가잖아. 추억은 아무런 힘도 없다고 하지만 추억이 무슨 힘이 필요하냐? 아무것도 안 하면서 기억의 가장 깊은 곳에서, 가장 위에서, 그리고 가장 투명해서 기억을 다 비추어 주고 있는데. 행복한 것 같기도 해. 특별히 나쁜 일은 일어나지 않았어. 친구들과 대화하고 주말에는 약속도 했어. 아침에 일어나고 싶은 시간에 눈을 떴고 아침 겸 점심도 먹었어. 적당히 운동하고 나를 위해서 시간을 보내기도 했고. 기분이 꿀꿀해서 달콤한 케이크에 커피도 마셨어. 이 정도면 될 것 같아. 어제랑 달라진 건 아무것도 없지만, 행복한 것 같기도 해. 매일 매일 행복해지고 싶다는 꿈을 꾸긴 하지만 미치도록 행복하고 싶다고 욕심낸 적 없어. 적당한 불행을 알고도 조용히 감당했을 거야.＊

슬펐던 건 비밀이에요

유독 감성적인 여고생이었다. 친구들보다 목소리가 크고 호들갑 떨며 남들보다 먼저 웃고, 먼저 눈물이 났다. 수업 시간에 분명 아주아주 작은 목소리로 몰래몰래 수다를 떨었는데, 신기하게도 내가 한 얘기는 주변의 친구들이 다 알고 있었다. 그들의 귀가 좋았거나 내 목소리가 컸거나 혹은 우리는 서로의 사소한 말을 엿들을 만큼 서로에게 관심이 있었거나. 아마 셋 다였을 것이다. 어렸을 때는 내가 감정이 많고 섬세한 사람인지 몰랐다. 다들 그렇게 웃기고, 다들 그렇게 슬프다고 생각했다. 좀 더 솔직히 말하면 너무 많은 내 감정에 버거워 다른 사람의 감정까지 생각하지 못했다. 다들 그렇게 많이 웃고 싶고 그렇게 많이 울고 싶지만 참을 줄 아는 줄 알았다. 아직 어려서 철들지 못했고 내가 감정을 참을 줄 모르는지 알았다. 내가 울 때마다 뚝 그치라 했고, 필요 이상으로 즐겁다고 생각할 때는 분위기 파악하라고 다들 그렇게 말했으니까. 작고 여린 마음이라 슬픔을 감당하기에 눈물샘은 외로웠고, 작고 어린 마음으로 슬픔을 감당하기에 벅찼다. 감당할 수 없는 마음을 일기장에 적어갔다. 누군가의 슬픔을 지켜주고 싶었던 따뜻하고 순수한 마음으로 나의 슬픔도 지키고 싶었다. 사람이 그렇다. 지켜주고 싶은 것이 생기면 의욕이 생기고 용기가 생긴다. 더 열심히 하게 된다.

사람들은 슬플 때 실컷 울고 훌훌 털어내서 얼른 시원해지라 하지만 나에게 슬픔은 지켜주고 싶은 것이었다. 슬픈 사람도 지켜주고, 그 슬픔 자체도 지키고 싶었다. 슬플 때 "그만 울어. 금방 나아질 거야"라고 슬픔의 끝을 말해주는 사람보다 "많이 슬프니?"라고 슬픔의 과정과 크기를 물어봐 주는 사람이 좋았다. 아무것도 묻지 않는 사람에게는 슬픔을 들켜도 괜찮았다. 시간이 한참 지나고서 "그때 그렇게 많이 슬펐니?"라고 묻는 사람이 있다면 적어도 버림받지 않았다는 생각에 쉽게 외로워지진 않았다. 슬픔은 슬픔 그대로 지켜주는 게 슬픔에 대한 최소한의 예의라고 생각했다. 슬픔은 슬퍼하느라 외로워할 틈이 없을 것이라고 확신했다. 혹시 슬픔이 다른 슬픔을 만나서 더 슬퍼질지 모르니 빨간 일기장 속에만 갇혀있길 바랐다. 살아가면서 혹시 다른 사람의 아픔이 될까,

다른 사람들은 알아채지 못하게 꽁꽁 묻어두고 싶었다. 그럴 때마다 빨간 일기장을 펼쳤다. 슬픔을 글로 표현할 수 있다는 것에 감사했다. 찬찬히 슬픔을 꺼내서 차근차근 일기장에 슬픔을 담았다. 어떤 때는 빨간 슬픔, 어떤 때는 검은 슬픔, 파란 슬픔, 초록 슬픔. 소녀의 슬픔은 그날의 슬픔의 크기에 따라 색깔이 달랐다. 그렇게 빨간 일기장에 슬픔과 감사함을 담아 나의 슬픔과 친구들의 슬픔도 지켰다. 빨간 일기장은 나만 펼쳐본다는 믿음으로 모든 슬픔을 지킬 수 있었다. 직접 슬픔을 지켜주었다고 생각하면 좀 덜 슬퍼진다. 슬픔 앞에서 의젓해져 슬픔을 위해서 무언가 해줄 수 있는 것만 같다. 슬픔을 지켜주면서 괜찮아진 하루에 무심히도 툭툭 튀어나오던 발그레한 사랑도 있었다. 그렇게 빨간 일기장에는 설렘도 있었다. 모든 것이 처음이라 하루의 곳곳에는 처음이 주는 설렘이 많았다. 소중한지는 어렴풋이 알았는데 설렐 때 어떻게 해야 할지 몰라서 설렘도 빨간 일기장에 가두어 두었다. 설렘은 부끄러워서 들키기 싫었다. 설렘을 들키는 것보다 배가 고픈 게 차라리 나을 것만 같다. 슬픔은 담담하게 설렘은 연약하게 지켜졌다. 그렇게 마음을 단속하는 법을 조금씩 배워갔다. 빨간 일기장 앞에서 고백할 때면 늘 똑같은 감정에도 설레고 아프고 눈물이 났다. 가끔 일기장을 넘겨보며 틀린 마음 찾기를 했다. 일기는 매번 다른 이야기와 다른 감정으로 다가왔다.

똑같은 글씨들이 다른 표정으로 바라보는 것 같았다. 소중해서일 수도, 부끄러워서일 수도, 창피해서일 수도 있는데 어쨌든 들키고 싶지는 않아서 눈물은 닦아냈다. 감정을 참는 법은 그렇게 혼자서 겨우 배웠다. 방의 가장 깊은 곳이라고 생각되는 곳에 묻어두었다. 아무도 모를 것이라는 기대를 하면서. 나만의 비밀이길 기대하면서.

　신기하게도 엄마는 다 알고 있다고 했다. 친구들의 성격이 어떤지, 어떤 모임에 속해 있는지, 어떤 말에 토라졌는지 알고 있었다. 엄마에게 서운해서 울먹인 하루, 이틀 정도 지나면 나를 말 없이 꼬옥 안아주기도 했다. 역시 어른들은 대단하다. 귀가 시간이 늦거나 평소보다 용돈을 더 받아 가면 엄마는 다 알고 있다고 했다. 보지 않아도 다 안다고 했는데 진짜인가 보다. 말하지 않아도 알아챌 수 있는 것이 어른들의 능력인지 알았다. 나도 자라서 어른이 되면 그런 능력을 가질 수 있지 않을까 생각하며 처음에는 신기하기만 했다. 어른이 되어 간다는 건 대단한 사람이 되어가는 과정이라 생각했다. 엄마의 능력을 알아채는 데는 오래 걸리지 않았다. 엄마의 능력이 훔쳐보는 능력이었다니. 빨간 일기장을 훔쳐보았다는 것을 알게 되었다. 글씨들은 나에게 보였던 그대로가 아닌, 다른 표정으로 엄마에게 보여졌을 거다. 엄만 그 표정들을 어떻게 오해했을까. 훔치는 것은 나쁘다고 했는데 훔쳐보는 것은 더 나쁘다. 허락 없이 내 슬픔의 표정을 몰래 훔쳐보는 것은 용서할 수 없다. 아무에게도 들키지 않으려고 가두어 두었는데. 화가 나 더이상 일기를 쓰지 않았다. 여고생은 화날 때는 글씨에 어떻게 표정을 담아야 하는지는 알지 못했다. 그래서 화가 날 때는 눈물이 잘 나지 않나 보다. 어른들은 대단하다고 생각했는데 글씨의 표정도 알아채지 못하는 바보들이라고 생각해버렸다.

이제 내가 여고생이었을 때의 엄마만큼 나도 어른이다. 나는 아직도 여고생이었던 그때를 추억하면서 살지만, 그때의 엄만 엄마의 추억은 다 버리고 여고생의 나를 키워냈다. 어쩔 수 없는 엄마의 딸이라 엄마 같은 성격으로 엄마와 비슷한 모습으로 살아간다. 엄마의 젊은 시절 사진 속 모습을 하고 엄마의 말투를 하고, 엄마에게 들었던 말을 되새기면서 살고 있다. 가끔 아주 가끔, 그때의 빨간 일기장이 생각난다. 엄마도 엄마의 여고생을 추억했겠지. 엄마도 엄마가 되기 불과 몇 년 전에는 여고생이었다. 나에게 여고생 엄마에 대한 기억은 없으니, 존중할 방법을 몰랐다. 엄마는 엄마가 되느라 글씨에 표정을 담는 방법을 잊었을지도 모른다. 글씨의 표정들도 볼 수 없고 글씨의 표정보다 오직 딸의 표정을 궁금해하면서 한 글자씩 읽어 내려가면서 딸의 추억과 엄마의 추억 사이에서 미묘한 감정이 느껴졌을 거다. 빨간 일기장 앞에서 발그레한 볼을 쓰다듬으면서 아무도 모르게 슬펐던 것처럼, 아무에게도 들키고 싶지 않았던 것처럼 엄마도 들키고 싶지 않았을지도 모른다. 엄마에겐 엄마만의 빨간 일기장이 있었을 텐데. 딸을 위해 삶을 버티다 보니, 엄마도 모르게 잊어버렸을지도 모른다. 자신처럼 커가는 딸이 신기하고, 궁금한데 표현하지 않는 딸의 마음을 알고 싶었는지도 모른다. 비밀이 생길 만큼 커버린 딸이 기특하기도 하고, 신기하기도 해서 한 장 한 장 넘겨봤겠지. 비밀도, 비밀을 지키려고 하는 마음도 사랑스러워서 안아주는 마음으로 일기장을 펼쳐봤을지도 모른다. 비밀을 들킨 딸이 속상해하는 것을 보며 이제 다 컸다고 생각하며 몰래 눈물이 나셨을지도.

왜 그땐 지금만큼 철들지 못했을까. 비밀에 대해서 제대로 배운 적이 없다. 고자질은 나쁜 것이라면서도 어른들에게는 다 말씀드려야 한다고 했다. 거짓말과 말하지 않음의 애매한 경계를 왔다 갔다 하며 많은 비밀들을 알아가면서 살았다. 잘 알지 못해서 비밀인 건 불안했다. 영원한 비밀은 없다는 것과 비밀이 있어도 된다는 걸 드라마에서 배웠으니 말 다 했지. 늘 법과 규칙을 잘 지키고 솔직하라고만 했다. 잘못이 있다면 솔직하게 말하고 그에 합당한 벌을 받는 게 옳다고 했다. 좋은 일이 있을 때도 겸손하라 했는데 살면서는 겸손할 일보다 벌 받을 일이 더 많은 것 같기도 하다. 나에게 슬픔과 비밀은 지켜주고 싶은 것이다. 세상에 영원한 비밀은 없다고 하지만 누구에게나 비밀은 있다. 말 한마디 안 해줬다고 서운해하는 그런 비밀 말고, 듣고 싶었던 얘기를 늦게 알려줬다는 그런 얄팍한 비밀 말고, 누군가의 심장에 박혀 있어서 평생 안고 가고 싶은 비밀, 잊고 싶지만 잊히지 않는 비밀. 꺼내면 잠깐에도 슬픔으로 변할 수 있는 그런 진짜 비밀은 꼭 지켜주고 싶다. 시간이 지나면 비밀도 추억이 될 수 있지 않을까. 비밀은 추억이 될 수도 있다는 것을 몰라서 비밀은 무조건 숨기고 싶었는지도 모르겠다.

결혼하고 독립을 한 후에도 일기는 쓰지 않는다. 이제 엄마와 따로 가정을 이루었으니 훔쳐볼 사람이 없어졌지만 일기를 쓸 감성도 없다. 지금은 초등학교 때의 엄마만큼 나이가 들었고 엄마와 떨어져 살아간다. 내 집이 있어서 엄마도 우리 집에 올 때는 전화를 하고 확인을 한다. 더이상 엄마가 나를 훔쳐볼 수 없다. 시간은 이렇게 엄마와 나와의 비밀 사이를 정리해 주었다. 누구도 슬프지 않게, 감정싸움을 하지 않아도 되도록. 엄마와 함께하는 시간은 오래오래 될수록 나를 두렵게 만든다. 나도 엄마처럼 한 아이의 엄마가 되면, 엄마가 외할머니의 사진 앞에서 울었던 것처럼 그런 날이 오겠지. 그러면 정말 엄마는 없는데, 비밀이 담긴 일기를 쓰고 싶어지면 어떻게 해야 할까. 엄마를 사랑한다고, 엄마를 닮은 삶을 살아가면서 더 미안하고 감사해서 저절로 더 사랑하게 된다고, 너무 늦게 깨달아서 미안하다고 적어놓고 엄마가 펴보기를 기다리고 있는데 열어 봐줄 엄마가 없다면 정말 어떻게 해야 할까. 그렇게까지 슬픈 비밀은 최대한 늦게 오길 바라본다. 어느 시월의 흐린 오후에.*

계절이 바뀐다는 건

계절의 바뀜은 천천히 걸으며 그 시절을 기억해내는 것이다. 혼자만의 사랑도 함께라 착각했던 그 시절. 하루의 '갑자기'에 지쳐, 평범한 보통의 오후를 기억하는 것만으로도 따뜻하게 안아줄 수 있는 그 시절. 내일의 갑자기는 없길 간절히 바라는 마음에 너무 놀라지 말라고, 계절은 다행히도 천천히 변해준다. 조용히 그 계절의 공기를 마시며 한 걸음, 한 걸음마다 생각을 담아 퐁당퐁당거린다. 천천히 와야 할 것들을 빨리 다가오라고 재촉하진 않았나. '천천히'를 기다리지 못해서 안달하며 하루를 써버리지는 않았나. 여유 없이 살아내야 했던 시간이라 조급하게 보내버리지는 않았나. 내가 힘없이 보내버렸으면서 잃은 것처럼, 놓친 것처럼 굴지 않았나. 그렇게 시절에 후회를 담고 다음 시절을 기다리면 그 시절은 우리에게 내려놓아야 된다고 말하듯 천천히 다음 계절을 기다린다.

봄은 반항하기 쉬운 계절이다.

봄바람에 설레 심장이 간질간질거리며 사랑에 빠지고 싶다. 적당히 바쁘고 적당히 쉬고 별일 없이 잘살고 있는 것 같은데, 누구라도 좋으니 누군가 옆에 있었으면 좋겠다. 사랑하는 사람이 옆에 있었으면 좋겠지만 그냥 옆에 있는 사람도 사랑해보려 한다. 인간의 본능은 식욕, 성욕, 수면욕 그런 것들이라는데 봄이 되면 본능도 바뀐다. 설레고 싶고 사랑에 빠지는 것도 본능이다. 배고플 때 음식이 앞에 있으면 당장 먹고 싶은 것처럼, 24시간 동안 한숨도 못 잔 상태에서 침대를 보면 쓰러지고 싶은 것처럼, 적당한 온도로 따뜻한 바람이 불고 손잡고 걷는 연인들의 뒷모습을 보면 사랑하고 싶다. 아무것도 먹지 못한 하루의 끝에 밤 11시에 끓이는 라면 냄새처럼 봄은 그렇게 온다. 봄이라고 일상은 봐주지 않는다. 일상은 여전히 반복이다. 퇴근 후 약속이 있는 날과 그렇지 않은 날의 반복. 혼자지만 입 밖으로 말하지 않아도 될 만큼의 외로움만 가지고 자연스러운 매일이 반복되다가 주말이 오면 온종일 밀린 잠을 자기도 하고 책을 보기도 하고, 친구들을 만나 술을 마시기도 하고. 나의 일상은 빈틈없이 잘 채워져 있다. 그런데 도대체 왜? 사랑이 하고 싶은 건지, 봄은 혼자 있는 건 외로운 것이라고, 지금 외로운 거라고 가르치는 선생님 같다. 옷장에서 데이트와 제일 잘 어울리는 원피스에 화장품만 넣은 작은 핸드백도 들고, 마법을 부려줄 유리 구두 같은 하이힐을 신고, 따뜻한 바람만큼 설렘은 살랑거려서 누군가의 손을 잡고 걷고 싶다. 커플들은 거리에 나오고 혼자인 사람들은 사랑을 시작하려 곁눈질을 시작하며, 봄바람은 따뜻하고 흙 속에서 꽃들은 세상으로 나오려고 초록을 반짝거린다.

그러니, 겨우내 가지고 있었던 차가운 바람 같은 마음을 그대로 가지고 있으면 된다. 봄바람 분다고 얼음 같은 마음을 녹이지 않으면 된다. 선생님의 말씀에 이유 없이 반항하는 학생들처럼 고집부리면 된다. 사랑하고 싶다고 말하는 사람들 앞에서 얼음 같은 현실을 끼얹어주면 된다. 훼방 놓는 것은 그렇게 어렵지 않다. 확실히 봄에 설레어 연애를 시작해서 누군가와 영화 같은 사랑에 빠지는 것보다 확실히 더 쉽다. 그런데 이러고 나면 뭐가 남지?

여름은 핑계 대기 좋은 계절이다.

이렇게 더운데 입장 바꾸어 생각하며 억지로 웃을 필요 없다. 아마 듣는 사람도 너무 더워서 핑계 따윈 대충 흘려듣는다. 땀을 뻘뻘 흘리느라 말도 안 되는 핑계에 대꾸할 힘도 없을지 모르지. 한참 활동을 해야 하는 오후 시간이 제일 더워서 정말 다행이다. 그 시간에 격렬하게 최선을 다해서 아무것도 안 하고 싶다. 이렇게 더운데 밖에 나가는 것은 미친 짓이다. 쓸데없이 썸 타고 연애하러 데이트 나가는 것보다 시원한 과일을 먹으면서 에어컨 리모컨을 손에 쥐고 누워있는 게 얼마나 행복한지 아냐, 이것들아. 이렇게 아무것도 하지 않는 것에 대한 진정한 행복을 모르는 사람들이나 한가하게 연애해라, 다이어트해라, 공부해라 한다. 그들은 참된 행복을 모르는 사람들이다.

가을은 현실을 직시하기 좋은 계절이다.
낙엽이 지는 거리는 저절로 로맨스 영화의 배경이 되어준다. 풍경은 빛나는 노랑, 찬란한 주황, 강렬한 빨강으로 물들고 가만히 보고 있노라면 정말 물감으로는 감히 색칠할 수 없는 그림 같다. 가을의 풍경은 아픈 기억을 지워줄 수 있는 알약 같다. 물감으로 계속 덧칠을 하면 색이 탁해지는 캔버스의 그림처럼 가을은 거리의 곳곳에 뒤엉켜 있다. 탁해진 색깔에 덧칠하고 더 진한 색으로, 더 진한 색으로 덮어야 하는데 결국은 검정이 되어버리는 어느 가을, 그리고 가을밤. 거리를 걸으며 혹시 나를 기다리고 있을지도 모를 누군가를 찾아보면서 한없이 한없이, 멍하니 그냥 걷고만 싶다. 가을빛 거리를 걸어도 그 길을 내가 걸어가면 현실이다. 영화의 한 장면처럼 예쁜 길이라도 내가 걸어가면 그 길은 영화 속 멋진 장면이 아닌 현실이다. 낙엽이 아름답게 지는 길을 걸으며 보정 없는 솔직한 카메라로 사진을 찍어 보면 바로 현실은 직시된다. 아무리 기술이 발달해도 진짜 가을 길을 있는 그대로 사진으로 담아낼 수는 없으니, 착각 없이 영화 속의 한 장면으로 들어가는 건 불가능하다. 영화처럼 살려면 착각하면서 살아야 하나. 착각 없이 영화처럼 산다는 건 불가능한 것인가. 가끔은 보정된 사진 속 내가 진짜 나라고 착각하면서 그래도 진짜 가을은 간직하고 싶으니, 가을 길을 내 눈으로 담을 수밖에. 그래도 바닥에 떨어진 낙엽이 너무 아름다워서 자주 고개를 숙여본다. 나도 모르게 저질렀던 실수는 없나, 잘못한 것은 없나, 부족한 것은 없나, 누군가의 마음을 아프게 하진 않았나 반성하게 한다. 가까이 있어서 몰랐던 소중한 무언가를 놓치고 있지는 않나. 그렇게 아름다운 고개 숙임으로 가을은 다가온다.

그래도 겨울은 따뜻한 계절이다.

한겨울의 차가운 공기보다는 내가 더 따뜻한 사람이지, 차가운 바람보다는 내 손이 더 따뜻함을 새삼 알게 된다. 추운데 밖에 돌아다니지 말고 나의 품으로 오시오. 따뜻하게 안아드립니다. 저의 가슴에 안기신다면 종이팩에 들어있는 붕어빵보다는 따뜻하게 안아드립니다. 괜찮으시다면 따끈한 붕어빵과 함께 안아드립니다. 길거리의 어묵 국물보다 따뜻하게 보듬어 드립니다. 김밥 속 재료만큼 친하게 지내보아요, 우리. 이렇게 겨울이 따뜻한 계절이라고 하니, 마음먹고 또 트집 잡기 좋은 계절이 또 겨울이지요. 트집 잡는 건 아무 이유 없잖아요. 겨울에 이별하는 연인들에게 겨울은 그저 마지막 계절일 텐데. 슬픈 연인들에게 겨울이 왜 싫으냐고 따져 물을 수 없으니까. 그들에게 무조건 싫어할 이유가 있어야 하지 않을까요.

봄비는 따뜻했지만, 여름의 소나기는 시렸다. 여름의 끝자락에서 비가 오는 날이면 '이 비는 꼭 가을비이길' 간절히 기도하고, 겨울비처럼 차가운 기억은 추억으로 남겨두기로 한다. 따뜻한 봄비가 옷을 적시는 것처럼 여름의 뜨거운 햇볕도 내리쬔다. 가을의 단풍은 결국 떨어지고 겨울의 눈이 쌓여 마치 시절의 끝을 말해주듯 소복이 쌓인다. 봄의 따뜻함에 반해서 넋 놓고 있으면 여름의 뜨거움에 데이고 정신 차리고 차가워지면 어느덧 겨울의 차가움에 베인다. 매년 똑같이 데이고, 베이면서 어느 차가운 겨울의 하얀 눈 속에 시절의 기억을 묻는다. 믿을 수 있는 것은 묻을 수 있길. 묻어 둔 것은 믿어 보길. 그렇게 계절의 끝에 간절함을 담아 보길.*

영원히 너의 모든 것을 사랑한다는 말이 간절할 때가 있었다

뭐가 그렇게 불안했을까. 나에게 관심 없는 사람에게조차 감출 수 없을 만큼 흔들렸다. 자세히 보지 않아도 불안함이 느껴졌을 것이다. 괜찮다는 말을 아무도 믿지 않았겠지. 사랑이란 건 뭘 닦았는지 알 수 없는 구겨놓은 휴지 뭉치 같은데, 아무렇게나 구겨져 있어서 다시 펴볼 수 있을까 생각할 수 없다. 이렇게나 구겨진 사랑이라니, 이렇게나 구겨진 자존심이라니. 사랑은 빠지면 빠질수록 사랑에 대한 확신이 필요했고 헤어나올 수 없었다.

모든 순간의 확신은 영원하길 바랐다. 사랑은 영원히 변하지 않을 것이고 적어도 나보다 먼저 너의 마음이 변하질 않길. 네가 사랑을 놓기 전에 먼저 알아채고 내가 먼저 널 버리겠다고 다짐했지만 그럴수록 너에게 집중해 갔다. 구겨놓은 휴지 뭉치는 곧 버려질 때만 기다리고 있을 뿐이다. 사랑도 확신도 그리고 영원도 내 눈으로 확인할 수 없는데, 나에게 아무것도 해줄 수 없는 걸 그땐 알면서도 그랬다. 그때의 간절함이 지금은 불안으로 변한 것뿐 달라진 것은 없지. 너는 알고 있었겠지. 나에게 불안해 보인다고 말했었지만 나는 인정하지 않았다. 불안을 인정하지 않음이 나에게는 사랑이었다. 지금 불안하기만 한 것이 아니라 너를 사랑하는 것을 표현하고 있는 것이라고. 사랑하니까 불안하고 사랑한 만큼 불안하다고. 너는 집착은 사랑이 아니니 나의 사랑을 모르겠고 앞으로도 알고 싶지 않다고, 그런 사랑은 쳐다보지 않을 것이고 모르고 싶다고 들리지 않게 소리 지르고 있었다.

너는 주지 않았던 것들, 앞으로도 주지 않을 것이니 기대하지 말라고 온몸으로 말하고 있었다. 영원도 사랑도 확신도 영원히 주지 않을 것처럼 굴었다. 영원이 무언지 몰라도 영원하지 못할 느낌은 안다. 사랑이 뭔지 잘 몰라도 사랑받지 못하고 있음은 안다. 날 사랑하지 않는다는 건 잘 알고 있다. 사랑받지 못하는 사람들만 아는 감정, 애초에 없던 사랑, 당연히 없던 확신, 불안감을 인정할 힘이 없는 불안함, 불안으로 가득 차 있어서 사랑이 들어갈 자리가 없는 그런 비어있던 사랑의 자리, 더 이상의 불안함에 대해서는 알고 싶지 않은 불안함, 지금의 불안함을 다 알고 나면 진짜 끝나버릴 것만 같은 불안함, 예상한 끝과 진짜 끝의 사이에서 사랑받지 못한 사람은 더 불안하다. 뭘 닦았는지 모르는 휴지 뭉치를 붙들고 사랑과 확신을 갈구하는 것 말고는 아무것도 할 수 없다. 입으로만 말하는 사랑과 영원은 아무런 힘이 없다는 것도 모른 채 울면서 힘들어하는 모습을 보여주면 나를 불쌍하게 여기진 않을까. 그 불쌍하게 보는 마음이 사랑으로 바뀔 수 있지 않을까. 아니 그래도 신경은 쓰이는 마음을 사랑이라 착각해주진 않을까. 아니 억지로 바라보는 눈빛으로라도 옆에 있어 주지 않을까.

눈물이 흐르는 방향으로 눈빛이라도 떨구어 준다면 최소한 미안은 하다는 거다. 미안하면 불쌍하게는 보겠지. 기대하면 안 되는데 멍청하게 자꾸 기대가 올라온다. 사랑이 억지로 노력한다는 것이 말이 되냐고 묻지만, 정말 간절해지면 노력이라도 해달라고 매달리는 게 사랑이다.

부족한 사랑에 대한 미안함으로 배려해 주면 최소한 그 상황은 슬퍼도 비참하진 않을 시간이다. 내가 울어도 핸드폰을 본다면, 울고 있는 내 눈을 답답하다는 듯 마주한다면 진짜 끝난 거겠지. 아무리 울어도 불쌍하게 보지 않겠지. 사랑한다는 말을 설명해야 할 때, 미안하다는, 고맙다는, 참 좋은 사람이라는 설명들이 따라붙기 시작하면 초라해지기 시작하더라.

사랑한다고 말하지 않는 이유는 사랑하지 않아서이다. 물론 싫어졌거나 보지 말자는 뜻은 아니다. 처음에 주었던 사랑의 느낌이 더이상 들지 않는다는 것, 설레고 긴장되고 조심스럽던 마음이 달라졌다는 것이다. 사람들은 사랑을 시작할 때 처음의 두근거림을 사랑이라고 느끼고, 두근거림에 사랑한다는 표현을 한다. 시간이 지나면서 두근거림에 익숙해지면 사랑한다는 표현보다는 편하다, 좋아한다, 소중하다 같은 표현으로 바뀐다. 사랑한다고 표현하더라도 그 말에 담긴 마음은 달라진다. 사랑은 어떤 형태로든 어쩔 수 없이 변해간다. 다시 처음의 두근거림을 담은 사랑으로 돌릴 수는 없다. 사랑은 그냥 사랑한다는 말로 표현했으면 좋겠다. 의리니, 정이니 하는 사랑을 유지하기 위한 다짐을 담은 노력 앞에서 작아지고 싶지 않다.

영원이라는 말과 모든 것이라는 말, 그리고 사랑한다는 말. 영원을 증명하려면 영원히 살아 봐야 한다. '영원히 살아야 한다'는 마치 저주를 품은 마녀의 슬픈 사랑 같다. 삶의 끝에서 확인하는 영원은 도대체 무슨 의미일까. 삶의 끝에서 확인하는 영원은 도대체 무슨 소용일까. 세상에 절대를 전제로 하는 것은 없다. 세상에 모든 것은 없다. 세상에 전부는 없다. 절대로 안 되던 것들을 조금씩 이해하게 되고, 모든 것들은 생각보다 많은 것으로 설명된다. 세상의 전부를 생각해봐야 한다면 과연 어떤 선택을 할 수 있을까. 모든 것을 가진 사람도 틈으로 삐져나온 부족함을 보면서 또 다른 뭔가를 한탄한다. 그리고 사랑. 누군가에게는 설렘이고 누군가에는 기쁨이며, 누군가에게는 상처이고 아픔이며 다시는 하고 싶지 않은 것. 사랑의 모양은 그렇게 변해간다. 사랑이란 시간의 허락 안에서 누군가를 죽이지 않을 만큼 모질게 변해가며 잔인한 아픔 속에도 빨강의 달콤함에 취하면 다시 찾게 되는 것을 사랑이라 했다. 몇 번의 사랑과 이별 덕분에 무언가를 닦아서 사용을 다한 휴지는 버려야 한다는 것을 알게 되었다.

영원하다는 말은 주어진 시간을 모두 저당 잡히는 것 같아서 부담스럽다. 한 가지 일을 영원히 해야 한다는 생각에 숨막힌다. 그게 사랑일지라도. 사랑하는 사람에게 미친 집착을 하고 있던 사람에게 영원히 집착하면서 살라고 집착을 강요해본다면 집착의 무거움을 금방 느낄 수 있을지도 모른다. 영원히 사랑한다는 고백. 누군가는 영원이라는 말에 의미를 담고, 누군가는 사랑한다는 말에 의미를 담겠지. 또 누군가는 그 고백 그 자체에 의미를 둘지도 모른다. 어차피 영원은 없다.

글쎄, 나도 모르는 나의 모든 것. 나도 아직 다 모르는 나의 모든 것을 제대로 아는 사람이 있긴 할까. 나도 모르는 나의 모든 것을 사랑하라는 것은 억지임을 이제는 안다. 사랑이 그렇다. 여전히 어렵다. 영원히 나의 모든 것을 사랑한다는 말에 설레지 않고 한낱 철없는 고백임이 느껴졌을 때 우린 비로소 어른이 된 것인지도 모른다. "세상에 영원한 것이 있기나 하냐? 나의 모든 것이 뭔데?"라고 되받아치는 것이 어른의 사랑인지도 모른다. 어른은 어쩌면 사랑에 지친 사람들일지도.*

하고 싶은 대로 하고 사는 게
최고인 것 같아도

하고 싶은 게 뭐니?

이 질문을 다른 사람들에게서 받기도 하고 나 자신에게도 가끔 한다. 내가 하고 싶은 게 뭘까. 해야 할 일 말고 앞으로 어떻게 살아가야 할지, 잘하는 것 말고 멋있어 보이는 그런 일 말고 진짜 하고 싶은 일은 뭘까. 하고 싶은 일이 있기나 할까. 혹시 하고 싶은 게 없는 걸까. 하고 싶은 게 없어도 되는 걸까. 하고 싶은 일을 모르는 걸까. 여전히 모르는 게 너무 많다. 잘 잤어? 오늘 날씨가 어떠니? 기분은 어떠니? 매일 아침 서로의 기분과는 전혀 상관없는 굿모닝처럼, 인사 같은 대화를 위한 질문이기도 하다. 어른이 되고 직업이 생기면 하고 싶은 게 뭔지 묻는 횟수가 줄어간다. 다른 사람이 나에게 묻는 횟수도, 내가 자신에게 묻는 횟수도 줄어든다. 지금 하고 있는 일이 하고 싶었던 일 아니냐고 생각하면서 하고 싶지 않은 일이라도 직업으로 선택했고 어쩔 수 없이 해야 하는 일이라 한다. 어쨌든 다른 사람의 강요가 있던 게 아니라 내가 선택했을 테니, 현실에 만족하지 못한다면 능력과 노력이 부족했기 때문이라고 생각하겠지. 아, 한 가지 더 있다. 이제 와 그게 무슨 소용이냐고.

하고 싶은 것이 뭐냐는 질문에 대답하는 데 얼마나 진심을 담았을까. 하고 싶은 것도, 진지한 진심도 잘 몰랐던 그때는 진심보다는 순간의 짧은 대답, 그 이상을 생각하지 못해서 그 이하의 대답을 해 봤다. 간절하지만 가벼운 것. 가볍지만 간절한 것. 깊이를 잘 몰라야 가벼울 수 있는 간절함. 하고 싶은 대로 하고 싶어도 늘 하고 싶은 일이 있는 것도 아니다. 어른이 되어가는 건 세상에 대한 호기심을 점점 상실해가는 과정인 것 같다. 궁금한 게 없어지면서 자연스럽게 하고 싶은 말도 사라진다. 얘기해도 어차피 변하는 것은 아무것도 없으니, 굳이 힘 빼고 애쓰지 않는 게 나 자신에게 더 좋다. 궁금한 게 없으니, 물을 사람도 대답해줄 사람도 필요 없다. 점점 혼자가 익숙해져 가는 이유인가 보다. 세상에 대해 궁금한 것이 사라지고 나면, 주변 사람들에게 궁금한 것도 없어지고 사람에 대한 관심도 점점 사라져 간다. 매번 하고 싶은 것이 있는 사람들은 얼마나 생기있게 사는지, 그들이 진정 자신이 원하는 바쁨으로 하루를, 한 달을, 한 계절을 그리고 일 년을 채울 수 있다는 것이 얼마나 행복한 일인지 알지 못한다. 하고 싶은 것, 좋아하는 것이 있다는 자체만으로도 얼마나 삶의 빈틈을 행복으로 채우면서 살아갈 수 있는지는 좋아하는 것을 즐기다 보면 자연스럽게 알 수 있다. 해야 할 일투성이 일상에서는 하고 싶은 것을 생각해야 하는 것도 가끔 버겁다. 나를 보여주는 이력서에 적어내는 취미와 특기마저 한참을 생각해 보아야 한다. 가끔 다른 일을 하고 싶다는 생각을 할 때 이력서 쓰기가 귀찮다는 생각을 하고 있다. 참, 나를 보여주는 서류를 적는 것도 귀찮은 거 보면 이제 더이상 인생의 변화를 기대하긴 힘든가 보다. 내가 보여주고 싶은 것과 그들이 원하는 것은 무엇일까. 그 사이에서 적당히 타협하고 있을 뿐이다. 심지어 시간이 날 때마다 챙겨서 하는 일을 내가 정말 좋아하기는 할까. 가만히 있었을 때 느껴지는 알 수 없는 조바심을 피하기 위한 습관적인 도피는 아닌가. 자신 있다고 말하는 것들도 정말 잘하기나 할까. 세상에는 나보다 잘난 사람들이 얼마나 많은데, 혹시 아무것도 하지 않는 내가 싫고 두려워 뭐라도 하고 있는 것은 아닐까. 아무것도 하지 않는 것보다 그냥 조금 더 나은 선택은 아니었을까. 하고 싶은 것을 솔직하게 말해도 되나? 원하는 대답이 있진 않을까? 그 정답은 이미 정해져 있는데 내가 모르고 있는 것은 아닐까? 틀리면 어쩌지? 시간은 흘러도 어른이 되지 않고, 묻는 말에 대답 같은 거 안 하면서 가만히 있으면 안 되나? 몰라. 생각해 볼게.

하고 싶은 게 뭐냐고 물었을 때, 왜 한 번도 좀 더 자세히 질문해 달라고 해보지 않았을까. 마치 질문할 사람과 대답할 사람은 이미 정해져 있다는 룰에 순응하듯 대답만 생각했다. 하고 싶은 게 뭔가요? 지금 먹고 싶은 거요? 사고 싶은 거요? 지금 가고 싶은 곳이요? 아니면 커서 되고 싶은 거요? 커서 되어야 하는 의무적인 거요? 잔뜩 골이 난 아이처럼, 눈에는 겨울눈 같은 눈물이 뚝뚝 흘러내리며 떼쓰는 아이처럼, 꿈이 없어서 전전긍긍했다. 입을 크게 벌리고 엉엉 울고 있는 아이의 마음을 달래주는 것처럼 몰랐다. 무엇을 하고 싶어야 지금 서 있는 자리에서 가장 잘한 대답일까? 원하는 대답은 무엇일까? "지금은 딱히 하고 싶은 게 없는데요"라는 말을 해도 괜찮을까? 이 말이 대답이 될 수 있을까? 하고 싶은 것도 눈치 보면서 정답이 무엇인지 찾아내려 하고, 정해진 정답은 무엇인지 생각하는 내가 과연 진짜 원하는 것이 무엇인지 생각할 수 있을까? 지금 순간에도 진짜 내가 원하는 것이 무언지 보다 대답을 잘하고 싶고 남들이 원하는 대답을 찾으며 눈치 보고 있는 나는 정말 어쩔 수 없는 그저 그런 어른인가 보다. 하고 싶은 대로 사는 것은 무책임한 것이니 마음대로 살고 싶으면 혼자 살란다. 또 혼자 산다고 하면 외로우니 안 된다고 하고, 혼자라 외롭다고 하면 마음대로 사니까, 이기적이기 때문이라는데 참, 이런 뫼비우스 같은 질문과 대답을 어쩌라는 것인지 모르겠다. 분명히 내 인생이고 내가 책임져야 할 것들인데 이렇게 눈치 봐야 한다. 인생에 대한 책임을 논하려면 생각보다 더 많은 노력이 필요하다는 것을 겨우 깨닫는다.

 살짝 토라짐이 담긴 "내 맘이야"가 통하는 게 좋았다. 나를 좋아하지 않는 사람에게는 도통 통하지 않는 말이다. 주변에 좋은 사람이 없으면 할 수 없는 말이기도 하다. 나를 좋아하는 마음이 있는 사람이라면 분명히 이해해주고, 그럼에도 불구하고 안아줄 것이라는 믿음이 있는 기대를 담은 말이다. 삼십 대 중반이 되었지만, 이유 없이 떼쓰고 싶을 때, 말도 안 되는 거 알지만 우기고 싶을 때, 옳고 그름을 떠나서 감정만 인정받고 싶을 때, 앞뒤를 다 설명하고 싶지 않을 때, 마음만 보이고 싶을 때. 힘들어서 기대고 싶을 때가 있다. 그러면 안 되는지 잘 알지만, 가끔 사랑하는 사람에게 최대한 유치한 자세로 이렇게 떼를 써서 나를 사랑하는지 확인받고 싶나 보다. 실컷 떼를 써도 안아줄 누군가가 있다는 확신이 들고 나면 비로소 괜찮아지고, 머쓱해 하면서 괜히 더 잘해주게 된다. '내 맘이야'가 통하는 사람. '내 맘이야'가 통하는 시간.

 저는 게으름으로 나를 표현하는 사람이에요. 편안한 사람과 함께 있으면 한없이 게으르죠. 생각도 마음도 눈치 보지 않고 무방비 상태로 편하게 게으르게 되더라고요. 나의 솔직한 게으름을 불러주는 사람들을 좋아합니다. 좋아하는 사람 앞에서는 끝까지 솔직해지고, 힘든 일 앞에서는 더욱 게을러지려고 노력해봐요. 에너지가 얼마 남아 있지 않을 땐 게으를 수밖에 없는 상황에 지치는데, 그래서 더 게을러지고요. 힘든 일에는 한없이 게으르고만 싶네요. 현실적으로 힘들 땐 더더욱 무거운 게으름이 되곤 하지만요. 혹시, 마음이 시키는 대로 하고 싶은 대로 다 하고 사는 게 아니라 학습된 습관처럼 나도 모르게 하고 싶은 일을 줄이면서 살고 있지는 않을까요? 하고 싶은 일을 줄이는 것, 욕심을 작게 만드는 것에 에너지를 쓰면서 오늘 하루도 조금씩 지쳐가면서 조금씩 더 게을러지는 것 같네요. 앞으로도 일상을 게으르게 힘든 일에는 지각하면서 살려고요. 어느 중학생에게 가장 행복할 때가 언제냐고 물으니 밤에 침대에서 이불 덮고 잘 때라고 했는데 그 말을 존중해 줄 걸 그랬네요.

그래서 내가 진짜 좋아하는 것, 하고 싶은 일은 뭘까요? *

그냥 안아주고 싶은 너에게 ● ● ● ● ● ● ● ● ● ● ● ●

맺음말

사람에게 마음을 쏟도록 해요, 우리

자꾸 해주고 싶은 말이 많아집니다, 어른이 되어가는가 봅니다. 유난히 화장이 잘되고 유행하는 옷을 입고 거울 속 내가 젊어 보여 업된 기분으로 거리로 나가서 잠시 걸어 봅니다. 잠시 좋았던 기분은 금방 끝이 나면서 살짝 부끄러워지기도 합니다.

진짜 어리고, 젊은 사람들을 보면 정신 번쩍 차려집니다. 그들은 신경 써 꾸미지 않아도 청바지에 흰 티셔츠로 있는 그대로 반짝입니다. 그 옆에서 전 조금 신경 쓰고 외출한 삼십 대 중반의 아줌마일 뿐이죠. 어리지 않은 나이가 부끄러운 건 아니에요. 사람마다 어울리는 모습이 있는데 나이라는 숫자에 얽매여 나와 어울리지 않는 모습을 한 건 아닌지 잠시 반성해 봅니다.

근데 뭐 어때요. 그럴 때 있잖아요. 나다운 게 뭔지 모를 때도 있고, 나 다운 게 뭔지 헷갈릴 때도 있고, 나답게 행동하기 싫을 때도 있고. 그냥 그럴 때가 있는 거잖아요. 그냥 그럴 때가 있는 거예요.

잔소리에 애정이 담겼다는 것을 절실하게 실감하는 요즘입니다. 살아가면서 '실수님'께 배운 것들을 잊지 않고 사랑하는 사람에게는 꼭 얘기해 주고 싶습니다. 내가 사랑하는 사람들은 최소한 나와 똑같은 실수님은 만나지 말았으면 하는 마음이 자꾸 생깁니다. 그럴 때마다 손가락이 근질근질했고 글을 썼습니다.

저에게 글을 쓰는 시간은 마음을 쏟는 시간입니다. 마음을 쏟아 글을 쓰는 시간은 행복하기도 했고요. 여러 번 상처받기도 했지만, 여전히 사람에게 마음을 쏟는 게 좋아요. 글만 쓰면 가슴에 구멍이라도 난 것처럼 자꾸 마음이 흘러나옵니다. 다 너 잘되라고 하는 거라던 엄마의 잔소리를 닮아 있어 혼자 겸연쩍게 웃을 때도 많죠. 왜냐면 저는 그런 엄마의 말을 참 안 들었거든요.

사랑의 블라인드에 가려져 있는 사람에게도 그러합니다. 살면서 한 번쯤 미칠 만큼 쏟아내어 보는 것은 삶을 배워가는 과정이지만, 그게 사랑이 유일하지 않았으면 합니다. 미치도록 마음을 쏟아내는 일이 다른 사람의 마음을 붙잡아야 하는 일, 이별은 더더욱 아니었으면 합니다. 첫 이별이 아프면 아파야 이별이라는 이상한 공식으로 다음 사랑도 아프게 시작할지 모르거든요. 사랑이 만든 블라인드에 갇혀서 미쳐볼 필요 없지 않을까 해요. 블라인드만 조금씩 올려도 금방 창밖의 움직임이 보이고 풍경이 보일 텐데, 몰랐던 햇빛이 집 안으로 들어오고 지금이 대낮이라는 것을 알 수 있죠. 방 안이 원래부터 깜깜하지 않았을지도 모르잖아요.

세상을 꼭 어른스럽게 잘 살아낼 필요는 없지만 성숙한 사람에게만 보이는 더 의미 있는 것들이 많아요. 그러면서도 미치도록 좋아하는 무언가가 있다는 것이 참 부러운 밤입니다. 잘 산다는 건 사랑의 의미를 넓혀가는 것 같아요. 받는 사랑을 주는 사랑으로 만들어 가는 게 우리의 할 일이지 않을까요. 친구가 세상의 전부였고 사랑이 끝나면 하늘이 무너져 내릴 것 같은 시절을 잘 보내고 나면, 어떤 일에도 '그럴 수 있지' 하는 여유가 생깁니다.

세상은 둘로 나누어지지 않고 절대 안 되는 것은 없더라고요. 한 곳에만 쏟던 감정을 여러 곳에 나눠서 쏟아내면 점점 애쓰지 않으며 감정을 조절하는 법을 배우게 돼요. 물론 그만큼 나이가 들어있지만요.

해주고 싶은 말은 많아지는데, 자꾸 누군가의 조언은 듣기 싫어집니다. 내가 잘살고 있다는 것만을 증명하면서 살아가는 것 같아요. SNS에 예쁜 사진만 올리고, 사람들에게는 괜찮다고만 하고, 힘들고 아픈 시간은 숨겨버리면서 말이에요. 충고 따위 듣지 않아도 잘 살 수 있을 것 같은데 또 마음은 힘들어 의지하고 싶은 순간이 생기고 누군가에게 도움을 청해야 할 때 어떻게 해야 할지 모르겠을 때가 있죠.

도움을 청하는 방법을 잊은 걸까요. 아쉬운 소리를 하기 싫은 걸까요. 괜히 자존심이 상하기도 하고 무슨 말을 어떻게 시작하고 어떻게 끝내야 공감을 받을 수 있을지 잘 모르겠습니다. 그럴 때 보고 싶은 책이고 싶습니다. 엄마의 잔소리 같을 수도 있고 좋은 어른의 편안한 조언일 수도 있겠죠. 그냥 혼잣말이라고 생각해도 될 것 같네요. 어쩌면 저만의 "라떼는 말이야"라는 말을 길게 늘어놓았는지도 모르겠네요. 살면서 실수하는 건 얼마든지 괜찮다고 생각하지만, 나랑 똑같은 실수는 하지 않았으면 좋겠고, 제가 받았던 상처와 같은 상처들은 안 받으면서 살았으면 좋겠어요.

알아요. 완벽한 해결책을 제시해 주지는 못하죠. 그냥 위로해 주고 싶습니다. 완벽한 해결책은 뭐, 전문서적이나 유튜브, 전문가들도 많잖아요. 그리고 무엇보다 자기 자신이 제일 잘 알고 있잖아요. 스스로 만들어 가야 하는 거잖아요.

가끔 나도 내가 답답하고 왜 이런지 모르겠다고 생각할 때가 있습니다. 그럴 때 잘 생각해 보세요. 차근차근 생각해 보

면 나는 알고 있어요, 내가 왜 그러는지. 분명히 있어요, 내가 그러는 이유. 꼭 찾길 바랄게요.＊

그냥 안아주고 싶은 너에게

초판 1쇄 발행 2021년 10월 08일
초판 2쇄 발행 2022년 03월 03일
초판 3쇄 발행 2022년 12월 20일

지은이 김현주
펴낸이 이태선
펴낸곳 창작시대사

주소 경기 고양시 일산동구 장백로 20 굿모닝힐 102동 905호
전화 031-978-5355
팩스 031-973-5385
이메일 changzak@naver.com
등록번호 제2-1150호(1991년 4월 9일)

ISBN 978-89-7447-247-4 03810